전지적 독자 시점

전지적 독자 시점
Omniscient Reader's Viewpoint

싱숑 장편소설

PART 1

04

비채

차 례

Omniscient
Reader's
Viewpoint

Episode 15   왕이 없는 세계 (2) · 7

Episode 16   다섯 번째 시나리오 · 73

Episode 17   SSS급 재능 · 137

Episode 18   독자의 싸움 · 211

Episode 19   특이점 (1) · 277

15
Episode

왕이 없는 세계
(2)

Omniscient Reader's Viewpoint

2

첫 번째 설화는 쌓았다. 이걸로 네 번째 시나리오의 메인 목표는 달성했다.

"대체 무슨 일이 벌어지려는 거야?"

"아니, 왜 왕좌를 부순 거냐고!"

이게 무슨 상황인지 몰라 어리둥절한 사람들, 화난 도깨비가 무슨 짓을 할까 봐 냉큼 겁부터 집어먹은 사람들. 그들 입장에서 나는 다섯 번째 시나리오를 어렵게 만든 천인공노할 죄인이었다. 어떤 사람들은 도깨비한테 외치기도 했다.

"다시 절대왕좌를 만들어줘! 시나리오에 참가할 테니까!"

"이번에야말로 진짜 왕좌의 주인을 가리자고!"

[이미 끝난 시나리오는 누구도 바꿀 수 없습니다. 그러니 지금부터 당신들에게 벌어지는 일은 모두 저 인간 때문입니다.]

중급 도깨비의 대답은 냉랭했다. 도깨비의 손가락이 나를 가리켰고, 차가운 비바람이 사람들의 젖은 어깨를 흔들었다.

[왕이 없는 세계? 좋습니다. 한번 살아가보시죠. 구심점 없는 당신들이 얼마나 잘 생존할 수 있는지 어디 지켜보겠습니다.]

중급 도깨비가 손가락을 튕겼다. 그러자 광화문에 있던 사람들이 하나둘 연기처럼 사라지기 시작했다. 여기저기서 비명을 지르며 달아났다.

"뭐야! 갑자기 뭐야!"

……이건 예정에 없던 전개인데? 돌아보니 일행들이 나를 부르고 있었다.

"독자 씨!"

다음 순간, 유상아가 사라졌다. 이길영이, 정희원이, 그리고 정민섭과 이성국까지. 도깨비가 투박한 손가락을 튕긴 지 일분이 채 지나기도 전에, 드넓은 광화문에는 오직 나만 남았다. 중급 도깨비가 소름 돋는 미소를 지으며 나를 보았다.

[명심하세요. 이 세계가 멸망한다면 그건 당신 때문입니다.]

내가 말을 하려는 순간 딱, 하는 소리가 울려 퍼졌다.

사위가 흔들리며 몸이 어딘가로 움직였다. 심각한 구역질과 두통이 동반되었다. 안 그래도 크게 심력이 소모되어 있었기에 나는 그대로 의식을 잃고 말았다.

[네 번째 시나리오의 정산 보상으로 10,000코인을 획득했습니다.]

❇ ❇ ❇

성좌들과의 과도한 접촉으로 피로했는지 꽤 오랫동안 잠들어 있었다. 꿈도 꾸었다. 아직 멸망이 시작되기 전 꿈이었다.

「야, 김독자. 뭐 하냐?」

목소리를 듣는 순간, 이것이 고등학교 시절임을 깨닫는다. 일진들한테 맞고 다니던 시절 이야기. 그래. 이런 적도 있었지. 유치하지만 새삼 열받는다.

「어쭈? 눈깔 봐라? 사람 죽이겠다?」

놈의 헤드락에 숨이 막혀왔다. 터진 입술에 고인 피, 얼얼한 뺨에서 느껴지는 수치심. 팔, 다리, 어깨. 어디라고 할 것 없이 쑤셔오는 고통. 꿈인데도 현실보다 더 아프다. 어쩌면 그곳에는 [제4의 벽]이 없기 때문인지도 모른다.

「왜? 분해? 꼬우면 찔러. 너도 네 엄마처럼 신문에 쌍판 함 까면 되잖아?」

꽉 쥔 주먹이 부르르 떨렸지만 차마 놈을 때릴 수 없었다. 당시 내가 속으로 무슨 생각을 했더라.

「……만약 내가 유중혁이라면.」

그래, 맞다. 비참하게도 나는 그딴 생각을 하고 있었다. 그때도 멸살법을 열심히 읽던 시절이었으니까. 교복 명찰에 적힌 녀석의 이름이 보인다.

송민우.

이 자식은 지금 뭐 하고 있으려나. 양아치 주제에 대학도 잘 가고, 직장도 잘 들어갔다는 이야기를 들은 기억이 난다. 그때 처음으로 세상이 불공평하다고 생각했지. 지금은 살아 있기나 할까 모르겠지만.

[전용 스킬, '제4의 벽'이 발동합니다.]

꿈의 정경이 무너지고 나는 다시 어둠 속에 남았다.

[전용 스킬, '전지적 독자 시점' 3단계가 발동합니다.]

목소리들이 겹쳐 들려오기 시작했다.

「이봐요, 내 말 들려요? 괜찮은 거예요?」

「대표님?」

「독자 씨, 어디에 계십니까?」

내가 아는 목소리. [전지적 독자 시점]의 3단계 능력인 '3인칭 관찰자 시점'을 통해 전해지는 말들이었다.

「"독자 씨? 내 말 들려요?"」

다양한 종류의 와인이 구비된 바Bar. 잔뜩 인상을 찌푸린 정희원이 한숨을 쉬고 있었다.

「"근데 짜증 나게 왜 학교에 떨어진 거야?"」

누군가에게 맞았는지, 머리에 돋아난 혹을 만지는 이지혜.

「"어째서…… 왜 여기에…….."」

근처 군부대에 갇혀버린 이현성.

사람들 반응을 보아하니 대충 뭔지는 알겠다.

광화문에 모였던 사람들은 자신과 연이 있던 장소로 이동된 듯했다. 학생이던 이지혜는 학교로, 이현성은 근처 군부대로 강제 전이된 것이다.

아마 중급 도깨비 자식의 농간이겠지.

곳곳에 화신을 뿌려놓고 각개격파당하는 시나리오를 생각한 모양인데 조금 의아했다. 아무리 메인 시나리오와 무관하다 해도, 갑자기 이딴 짓을 벌이면 중급 도깨비 놈도 문책을

면치 못할 텐데.

나는 혼란스러워하는 사람들을 보며 중얼거렸다.

'난 괜찮으니 각자 몸조심하세요. 곧 찾아가겠습니다.'

내 말을 들을 수는 없겠지만 그래도 닿길 바라면서.

[전용 스킬, '전지적 독자 시점' 3단계를 해제합니다.]

의식이 육신으로 돌아오고 눈꺼풀이 서서히 떠졌다. 여전히 서울 상공에는 블랙홀처럼 소용돌이치는 먹구름이 떠 있었다. 나는 자리에서 일어나 주변을 살펴보았다.

탁 트인 서울 전경. 복잡한 고층 건물이 비대칭적인 스카이라인을 그리는 장소.

그러고 보니 나도 연이 있는 장소로 왔겠구나.

얼핏 둘러봐서는 서울에 있는 고층 건물 옥상 같은데…….

"여기는……?"

젠장, 혹시나 했는데 정말 여기로 왔을 줄이야.

[소수의 성좌가 당신의 혼잣말에 기대합니다.]

"……미노 소프트."

이곳은 내가 다녔던 회사, 미노 소프트의 옥상이었다.

[소수의 성좌가 실망합니다.]

[느긋한 진행을 좋아하는 한 성좌가 만족합니다.]

왁자지껄 떠오르는 간접 메시지를 보니, 왕좌를 부순 뒤로 내게 집중하는 성좌가 부쩍 많아진 느낌이었다.

[성좌, '긴고아의 죄수'가 새로 나타난 다른 성좌들을 위협합니다.]
[성좌, '은밀한 모략가'가 헛기침을 하며 터줏대감을 자처합니다.]

하필 와도 여기로 왔나?
자동차 한 대 없는 대로. 불 꺼진 사무실. 반파된 건물 풍경을 보고 있자니 괜스레 코끝이 시렸다. 무려 한 달 만의 출근이었다.
팀장들한테 한 소리 들을 때마다 같은 팀 윤 대리랑 여기 올라와 멍때리던 게 꼭 어제 일 같은데, 기분 진짜 이상해진다. 신작 게임 테스트를 하던 내가, 정신을 차리니 칼을 들고 사람을 베고 있다.
……윤 대리는 살아 있으려나?
고개를 돌리자 허공에서 깜빡이는 메시지가 보였다.

[다섯 번째 시나리오 시작까지 10일 남았습니다.]

시나리오는 예상대로 흘러가고 있었다. 절대왕좌를 부수면 서울 돔은 열흘의 유예를 얻는다. 남은 기간 동안 절대왕좌 없이 다섯 번째 시나리오를 클리어할 방법을 찾아야 했다.

[막간을 보충하기 위한 '서브 시나리오'가 진행 중입니다.]

〈서브 시나리오 - 생존 활동〉

분류: 서브

난이도: C+

클리어 조건: 폐허가 된 도시에서 10일간 살아남으시오. 매일 삼시 세끼를 챙겨 먹어야 하며, 하루 6시간 이상 충분한 수면을 취해야 합니다. 매일 밤 잠들기 전에 하루 생존비 500코인을 상납하는 것도 잊지 마십시오. 셋 중 하나라도 어길 시 클리어 페널티를 받습니다.

지속 시간: 10일

보상: 없음

실패 시: 사망

* 해당 시나리오는 '코인 이벤트'가 적용되는 시나리오입니다.

*시나리오에 등장하는 모든 괴수종은 일정 확률로 코인을 드롭합니다.

대충 일이 어떻게 돌아가는지 알 것 같았다. 기존 시나리오가 완파되었으니 급하게 때울 서브 시나리오를 끌어넣은 모양이었다.

게다가 코인 지급 이벤트도 겹쳐 있었다.

조만간 할 거라고는 생각했는데 벌써 시작일 줄이야.

하루에 500코인씩 생존비를 상납하라니…… 코인 이벤트 없이는 절대로 클리어하지 못할 시나리오다.

아무튼 이제 움직여볼까.

코인을 보충할 절호의 기회를 놓칠 수는 없지.

"끌고 가! 빨리!"

아래쪽에서 사람들 목소리가 들려온 것은 그때였다. 내려다보니 무장한 인원들이 몇몇 사람을 포박한 채 건물 안으로 들어오고 있었다.

미노 소프트 소재지는 서초구 인근. 그런데 내 기억으로 서초구 일대에는 '왕'의 세력이 없다.

그러면 저놈들은 뭐지?

무장 병력을 유심히 살핀 뒤에야 깨달았다.

그렇군. '방랑자들'인가.

멸망한 세계에서도 살아가는 방식은 모두 다르다. 누군가가 '왕'이 되고, 누군가가 '백성'이 된다면, 또 누군가는 소속이 없는 '방랑자'가 된다.

그리고 서초구 일대는 그 방랑자들의 땅이었다.

이쪽 지역 정보를 찾아볼까 싶어 스마트폰을 켰는데 배터

리가 방전된 상태였다. 충전할 곳을 찾든가 보조 배터리를 찾
아야겠는데…….

나는 옥상 문을 열고 아래층으로 내려갔다. 사장실을 지나
고, 기획팀과 재무팀을 지나쳤다. 평소 일하던 QA팀 사무실
을 지날 때는 잠깐이지만 걸음이 느려졌다.

같잖은 추억 보정이라고 말해도 좋다.

나는 사무실로 들어가 서랍을 하나씩 열어보았다. 혹시 보
조 배터리 같은 게 남아 있을지도 모른다는 생각 때문이었다.

그때 누군가가 이쪽으로 플래시를 비췄다. 반사적으로 칼을
뽑으려는데 저쪽에서 먼저 알은체를 했다.

"어?"

"……?"

"독자 씨? 김독자 씨 맞지!"

그제야 사내의 얼굴이 보였다.

"윤 대리님?"

"아아, 살아 있었구나! 살아 있었어!"

QA팀 윤 대리가 그곳에 있었다.

❈ ❈ ❈

"정말로 끔찍했지."

나는 윤 대리에게 미노 소프트에서 벌어진 일을 들었다. 정
확히는 내가 퇴근한 후 미노 소프트에서 있던 일들.

"야근 중이던 사람들한테 '첫 번째 시나리오'가 시작됐거든."

윤 대리가 자신의 코를 쥔 채 말했다.

용역이 사라진 회사 복도는 곳곳이 썩어가는 시체와 구더기로 뒤덮여 있었다. 아는 사람 얼굴도 있지만, 윤 대리 표정에 딱히 애도나 슬픔의 감정은 보이지 않았다.

"그거 알아? 내가 이 손으로 김 팀장 그 새낄 죽였어. 왜, 우리 맨날 갈구던 그 자식…… 볼펜으로 목을 찔렀더니, 게임처럼 피가 푸슛 하고…….."

"……윤 대리님."

"미, 미안. 이런 얘기는 불편하지? 하하."

당연한 변화지만, 그래도 변해버린 윤 대리를 보려니 씁쓸했다. 아니지. 어쩌면 지금 이것이 그의 본모습일지도 모른다.

"여기 혼자 계신 겁니까?"

"응? 아아, 혼자는 아니고 사람들이 있어. 근데 독자 씨는 어디 있었어?"

"아, 저는…….."

"회사 안에서는 못 본 것 같은데. 어디 그룹 소속이야? 혹시 메인 깨다가 온 건가?"

"네, 뭐. 비슷합니다. 광화문 쪽에 있었는데, 갑자기 일이 터져서…….."

끝까지 듣지도 않은 윤 대리가 고개를 주억거리며 말했다.

"아하, 그랬구나. 독자 씨, 역시 운이 나쁘네."

"……예?"

"그 시나리오, 전부 깨지 않아도 돼. 모르는 거야? 여기저기 잘 숨어 있으면서 적당히 꼼수만 부리면 대부분 시나리오는 남들이 깨줘. 굳이 목숨 걸 필요 없으니까 편하게 좀 살아. 세상이 이 모양인데."

사실이다. 소속이 없는 '방랑자'가 되면, 반드시 클리어해야 하는 일부 시나리오를 제외하고는 다른 사람이 클리어한 메인에 어영부영 묻혀갈 수 있다. 서울 돔을 잘 뒤져보면 생각보다 그런 사람이 많을 것이다.

물론 그렇게 숨어 살다가 주변 그룹에 걸리면 곧바로 저승행이다. 혼자 돌아다니는 방랑자만큼 좋은 먹잇감은 없으니까.

"걱정할 만한 일은 없으니 마음 놔. 방랑자들도 어엿한 세력이 있거든. 꼭 '왕'이 있어야만 세력을 만드는 건 아니잖아?"

우리는 미노 소프트 건물 밖으로 나왔다. 회사 인근이 방랑자들 영역인지 근처에 사람들이 잔뜩 모여 있었다. 개중에는 아까 납치한 사람을 옮기던 치들도 보였다. 무장 중인 한 사내가 윤 대리에게 말을 걸었다.

"윤성호 씨, 옆에 있는 사람은 누굽니까?"

"아, 제 회사 동료입니다. 우연히 만났습니다."

"흐음…… 방랑자입니까? 다른 그룹원은 받지 않습니다. 알고 계시겠죠?"

윤 대리가 가볍게 고개를 끄덕이자 사내는 우리 곁을 지나갔다.

나는 사내 쪽을 돌아보며 물었다.

"방금 그 사람은 뭐죠?"

"'코인 농장'의 관리인이야."

"코인 농장이요?"

"아…… 독자 씨는 잘 모르겠구나."

순간 윤 대리의 표정에 음침한 빛이 스쳐 갔다.

코인 농장. 그러고 보니 생각나는 것이 있다.

벌써 그걸 시작한 놈들이 있다고?

"저길 봐."

어느 동물원이나 경찰서에서 뜯어왔는지, 일정 간격으로 놓인 철창 중 한 곳에 두 사람이 갇혀 있었다. 주변에 몰린 방랑자들이 흥분한 듯 소리를 질러댔다.

"야야! 장난치냐? 좀 더 격렬하게 싸워야지! 그렇게 미적거리면 누가 코인을 주겠냐?"

철창 안에서 두 사람이 서로 상대의 전신을 난자하며 싸웠다. 피가 튀고, 눈이 뽑히고, 내장이 흘러내린 이들이 짐승처럼 울부짖고 있었다.

[콜로세움을 좋아하는 한 성좌가 즐거워합니다.]

자세히 보니 그런 철창은 여러 개였다.

각기 테마라도 있는지 모든 철창에서 싸움만 하는 것은 아니었다.

곳곳에서 들려오는 고통에 찬 신음과 울음. 보이지는 않지만, 더 심한 짓을 하는 철창도 분명 있을 것이었다. 인간의 상상력은 생각보다 훨씬 더 추악하다.

[색다른 관음을 좋아하는 한 성좌가 몹시 흥분합니다.]
[극소수의 성좌가 200코인을 후원했습니다!]

그리고 빌어먹게도 이 세상에는, 그 상상력을 소비하는 성좌들이 있었다.

윤 대리가 웃으며 입을 열었다.

"어디서 많이 보던 광경이지. 안 그래?"

"……."

"게임 업계에서는 소비자가 왕이고, 미노 소프트에서는 사장 녀석이 왕이었지. 새로운 세계에서는 누가 왕일 것 같아?"

"성좌들의 후원을 이용하는 겁니까?"

"그래. 가끔 저런 걸 좋아하는 정신 나간 성좌들이 있거든. 자극적인 광경을 보여줄수록 주는 코인도 많아져. 우린 쟤들을 이용해 코인을 얻고, 그 대신 먹을거리를 던져주는 거야."

끄르륵, 하는 소리와 함께 사투를 벌이던 둘 중 하나가 쓰러졌다. 윤 대리가 기다렸다는 듯 안으로 초코바 하나를 던졌다.

살아남은 쪽이 기어와 초코바를 손에 쥐었다. 울면서 비닐을 뜯는 사내의 눈빛에는 이미 어떤 생기도 보이지 않았다.

코인 농장.

이 세계의 자본 구조를 가장 먼저 이해한 인간들이 고안한,

희대의 착취 시스템.

[상당수의 성좌가 철창의 광경에 지루해합니다.]

하지만 아직 초기 단계라 그런지 코인 수급량 자체는 많지 않았다. 당연한 이야기였다. 우주 전체를 관음의 무대로 삼는 성좌들이 고작 저 정도 구경거리에 열광할 리 없었다. 그런데 윤 대리 표정이 심상치 않았다.

"마침 타이밍 좋게 잘 왔어, 독자 씨. 지금부터 꽤 재밌는 걸 보게 될 거야."

중앙에 있는 커다란 철창으로 끌려 들어가는 사람들이 보였다.

"자자! 빨리 들어가!"

나는 그들을 물끄러미 보다가 물었다.

"……우리 회사 사람들 아닙니까?"

"한때는."

윤 대리가 담배에 불을 붙이며 대답했다. 철창에 갇힌 이는 총 여섯 명. 모두 미노 소프트 직원이었다.

"살려주세요! 살려주세요!"

"열어! 빨리 열어달라고!"

임원급이던 이도 보였다. 직원이든 임원이든 할 것 없이, 작은 철창에 갇혀 울부짖는 사람들. 그 풍경을 보는 순간 새삼스레 실감이 났다. 내가 알던 미노 소프트는 이제 세상에 없다.

"언젠가 독자 씨가 그런 말을 했지. 요즘 게임에는 절박함이 없다고. 양산형으로 찍어낸, 판에 박힌 스토리에 게이머들은 돈을 지불하지 않는다고."

언젠가 윤 대리와 그런 이야기를 나눈 적이 있었다.

"생각해보니 꽤 그럴듯한 말이다 싶더라고."

갑자기 그 이야기를 왜 하나 싶었다. 철창 안에서 벌어지는 광경을 보기 전까지는.

"어이, 받아라."

방랑자 중 하나가 철창 안으로 단검 하나를 던졌다. 최하등급 싸구려 단검. 단검을 주워 든 것은 신입사원이었다.

[몇몇 성좌가 무슨 상황인지 궁금해합니다.]

"신입 친구. 아직 무슨 상황인지 이해가 안 돼?"

윤 대리의 질문에 신입사원이 입을 뻐끔거렸다. 윤 대리가 턱짓으로 철창 안 다른 사람들을 가리켰다.

"지금 눈앞에 있는 사람들, 누군지 알지?"

"아, 압니다."

"누군데?"

"이 부장님, 강 차장님, 신 상무님. 그리고……."

신입사원이 떨리는 목소리로 중얼거리자 윤 대리가 비웃듯 말했다.

"아직 정신 못 차렸네."

[극소수의 성좌가 '콜로세움'이 시작되었음을 알립니다.]

"지금 네가 갇힌 곳이 어딘 거 같아?"

주변 정경이 물결치더니 철창 안 사람들의 모습이 변했다. 어느새 신입사원은 중세 검투사 복장을 하고 있었다. 눈만 끔뻑이는 그의 앞에 홀로그램 메시지가 떠올랐다.

─당신의 복수를 실행하세요.

복수. 신입사원이 또 눈을 끔뻑이더니, 떨리는 손으로 쥐고 있는 단검을 내려다보았다. 그런 사내를 윤 대리가 재촉했다.

"뭘 망설여? 이 부장이 너한테 한 짓, 다 잊었어?"

그제야 윤 대리를 알아본 이 부장이 철창 속에서 다그쳤다.

"유, 윤 대리! 지금 무슨 소리를……!"

신입사원의 눈동자가 커진다. 윤 대리 입에서 지금껏 누구도 말하지 않던 일들이 발설되고 있었다.

신입사원의 프레젠테이션을 도둑질한 부장. 자기 실수를 부하직원에게 뒤집어씌운 차장. 직원에게 자기 아들 과제까지 시키던 상무.

어쩌면 흔한 사건이었다. 누구나 겪는 일이라며, 그게 세상의 법칙이라며 묻어놓고 살아갈 수도 있었다. 그러나 세상은 변했다. 누군가가 권리마냥 남용하던 권력은, 이제 당연하지 않은 것이 되었다.

[몇몇 성좌가 신입사원의 감정에 공감합니다!]

"그래, 이제 뭘 해야 할지 알겠지?"
윤 대리의 말과 함께 신입사원이 고개를 들었다.

[복수극을 좋아하는 한 성좌가 신입사원의 '복수'를 갈망합니다!]
[새로운 서사에 몇몇 성좌가 눈을 반짝입니다!]

마침내 성좌들도 움직이기 시작했다.

[극소수의 성좌가 복수극에 '코인 후원'을 준비합니다.]

당황한 상사들이 외쳤다.
"이, 이봐! 기다려. 지금—"
나는 속으로 침음했다.
멸살법에 나온 코인 농장 중에 이런 식으로 상황을 유도한 곳은 없었다. 그런데 윤 대리는 그것을 해내고 있었다.

[소수의 성좌가 복수의 집행을 원합니다!]
[콜로세움을 좋아하는 성좌들이 후원을 준비합니다!]
[극소수의 성좌가 이 대결에서 승리하는 화신에게 후원을 약속……]

떨리는 손에 단검을 쥔 신입사원과 질겁하며 물러나는 상사들. 신입사원의 붉어진 눈이 서서히 살의를 띠었다.

순식간에 분위기가 달아오르고, 방랑자들이 함성을 지르기 시작했다. 나는 차분히 주변 방랑자 숫자를 세었다. 철창 근처에 붙은 놈이 열. 그리고 뒤쪽에서 다른 무대를 준비하는 놈이 열넷.

"야! 새 물건 들어왔다! 수감해! 다음 철창으로 옮겨!"

그들에게 이 '복수극'은 그저 지나가는 무대 하나에 지나지 않는다. 성좌들은 싸구려 무대를 관람하고, 이들은 코인을 벌어들인다.

"저쪽에 가둬!"

이동식 철창 안에 몇몇 사람이 기절해 있었다. 그런데 기절한 사람 중 한 명의 얼굴이 유독 눈에 띄었다. 킬킬대는 방랑자들 목소리가 들려왔다.

"얘 와꾸 꽤 괜찮은데? 어이! 이걸로 새 무대 하나 짜보자고!"

자그마한 몸집에 새하얀 피부. 살짝 올라간 눈꼬리에, 어깨까지 내려오는 고운 흑발. 눈을 비비고 다시 봐도 틀림없었다.

첫 번째 사도, 표절 작가 한수영이 그곳에 있었다.

철제 우리 속에 맥없이 뻗은 한수영.

비동에서 내게 깃발을 빼앗긴 후 마력이 다해 기절한 모양이었다.

이 근처로 강제 전이된 걸 보면 한수영도 무언가 연이 있었겠지. 작가니까 매니지먼트나 출판사가 근방이었다거나.

"꽤 반반하잖아? 야, 벌써 건드린 거 아니지?"

"아무렴. 성좌들 죄다 여기 몰려 있는 거 아는데."

"죽이는 거 하나 나오겠는데."

[소수의 성좌가 호기심 어린 눈을 반짝입니다.]

벌써부터 가위바위보를 하는 놈들도 있었다. 그들이 어떤
무대를 준비하는지는 물어보지 않아도 뻔했다. 나는 철창 속
한수영을 가만히 노려보았다. 격한 전투로 인해 망가진 청바
지와 셔츠. 아무리 봐도 일어날 기미는 없는 듯했다. 이대로
내버려두면 반드시 죽게 될 것이다.

……

살려두면 걸림돌이 될 적이었다.

이 세계에서 나를 제외하면 가장 많은 역사를 아는 녀석이
니까.

시나리오의 전개가 3회차나 4회차와는 많이 바뀌어버려서
그녀가 아는 지식은 상당 부분 쓸모없어졌겠지만, 그래도…….

거기까지 생각한 순간, 나는 내가 역겨워서 소스라쳤다.

……왜 이딴 생각을 하고 있지?

누구는 앞으로 위협이 될 테니 죽여야 하고, 누구는 앞으로
도움이 되니 살려야 하나?

나는 유중혁이 아니다.

"오, 괜찮은 상품이 들어왔네."

내 시선을 다르게 받아들였는지 윤 대리가 웃고 있었다.

"딱 하나만 약속해주면 독자 씨한테 저거 줄 수도 있는데, 어때?"

"……무슨 말씀이신지."

"이미 그룹에 소속된 상태지? 독자 씨네 그룹 좀 소개해줘. 우리도 슬슬 세력 확장을 시작할까 해서 말이야. 보니까 독자 씨 아이템도 제법 갖춘 것 같고……."

나는 윤 대리의 얼굴을 가만히 바라보다가 말했다.

"원하시면 소개해드릴게요. 그 대신 저거, 이쯤에서 그만뒀으면 합니다."

"응? 하하, 독자 씨. 지금 무슨 소리야?"

나는 철창에 갇힌 사람들을 가리키며 말했다.

"저 사람들, 모두 풀어주십시오."

"뭐?"

나는 두 번 말하는 대신 입을 다물었다. 장난이 아니라는 걸 알았는지 윤 대리의 눈썹이 꿈틀댔다.

"독자 씨. 알 만큼 아는 사람들끼리 왜 이래? 나랑 잘 통한다고 생각했는데. 독자 씨 그런 타입 아니잖아."

히죽 웃는 윤 대리의 입꼬리에 묘한 비웃음이 걸려 있었다.

"독자 씨, 우리 독자 씨. 늘 혼자서 웹소설 보고 있었지? 매일 똑같은 옷 입고 출퇴근하고. 가끔 이야기하는 사람도 나 아니면 같이 입사한 동료 몇 명이 전부였잖아. 뭐, 유상아 씨 같은 가식적인 인간도 있었지만."

"그게 이거랑 무슨 상관입니까?"

"독자 씨도 속으로는 지금 이 상황 즐기고 있잖아. 안 그래?"

그 말은 전혀 다른 각도에서 내 가슴에 비수처럼 날아와 박혔다. 윤 대리가 내 어깨를 가볍게 쥔 채 말을 이었다.

"나도 독자 씨랑 똑같아. 우리, 같은 QA팀이었잖아. 다른 부서에서 우리 어떻게 봤는지 기억하지? 겨우 게임 테스트나 하는, 스펙도 없는 싸구려 인력이라고."

"……"

"독자 씨. 지금 저기 갇혀 있는 놈들, 정말 누군지 몰라서 그러는 거야? 잘 봐. 우리 무시하던 그 새끼들이야."

철창 안, 미노 소프트 직원들이 이쪽을 보고 있었다. 내가 잘 모르던 사람들. 마찬가지로 나를 잘 모르던, 혹은 몰라도 상관없던 사람들.

"이제 다 끝났다고. 재무팀이든 기획팀이든 뭐였든 간에 지금 이 세계에서 가장 유리한 건 우리 QA팀이야. 하하. 독자 씨도 버그 테스팅 오래 했으니 잘 알잖아? 이 세계는 게임이야. 버그투성이인 게임. 너무 허점이 많아서, 마음만 먹으면 얼마든지 이용할 수 있거든."

머릿속으로 들려오는 무수한 성좌들의 메시지.

더욱 자극적인, 더욱 음탕한, 더욱 잔인한 이야기를 원하는 메시지가 윤 대리의 얼굴 위에 조용히 겹쳐졌다.

어떤 열등감은 사람을 괴물로 만든다.

"저걸로 우리 그룹이 하루에 몇 코인이나 벌어들이는지 알아? 하루에 무려 5,000코인이야. 5,000코인…… 상상이나 가? 아무 시나리오도 안 깨는데 5,000코인이 들어온다고. 기획팀에서 캐시 아이템 찍어내던 거랑 똑같아. 이게 무슨 의미인지 모르겠어?"

나는 천천히 눈을 감았다가 떴다. 지금까지 이야기를 들어준 것은 한때나마 옥상의 한숨을 공유해준 동료에 대한 예의였다. 그런데 내가 입을 열려는 순간 누군가가 먼저 말했다.

"모, 못 하겠어요."

철창 안 신입사원이었다.

"못 하겠어요. 저, 저는! 저는 못 하겠어요!"

사원의 절망한 목소리가 찬물처럼 열기를 가라앉혔다. 나는 바들바들 떨며 주저앉는 모습을 바라보았다. 복수의 칼자루를 쥐여준다고 모두 칼을 휘두를 수 있는 것은 아니다.

[일부 성좌가 급변한 상황에 크게 실망합니다!]

흥이 깨진 성좌들의 메시지가 들려왔다. 윤 대리가 혀를 차며 한 발짝 앞으로 나섰다. 그 순간, 철창 안에서 눈치를 보던 이 부장이 바닥에서 단검을 집어 들었다.

"으, 으아아아아!"

[인간의 추악한 욕망을 관음하는 한 성좌가 킬킬 웃습니다.]

[비극을 좋아하는 한 성좌가 코인 지불을 준비합니다!]

윤 대리의 눈동자가 흥미롭게 빛났다. 신입사원의 복수는 이뤄지지 못했지만 성좌들에게 재미난 구경거리는 제공할 수 있게 되었다. 힘껏 치켜든 단검이 신입사원의 정수리를 향해 내리꽂혔다. 정확히는, 내가 막지 않았다면 그랬을 것이다.

가벼운 파찰음과 함께, 철창을 비집고 들어간 검이 이 부장의 행동을 막았다.

"뭐, 뭐―"

"너, 무슨 짓이야!"

내 돌발 행동에 안색이 변한 방랑자들이 동시에 병장기를 빼 들었다. 공포에 질린 신입사원이 나를 올려다보았고, 당황한 이 부장이 바닥에 엉덩방아를 찧으며 주저앉더니 덜덜 떨었다. 고개를 돌리자 윤 대리가 실망했다는 듯한 표정으로 나를 보고 있었다. 나는 윤 대리를 향해 빙긋 웃었다.

"이런 단순한 이야기는 재미없잖습니까. 실망이네요, 윤 대리님."

"……뭐?"

"코인을 벌고 싶으신 거라면 더 좋은 방법이 있습니다."

순간 의아해하던 윤 대리의 표정이 묘하게 바뀌었다.

"뭔데? 더 재밌는 방법이라도 있어?"

나는 고개를 끄덕였다.

"자극적인 걸 좋아하는 성좌들을 이용하면 됩니다."

"오호, 더 자극적인 게 있단 말이야? 역시 독자 씨야."

기대감 어린 그 눈동자를 보며 마주 고개를 끄덕였다.

"알려드릴게요. 실은 저희 그룹에서도 자주 쓰는 방법이거든요."

"나야 좋지."

"성좌들이 진짜 좋아하는 건……."

['신념의 칼날'이 활성화됩니다.]

"……이런 겁니다."

카가가각, 하는 소리와 함께 수수깡처럼 잘려나간 철창살. 나는 기함하며 달려드는 방랑자 무리를 향해 무차별적으로 검을 휘둘렀다. 도망갈 다리를 자르고 아킬레스건을 끊었다. 방랑자들은 무릎이 꺾이며 그대로 꼬꾸라졌다.

"으아아아악! 뭐야 이 새끼!"

"내 다리! 내 다리!"

거칠게 솟아오르는 핏줄기 사이로, 한수영이 갇힌 철창 쪽을 향해 검을 휘둘렀다.

"이런 것도."

철창을 감시하던 방랑자의 손을 잘라냈고, 철창 속 한수영을 향해 다가가던 남자의 발목을 잘랐다.

"그리고, 이런 것도 좋아하죠."

푸슛, 하고 튀어 오른 피가 뺨에 묻었다. 나는 조용히 피를 닦아낸 후 팔을, 다리를 계속해서 잘랐다. 철창에 갇혀 있던 신입사원과 상사들이 비명을 지르며 탈출했다. 윤 대리의 목소리가 들려왔다.

"무, 무슨 짓이야! 이게 무슨 짓이냐고!"

"고맙다는 얘깁니다. 성좌들이 '진짜로 좋아할 만한 상황'을 만들어주셔서."

[성좌, '악마 같은 불의 심판자'가 당신의 판단에 기뻐합니다.]

[성좌, '긴고아의 죄수'가 가차 없는 응징에 콧김을 내뿜습니다.]

[일부 성좌의 만행을 못마땅하게 생각하던 상당수의 성좌가 당신의 판단에 크게 만족합니다.]

[8,000코인을 후원받았습니다.]

윤 대리가 하얗게 질려 주저앉았다. 나는 빙긋 웃었다.

"뭐 하러 '농장' 같은 걸 만듭니까? 코인 벌기가 이렇게 쉬운데."

"……이, 이 새끼 조져!"

방랑자들은 많았다. 순식간에 대열을 갖춘 이십여 명이 병장기를 들고 조금씩 포위망을 좁혀왔다.

'불살'의 원칙을 어기지 않고 해치우기 애매한 숫자이지만, 딱히 걱정하지는 않았다. 여차하면 몸을 빼면 되니까.

나는 조금 물러서며 한수영의 가벼운 몸을 안아 들었다.

그런데 갑자기 그녀가 눈을 번쩍 뜨며 말했다.

"······뭔 헛짓거리야?"

"깨어 있었나?"

눈살을 찌푸린 한수영이 힘겹게 으르렁거렸다.

"기절한 척 있다가 한꺼번에 다 죽이려고 했는데······."

"그래? 그럼 방해 안 할게."

한수영의 표정이 묘하게 다급해졌다. 녀석의 작은 손이 내 옷깃을 붙들었다.

"······날 구하면 네 채널 성좌들 죄다 달아나버릴걸? 성좌들 속 터지는 전개 제일 싫어하는 거 모르냐?"

"이런 거 좋아하는 녀석들도 있어. 그래서, 구해달라는 거야 말라는 거야?"

[하렘을 기다려온 한 성좌가 조심스레 양손을 모읍니다.]

['적의 적은 아군'을 주장하는 한 성좌가 기뻐합니다.]

한수영이 인상을 구긴 채 말했다.

"······지금 이거 클리셰야. 알지? 위기에 빠진 미소녀를 주 인공이 구해주는 클리셰. 클리셰 싫어한다면서 말이랑 행동이 다르네?"

"일단 네 말에 틀린 점이 두 가지 있는데."

나는 달려드는 방랑자의 다리를 가볍게 베어 넘기며 말했다.

"하나, 나는 주인공이 아니야. 그리고 둘······."

[당신은 동족의 생명을 구했습니다.]

[카르마 포인트가 1 상승합니다.]

[현재 카르마 포인트: 14/100]

카르마 포인트는 시스템이 해당 인물을 '구했다'라고 판단했을 때 상승한다.

즉 내가 내버려뒀다면 한수영은 그대로 죽었을 가능성이 높다는 것.

"넌 미소녀가 아니야."

"……이거 내려놔!"

나는 망설이지 않고 바닥에 내던졌다. 한수영이 버럭 소리를 질렀다.

"그렇다고 진짜 내려놓냐?"

"같이 싸워. 너 클리셰 좋아하잖아. 마침 판도 잘 깔렸네."

"내가 아무리 클리셰를 좋아해도, 적이었던 상대가 같은 편 돼서 싸우는 거는 진짜, 너무 진부하거든?"

투덜거리는 것치고 우리는 꽤 합이 잘 맞았다. 내가 다가오는 방랑자의 다리를 베면, 뒤따라 붙은 한수영이 숨통을 끊었다. 그렇게 차분히 하나씩 처리하다 보니 어느새 남은 녀석은 얼마 되지 않았다.

공포에 질린 방랑자들이 코인 농장을 내팽개치고 달아나기 시작했다.

방랑자를 죽이고 얻은 코인을 보며, 한수영은 비틀거리는 와중에도 히죽히죽 웃었다.

[총 18,400코인을 획득했습니다.]

아마 그녀에게도 꽤 짭짤하게 들어갔을 것이다. 아깝지만 한수영이 없었다면 나도 코인을 얻지 못했을 테니 그냥 수고비라고 여기기로 했다.

앞쪽을 보니 여전히 바닥에 주저앉은 윤 대리가 보였다.

"하하…… 사이코패스 자식. 역시 이런 놈일 줄 알았어. 그 소문 돌 때 알아봤어야 하는데……."

"뭐래 등신이. 단역 새끼가 말이 많네."

순식간에 다가간 한수영이 목을 찔렀다. 윤 대리의 목에서 꿀렁거리는 핏줄기가 솟더니 이내 눈동자의 빛이 죽었다.

현실의 '김독자'를 기억하던 또 한 사람이 그렇게 사라졌다.

나를 보던 한수영이 툴툴거렸다.

"……그 표정 뭔데? 이 새끼 죽으니 아쉬워?"

"아니."

"그럼 왜 그렇게 상처받은 얼굴을 하고 있어?"

한수영 입에서 나올 줄은 몰랐던 말이라 조금 놀랐다.

"아까도 이 자식 헛소리하는 거 죄다 들어주고 있더만? 그딴 걸 왜 듣고 있나? 성좌들은 그딴 '고구마' 안 좋아해."

멍하니 이야기를 듣다 피식 웃음이 나왔다. 그런 뜻이었나?

"너야말로 뭘 모르는 것 같은데, 그런 헛소리를 적당히 들어준 다음에 죽여야 코인을 더 많이 줘. 고구마 없는 사이다는 없는 법이거든.”

"아니거든? 독자들은…… 아니, 성좌들은 바로 죽이는 거 더 좋아하거든? 작가도 아닌 게 뭘 안다고 큰 소리야?”

"더 잘 알지. 난 독자니까.”

나는 으르렁대는 한수영을 뒤로하고 떨어진 아이템을 하나씩 뒤적거렸다. 대부분 쓰레기지만 입을 만한 슈트도 하나 나왔다.

　[늙은 신사의 단벌 슈트]

B등급 아이템이었다. 방어력 향상은 미미하지만 그래도 안 입는 것보단 나았다. '사명대사의 거적'으로 언제까지 버틸 수도 없고…… 그러고 보니 슬슬 아이템 파밍도 해야 하는데.

멀찍이 달아나는 방랑자들을 보아하니 아무래도 저 방향이 놈들의 소굴인 듯했다.

어차피 방랑자들과 부딪칠 거, 차라리 잘됐다.

내 기억이 맞는다면 서초구에서는 다섯 번째 시나리오에서 사용할 '운석' 몇 개를 입수할 수 있다. 기왕 이곳에 떨어졌으니 그거나 구하면 되겠지.

그 전에 일단 보조 배터리부터 좀 구해야…….

　[당신은 동족의 생명을 구했습니다.]

[카르마 포인트가 11 상승합니다.]

[현재 카르마 포인트: 25/100]

눈치를 보던 사람들이 하나둘 다가왔다. 모두 철창 속에 갇혀 있던 이들이었다.

몇몇은 내 얼굴을 기억하는지 얼굴에 화색이 돌고 있었다.

나는 그들이 말을 걸기 전에 손사래를 쳤다.

"이제부턴 못 도와드려요. 알아서들 살아가세요."

희미한 절망이 그들의 동공을 스쳤지만, 내가 도와줄 수 있는 상황이 아니었다. 냉정한 처사 같아도 결국 자기 목숨은 자기가 지켜야 한다.

"아이템 다 안 주웠으니 적당히 챙기시고, 여유가 되면 충무로역 쪽으로 가봐요. 도와줄 사람들이 있을지도 모르니까."

내 말이 끝나기도 전에 사람들이 허겁지겁 떨어진 아이템을 줍기 시작했다. 오직 살아남겠다는 일념 하나로 그들의 눈이 다시 불타오르고 있었다.

그 모습을 보다가, 순간 도깨비가 왜 나를 이곳에 데려다놨는지 이해했다.

"그거 내 거야! 내려놔!"

"제, 제가 먼저 집었어요!"

조금 전까지 피해자이던 사람들이 서로 병장기를 겨눴다. 어느새 가해자가 되기를 주저하지 않았다.

이것이 왕이 없는 세계다.

누구도 이들을 통제하지 않는 세계.

도깨비 녀석은 이 광경을 보여주려 한 것이다.

왕이 없는 세계가 얼마나 야생에 가까운지. 우리가 지켜온 법과 윤리, 인간에 대한 믿음이란 얼마나 부실하고 순진한 것인지.

병기를 휘두르려던 사람들을 멈춘 것은 뜻밖의 목소리였다.

"너희, 다 뒈지고 싶어?"

3

흠칫 놀란 사람들이 동시에 한수영을 돌아보았다.

쪼그려 앉아 그들을 보던 한수영이 퉤, 하고 침을 뱉었다.

"등신들이야? 정신 차려. 살고 싶으면 제대로 머리 굴리라고. 언제 또 저런 새끼들 만날지 모르는데, 기껏 동료가 될 수 있는 사람을 줄이면 어쩌겠다는 거야?"

"그, 그건……."

"이런 세계에서 약자가 공평히 연대할 수 있는 건 같은 약자뿐이야. 서로 힘을 합쳐도 모자랄 판에 그깟 쓰레기 같은 아이템 몇 개를 두고 싸워?"

불현듯 정신을 차린 사람들이 뒤늦게 얼굴을 붉혔다.

아마 중급 도깨비는 몰랐을 것이다.

녀석이 흩어놓은 사람 중에는, 이런 상황을 많이 다뤄본 웹

소설 작가도 있다는 것을.

"필요한 병장기나 생필품은 대충 챙겼잖아? 평소에 생존물 안 봤냐? 이럴 때 이기적으로 구는 새끼가 맨 먼저 뒈지는 거 몰라? 막말로 너희가 그런 거 몇 개 더 줍는다고 여기 이 자식보다 강해질 수 있을 것 같아?"

나를 본 생존자들의 안색이 급격히 어두워졌다. 몇몇 사람의 눈에서 살기가 조금씩 걷혀갔다.

"아무도 못 건드릴 만큼 강해질 자신이 없으면, 믿을 수 있는 동료부터 만들어. 당연한 상식 아냐?"

표절 작가 녀석이 저런 말도 할 줄 알다니, 제법이다.

실제로 한수영의 말은 효과가 있었다. 사람들이 뒤늦게 서로 어색한 시선을 보내기 시작했다. 누군가 입을 열면 다시 단합할 수도 있겠지. 단 몇 마디 말로 저들의 생존율을 급격히 높인 것이다. 난 한수영을 물끄러미 바라보다가 입을 열었다.

"근데 너 말이야, 방금 그 대사……."

"알겠어? 다들 똑바로 하라고!"

한수영은 그 말을 남기고 재빨리 뒤돌아 달리기 시작했다. 체력이 바닥이었던지라 멀리는 도망가지 못했다.

"헉, 헉! 왜 쫓아오는데!"

"넌 어떻게 평소에 하는 말까지 표절이냐?"

「"아무도 못 건드릴 만큼 강해질 자신이 없으면, 믿을 수 있는 동료를 만들어라."」

그건 멸살법에서 조언을 구하는 생존자에게 유중혁이 던진 말이었다. 한수영이 빽 소리를 질렀다.

"표절 아니거든? 내 소설에 나오는 대사야!"

"근데 왜 도망가?"

"……그냥! 그러는 넌 왜 쫓아오는데!"

끝까지 자기가 베꼈다는 소리는 안 한다. 나는 그녀의 목덜미를 잡아챘다.

"구해줬으니 값을 치러야지."

"무, 무슨 값을 치르란 건데!"

잔뜩 긴장하는 한수영을 보며, 나는 피식 웃었다.

"보조 배터리 있으면 좀 꺼내봐. 분명 잔뜩 있을 거 아냐."

한수영의 얼굴이 무참히 구겨졌다.

※ ※ ※

처음부터 한수영을 데리고 가야겠다는 생각을 한 것은 아니었다.

솔직히 한수영이 지금껏 저지른 짓을 고려하면, 이 녀석도 악질이기는 마찬가지니까.

하지만 이 녀석의 [아바타] 능력은 상당히 쓸모가 있고, 당장 몇 가지 알아내야 할 것도 있었다. 무엇보다 현재 진행 중인 서브 시나리오를 클리어하는 데 유용할 테고…….

"보조 배터리는 없어. 나도 광화문에서 다 잃어버렸다고."

"그럼 네 소설이라도 내놔봐."

"싫어. 보고 싶음 돈 주고 사 보든가."

"플랫폼들 다 망했는데 어떻게 돈을 주고 사 보나?"

나는 간단히 녀석에게서 스마트폰을 빼앗았다. 당황한 한수영이 내 어깨에 매달리듯 팔을 뻗었다.

"뭐야! 내놔!"

파일은 바탕화면에 바로 있었다. 허술하기는.

―SSSSS급 무한 회귀자.txt

어디 보자…… 파일을 열며 나는 조금 긴장했다. 혹시 내가 가진 파일처럼 타인에게는 보이지 않는 것은 아닐까.

물론 기우였다.

마침 소설을 읽다가 껐는지 페이지는 중간부터 떴다.

「……유준현은 조용히 자신의 상태창을 켰다. 방금 얻은 '현인의 눈'을 확인해보고 싶었기 때문이다.

〈인물 정보〉

이름: 유준현
나이: 27세

> **계약성** 契約星: ???
>
> **전용 특성**: 회귀자(신화) / 3회차, 프로게이머(희귀)
>
> **전용 스킬**: [현인의 눈 Lv.1] [백병전 Lv.1] [무기 연마 Lv.1] [정신 방벽 Lv.1] [거짓 간파 Lv.4]……
>
> **성흔**: [사망 회귀 Lv.3]
>
> **종합 능력치**: [체력 Lv.24] [근력 Lv.24] [민첩 Lv.25] [마력 Lv.23]

상태창을 확인한 유중현이 작게 웃었다.

"후후, 드디어 현인의 눈을 얻었군. 이번 회차는 처음부터 운이 좋아."」

거기까지 읽고 어처구니가 없어져서 한수영을 바라보았다.

"너 진짜 양심이란 게 없구나."

"……뭐가?"

"인물 정보, 이거 멸살법 그대로 베낀 거잖아. 너도 작가라면 구성이라도 좀 바꿨어야 하는 거 아니냐?"

잠깐 머뭇거리던 한수영이 조그맣게 중얼거렸다.

"멸살법은 '배후성'이고, 나는 '계약성'이거든? 완전 달라!"

"……그래, 그렇다고 치자. 근데 주인공 이름은 좀 너무한 거 아니냐? 중간에 '중현'이라고 오타 낸 건 또 뭐냐. 이거 '복

붙'한 거지? 멸살법 작가가 보면 울겠다, 인마."

얼굴이 새빨갛게 달아오른 한수영이 소리를 질렀다.

"아니, 그래서 어쩌라고? 뭐가 궁금한 건데?"

"너 원작 몇 화까지 봤어?"

"99…… 야! 그거 빨리 안 내놔?"

역시 99화까지 본 사람은 이 녀석이었나? 자기 소설을 둘째로 많이 본 독자가 그 작품을 표절했다는 사실을 알면 멸살법 작가는 뭐라고 말할까.

표절 논란에도 조회 수 올라간다고 기뻐한 양반이니까 "99화까지 읽어주셔서 진심으로 감사합니다. 과연 진정한 독자십니다"라고 했을지도 모르겠다. 나는 한숨 섞인 목소리로 물었다.

"99화까지 봤으면 다섯 번째 시나리오에 나올 '운석' 위치는 좀 알겠네? 혹시 네 소설에도 그거 나오냐?"

"내 소설에 운석 같은 건 안 나와!"

의외다. 당연히 베꼈을 줄 알았는데.

"'봉인석'은 나오지만!"

베꼈네.

"그럼 지금부터 봉인석 구하러 갈 거니까, 준비해."

"운석 말하는 거냐?"

"용어 통일 좀 하자. 아무튼 너도 구해봤으니 알지?"

"구해는 봤지만……."

내가 죽인 화룡종이 들어 있던 운석. 그것을 찾아낸 사람이 한수영이었다. 이 녀석 때문에 하마터면 죽을 뻔했지. 그러고 보니 그때 화룡종 사체를 거래소에 올려놨는데 아직 안 팔렸으려나?

나는 심각한 표정을 짓는 한수영을 잠시 내버려두고 비형을 불렀다.

'비형.'

대답은 돌아오지 않았다. 기존 시나리오가 생각지 못한 방식으로 완파되었으니, 서울 돔 도깨비는 죄다 대책 회의에 들어갔을 것이다.

회의라고 해봤자 모여서 "어차피 이번 시나리오는 망했으니 코인 상품이나 잔뜩 팔아치웁시다" 따위 말이나 하고 있겠지만.

그런데 다음 순간, 눈앞에 '거래소' 창과 '도깨비 보따리' 창이 동시에 열렸다. 이 자식, 메시지 보낼 시간은 없어도 할 일은 한다 이거지?

[상당수의 성좌가 갑작스러운 광고에 불만을 표합니다.]

게다가 광고 트는 것도 잊지 않았고. 나는 우선 거래소를 열어 판매 내역을 확인했다.

[아이템 '화룡종의 비늘'을 8,000코인에 판매했습니다.]
[아이템 '화룡종의 뼈'를 5,000코인에 판매했습니다.]

뜻밖에도 이 비싼 아이템들을 산 사람이 있었다.

거기다 팔려고 올려놓은 게 아닌 아이템까지 팔렸다.

[아이템 '화룡종의 뼈'를 22,222코인에 판매했습니다.]

……보관할 곳이 없어서 올려둔 뼈까지 팔리다니.

누군가 화룡종의 뼈가 엄청나게 간절했던 모양이다.

이럴 줄 알았으면 전부 99,999코인에 올려볼걸. 현시점에서 이만한 재력이 있는 화신은 성운의 지원을 받는 안나 크로프트, 인도의 란비르 칸, 중국의 페이후 정도인데…… 하여간 누군지는 몰라도 땡큐다.

도깨비 보따리를 열어 필요한 아이템 몇 개를 마저 구매하고 나자 타이밍 좋게 한수영이 말을 걸어왔다.

"근데 왜 나랑 같이 가려는 건데? 너 혼자 가도 되잖아."

"아까 낮에 네 입으로 말했잖아. 생존물에서 가장 중요한 건 믿을 수 있는 동료를 구하는 거라고."

"……?"

한수영이 미심쩍은 얼굴로 나를 바라보았다. 나는 품속에서 방금 산 아이템을 꺼내 내밀며 말했다.

"자, 여기 서약해."

[아이템 '임시 서약서'를 사용합니다.]

<임시 서약서>

1. 김독자(이하 갑)는 한수영(이하 을)과 진행 중인 서브 시나리오가 종료될 때까지 계약을 맺는다.

2. 갑과 을은 진행 중인 서브 시나리오가 끝날 때까지 서로 위해를 가하지 않는다.

3. 계약 기간 중 갑과 을은 '취침 페널티'를 대비해 교대로 잠을 잔다. (…)

6. 계약 기간 중 행동 지침은 갑의 의견을 우선으로 한다.

7. 계약 기간 중 을은 시나리오 클리어를 위해 갑에게 전력 협조하며, 생명이 위험하지 않은 한도 내에서 갑의 명령에 따른다.

8. 계약 기간 중 갑은 을의 생명권을 보장한다.

9. 해당 계약은 서브 시나리오가 끝나는 순간 효력이 소멸하며, 위배 시 육신이 소멸한다.

임시 서약서. '배후 계약서'급 효력은 아니지만, 짧은 기간 계약을 맺기에 이만한 아이템은 없다. 한수영이 어이없다는 눈으로 나를 바라보았다.

"내가 이딴 계약을 할 것 같아?"

"싫음 말든가."

"근데 내가 왜 '을'이야? 난 인생에서 한 번도 '을'이었던 적 없다고."

"잘됐네. 첫 경험은 중요한 법이니까."

한수영이 까드득, 이를 갈았다. 말은 저렇게 해도 수락할 것이다. 마력이 고갈되어 지친 녀석에게는 선택의 여지가 없을 테니까. 방랑자로 들끓는 서초구에서 혼자 돌아다니는 것은 그야말로 자살행위고, 녀석은 당분간 자신을 지켜줄 사람이 필요했다.

"……좋아. 계약할게. 대신 조건이 있어."

"뭔데."

"서로 정보를 공유하는 거야. 어때? 나도 너한테 묻고 싶은 게 많거든. 솔직하게 말하는 편이 좋을 거야. 나 [거짓 간파] 얻었으니까."

나도 못 얻은 걸 벌써 얻었다고?

[인물 '한수영'이 '거짓 간파 Lv.1'를 발동합니다!]

……진짜네.

한수영은 바로 치고 들어왔다.

"너 대체 특성이 뭐야?"

"나도 몰라."

[인물 '한수영'이 당신의 말이 사실임을 확인했습니다.]

한수영이 멍한 표정을 짓더니 손바닥으로 관자놀이 부근을 매만졌다.

"……이거 고장 났나?"

"아니, 정상이야. 다음 거 물어봐 빨리. 딱 세 개만 대답해줄 테니까. 참고로 이미 한 개 썼다 너."

"아니, 자기 특성을 모른다는 게 말이 돼?"

"진짜 몰라. 자, 다음 질문."

눈을 가늘게 뜬 한수영이 마지못해 질문을 이어갔다.

"왜 '왕좌'를 포기한 거야?"

역시 그 질문이 나올 줄 알았지.

"너 때문에 내 계획 다 망쳤잖아. 너만 아니었으면…… 내가 멸망 막겠다고 등신 같은 사도 놈들 데리고 얼마나 힘들게 준비했는지 알아? 내가 왕좌에 앉았으면 벌써 다음 시나리오까지 착착 준비하고 지금쯤……."

"네가 앉았으면 서울은 멸망했을 거다."

[인물 '한수영'이 당신의 말이 사실임을 확인했습니다.]

한수영이 인상을 찌푸렸다.

"이게 왜 자꾸 고장이 나지?"

"고장 아니라니까. 그리고 네가 아니라 누구라도 그 왕좌에 앉았으면 우린 다 망했을 거야."

[인물 '한수영'이 당신의 말이 사실임을 확인했습니다.]

한수영이 눈을 동그랗게 떴다.

"네가 그걸 어떻게 알아? 너 몇 번째 하차자야? 어떻게 나도 모르는 걸 네가 아는데?"

"난 하차자가 아냐."

[인물 '한수영'이 당신의 말이 사실임을 확인했습니다.]

한수영은 커다란 충격을 받은 얼굴로 입을 한참이나 우물 대더니, 쥐어짜듯 질문을 던졌다.

"너…… 멸살법 어디까지 읽었어?"

"질문 세 개 끝났다."

"이게 제일 중요한 질문이야! 대답이나 해!"

한수영의 턱이 덜덜 떨렸다.

"설마…… 아니지? 너…… 그런 미친놈이 있을 리가…… 그래, 그럴 리가 없어……."

멀리서 말발굽 소리 같은 게 들려온 것은 그때였다.

나는 **방언**처럼 혼잣말을 중얼거리는 한수영을 데리고 재빨리 근처 건물의 뒤쪽으로 피신했다.

뭔가 다가오고 있었다.

형체로 봐서 사람은 확실한데……? 나는 먼지구름을 일으키며 달려오는 인파를 향해 [등장인물 일람]을 사용해보았다.

[해당 인물의 정보는 '등장인물 일람'으로 열람할 수 없습니다.]

['등장인물 일람'에 등록되지 않은 인물입니다.]

등장인물이 아니다?

자세히 보니, 달려온 이들은 모두 짐승처럼 털이 자라나 있었다.

얼굴은 사람인데 육신은 이족 보행을 하는 늑대. 몸집도 인간의 두 배는 되어 보이는 괴물들. 선두의 괴물 하나가 한 손으로 남자의 **멱살**을 쥐고 있었다.

"크르르……! 그놈들 어디 있어?"

"이, 이 근처였습니다! 그놈들이 코인 농장을 전부……."

퍽, 하는 소리와 함께 사내의 목이 날아갔다. 아까 미노 소프트 앞에 있던 방랑자 중 하나였다. 괴물들이 달려들더니 늘어진 사내의 몸을 정신없이 뜯어 먹었다.

왠지 괴물의 정체가 뭔지 알 것 같았다.

한수영도 뭔가 깨달았는지 중얼거렸다.

"인외종?"

방랑자도 나름의 생존 방식이 있다. 여전히 인간으로 존재하면서 코인 농장을 만드는 녀석이 있는가 하면, 살아남기 위해 인간이기를 포기하고 새로운 종種의 길을 걷는 녀석도 있는 것이다.

크아아아앙—!

인외종은 성장치에 한계가 존재하지만 초중반까지는 누구보다 빠르게 성장할 수 있다. 도깨비의 농간으로 나타났던 '마인' 또한 인외종의 일종이었다. 저 녀석들은 웨어울프 쪽 인외종인 것 같은데…….

"운석의 힘을 얻었군."

이제 겨우 다섯 번째 시나리오를 앞둔 상황. 이 시점에서 인간이 웨어울프로 진화할 수 있는 방법은 운석의 힘을 사용하는 것뿐이다. 방랑자 그룹은 이미 서초구에 떨어진 운석 중 하나를 손에 넣은 것이다.

한수영이 작은 탄성과 함께 입을 열었다.

"나 저놈 알아. 저 자식, 하차자야."

"……어떻게 알아?"

"난 알 수 있어. 마지막 하차자의 특권이지."

"특권?"

"읽다가 하차한 녀석들은 위치 정보랑 특성이 다 보이거든."

살짝 으스대는 듯한 말투. 그러고 보면 정민섭에게 그런 이야기를 들은 기억이 난다.

시나리오가 시작되고 얼마 지나지 않아 '첫 번째 사도'가 찾아왔다고 했지. 만약 한수영에게 하차자를 찾는 스킬이 있다면 그 기적도 설명이 된다. 아바타를 이용해 하차자를 찾아가면 그만이었을 테니까.

한수영이 계속해서 말했다.

"그래서 네 정체를 의심한 거야. 하차자가 틀림없는데 내 스킬에 안 걸리니까."

나를 흘겨보던 한수영이 다시 인외종 쪽으로 눈을 돌렸다.

"그때 내 제안을 거부한 녀석이 몇 명 있었어. 저 방랑자는 그중 하나야. 대부분 초반에 죽어나가기에 별거 아닌 줄 알았는데, 저놈은 용케 저렇게 컸네."

"저 녀석 뭔데?"

"송민우란 녀석이야."

송민우?

분명 등장인물 이름은 아니다.

하지만 어디선가 들어봤는데…….

[6급 인외종, '낭인狼人 송민우'가 주변을 탐색합니다.]

두리번거리는 송민우의 얼굴.

아…… 혹시?

어떤 기억이 떠올랐다. 몇 시간 전에 꾼 꿈. 고등학교 시절, 일진에게 둘러싸인 기억. 세월이 많이 흘렀지만, 얼굴을 보니 맞는 것 같았다.

송민우…… 틀림없다. 근데 저 자식이 하차자라고? 그 일진 녀석이 소설을 읽었을 리가 없는데?

"저놈 몇 번째 하차자인데?"

"저 자식은…… 좀 이상해. 평범한 하차자랑은 좀 다르거든."

"뭐가?"

잠깐 고민하던 한수영이 말했다.

"내 눈에 저놈은…… '173화만 본 하차자'라고 떠."

순간, 송민우의 코가 벌름거리더니 놈의 고개가 이쪽을 향했다.

노랗게 변한 녀석의 눈이 말하는 것 같았다.

「찾았다.」

네 발로 땅을 박찬 녀석이 이쪽을 향해 달려오기 시작했다. 정신을 차렸을 때는 어느새 송민우가 코앞에 있었다. 그야말로 엄청난 속도. 민첩이 최소한 40레벨은 넘어야 이 정도 속도가 나올 텐데.

"너희냐?"

그르렁거리는 울음이 목소리에 배어 있었다. 이미 인외종 변이가 완전히 끝난 모습이었다.

[6급 인외종, '낭인 송민우'가 '포식 위협 Lv.5'을 발동합니다!]
[인물 '한수영'이 '정신 방벽 Lv.3'을 발동합니다!]
[인물 '한수영'이 '포식 위협'의 효과를 일부 감쇄합니다.]

순식간에 다가온 녀석의 손아귀가 한수영의 멱살을 붙잡았다.

"컥……."

아무리 온전한 몸 상태가 아니라지만, 한수영이 단번에 제압당할 정도의 힘.

6급 인외종.

지금 상대하기에는 최악의 적이었다. 5급 화룡종을 상대했을 때와는 달랐다. 그때는 속성 싸움에서 압도적으로 유리했고, 거대 괴수종의 움직임이 상대적으로 둔하다는 점도 이용할 수 있었다.

하지만 지금은…….

"내 코인 농장을 부순 게 너희냐고."

형식이 질문일 뿐 이미 확신하는 말투였다. 맹수처럼 노란 눈동자 아래로 하얗게 드러난 송곳니. 한수영이 버럭 소리를 질렀다.

"뭐 해! 정신 차려!"

나는 '신념의 칼날'을 발동했고, 한수영은 [아바타]를 사용했다. 그와 거의 동시에 송민우의 강력한 킥이 날아왔다.

퍼어억!

막 생성되던 아바타의 머리가 터졌고, 나는 허공을 날고 있었다.

[6급 인외종, '낭인 송민우'가 '가속 Lv.5'을 발동 중입니다.]

거의 보이지도 않는 속도로 송민우의 연타가 이어졌다.

머리, 어깨, 배. 부위를 가릴 것 없이 쏟아지는 맹공. 속에서 숨이 울컥 터졌다. 한수영의 목소리가 먹먹하니 메아리쳤다.

"김독자!"

……아니, 아무리 인외종이라도 이렇게 강할 리가 없는데?

피하기에는 늦었다. 나는 황급히 종합 능력치를 올린 후 몸을 웅크렸다.

[체력에 16,000코인을 투자했습니다.]

[체력 Lv.24 → 체력 Lv.50]

[거인족 같은 맷집이 당신의 전신에 깃듭니다.]

고통이 급속도로 줄어들더니 이내 버틸 만한 수준까지 내려왔다.

하지만 상황은 끝나지 않았다.

"김독자? 어디서 들어본 이름인데……."

송민우가 중얼거리는 소리가 들렸다. 가드 사이로 보이는 녀석의 얼굴. 그 순간 무엇이 문제인지 알 것 같았다. 이 녀석이 강한 게 아니었다. 문제는 나였다.

['포식 위협'의 효과로 당신의 전투 의지가 감소합니다.]

['포식 위협'의 효과로 당신의 움직임이 느려집니다.]

말도 안 된다. 5급 화룡종의 위협도 극복해낸 내가 겨우 이런 놈한테? 나한테는 [제4의 벽]이…….

[전용 스킬, '제4의 벽'이 흔들리고 있습니다.]

몇 번 이런 적이 있었다. 극장 던전에서 유중혁과 싸웠을 때, 그리고 1인칭 시점으로 유중혁에게 몰입했을 때…… 지금은 유중혁도 없는데 어째서?

내 멱살을 붙든 송민우가 으르렁거리며 발톱을 세웠다.

"……생긴 게 낯익은데. 너 나 알지?"

─야, 김독자. 뭐 하냐?

익숙한 목소리가, 같은 목소리 위에 겹쳐진다.

[전용 스킬, '제4의 벽'이 흔들리고 있습니다.]

나는 놈의 손목을 붙잡으며 대답했다.

"몰라."

"그래? 나는 기억날 것 같은데."

─그거 그만 처읽고, 가서 빵이나 좀 사오세요. 응?

[6급 인외종, '낭인 송민우'가 '기억력 강화 Lv.3'를 발동합니다.]

"난 널 알아."

[전용 스킬, '제4의 벽'이 흔들리고 있습니다.]

……빌어먹을. 그렇구나. 이제야 [제4의 벽]이 어떤 스킬인
지 알겠다.

송민우 얼굴에 미소가 깃들었다.

"참 신기해. 너 같은 찌질이가 잘도 지금까지 살아남았네.
매일 소설책이나 보던 새끼가."

"……."

"너 컴활 시간에 몰래 소설 보다가 나한테 뒤지게 처맞은
그 새끼 맞지? 나 기억 안 나냐?"

한발 늦은 분노가 머릿속을 헤집었다.

"나 송민우야. 동창 얼굴 정도는 기억해야지? 마침 잘됐다.
안 그래도 혹시 너 살아 있을까 싶어서 찾았는데."

열일곱 살의 나는 생각했다.

나한테 힘만 있다면, 눈앞의 이 녀석을 찢어 죽이고 싶다고.

송민우가 이죽거렸다.

"그때 네가 보던 소설 있잖아. 그거 어디 가야 볼 수 있냐?"

그 말을 듣는 순간 떠오르는 장면이 있었다. 패거리에게 맞
을 동안, 내 자리에 앉아 내가 읽던 소설을 훑어보던 녀석의
모습.

……설마?

— 하여간 오타쿠 새끼, 봐도 이런 걸 보냐? 이런 게 재밌어?

우스운 일이다. 하필 그때 읽은 소설이…….

녀석의 주먹이 그대로 배에 꽂혔고, 내 몸은 허공을 날았다. 충격을 못 이겨 건물 외벽에 등이 움푹 박힌 것과 동시에, 한수영의 아바타가 송민우를 습격했다.

콰아아앙!

· 무너진 건물 외벽이 내 위로 떨어졌다.

[전용 스킬, '제4의 벽'이 흔들리고 있습니다.]

[제4의 벽]. 내가 처음부터 가지고 있던 전용 스킬. 여전히 이 스킬의 기능 전체를 알지는 못한다. 하지만 적어도 한 가지는 확실히 알겠다.

이 스킬은 내가 이 세계를 '소설'로 인식하게 만들어준다.

사실 나도 이상하다 싶을 때가 종종 있었다. 현실에서는 보인 적 없던 판단력과 행동력. 마치 외부에서 이 세계를 보는 듯한 침착함. 모두 [제4의 벽]이 있기 때문이었다.

"씨발…… 너 지금 뭐 하냐?"

화가 난 목소리. 돌 더미를 치우자 분노한 한수영이 내 앞을 막고 있었다. 수십 기로 불어난 그녀의 아바타가 건물 통로를 끼고 송민우와 웨어울프들을 상대하고 있었다. 분투하는 한수영의 코에서 핏물이 끊임없이 흘러내렸고, 얼굴에는 혈관이 불거져 있었다.

바닥을 치던 마력을 쥐어짜 저런 힘을 내다니, 한수영이 대단하긴 대단하다.

"아깐 너만 믿으라더니, 지금 뭘 자빠져 있는 거냐고!"

천천히 몸을 일으키자 능력치를 올리기 전에 맞은 뼈마디
가 심하게 아려왔다. 실로 현실적인 고통이었다. 잊고 있었다.
[제4의 벽]은 이런 고통의 완충 역할도 해주고 있었지.

[상당수의 성좌가 뜻밖의 전개에 당황합니다.]

나는 고통을 참으며 먼지를 털고 일어났다.

"자체 각성 이벤트 중이었어."

"뭐?"

"맨날 쉽게 이기면 무슨 재미가 있냐? 가끔 역경도 있어야지."

"아하, 그래서 그렇게 처맞고 늘어져 계셨다?"

"잠깐 생각 좀 한 거야."

[상당수의 성좌가 안심합니다.]

[제4의 벽]은 현실을 소설처럼 인식하게 만드는 스킬. 그런
데 그게 흔들렸다면 이유는 명백하다.

크아아아앙―!

나는 지금 저 송민우를 '현실'로 인식한다는 이야기였다. 나
를 때리고, 내 십대를 비극으로 만든 그 빌어먹을 일진 놈으로.

"혹시 저 새끼랑 아는 사이야?"

그래도 작가라고 눈치 하나는 빠르다. 멈칫하던 한수영이

급히 말을 덧붙였다.

"미안. 딱히 듣고 싶은 건 아니었는데, 들리더라고……."

[거짓 간파]까지 있는 녀석에게 숨기기도 뭐해서 솔직하게 대답했다.

"그래, 아는 사이야."

"대충 짐작은 가는데……."

"어릴 적에. 그냥 뻔한 트라우마야."

"뻔한 트라우마가 어딨냐? 트라우마는 다 심각한 거야."

한수영이 질질 흐르는 코피를 닦으며 말했다.

"퉤! 뭐가 문젠데? 이 누님이 각성시켜줄 테니까 털어놔봐. 원래 말 몇 마디 해주면 각성해서 겁나 세지는 게 멸살법이잖아?"

"내가 이현성인 줄 아냐?"

이 문제는 나 스스로 해결해야 한다. 트라우마를 자극하는 인간을 만날 때마다 계속 [제4의 벽]이 흔들린다면, 앞으로 고생길은 훤하니까.

무엇보다 난 지금 스물여덟 살이다.

일진 때문에 쩔쩔매는 열일곱 고등학생이 아니라고.

[복수극을 좋아하는 한 성좌가 자신의 수식언을 밝힙니다.]

[성좌, '한발 늦은 시련의 극복자'가 당신을 응원합니다.]

[몇몇 성좌가 동조합니다.]

[현상금 시나리오가 도착했습니다.]

〈현상금 시나리오 - 트라우마 극복〉

분류: 서브

난이도: C

클리어 조건: '한발 늦은 시련의 극복자'를 비롯한 몇몇 성좌가 당신에게 현상금 시나리오를 의뢰합니다. 제한 시간 내에 트라우마를 극복하고 과거의 망령에서 벗어나시오.

제한 시간: 1시간

보상: ???

실패 시: '한발 늦은 시련의 극복자'의 경멸

'한발 늦은 시련의 극복자'라면 멸살법에서도 본 적 있는 성좌였다.

내가 알기로 이 녀석은 다른 행성계의 성좌인데…… 다섯 번째 시나리오에서 나타날 놈들을 생각하면 슬슬 출현 빈도가 높아질 때도 되었다.

아무튼 이런 걸 두고 전화위복이라 하겠지.

나는 한수영에게 사명대사의 거적을 던졌다.

"코피 닦고 뒤로 물러나 있어."

"뭐?"

"이제 충분해."

나는 한수영의 아바타들을 제치고 웨어울프 무리로 뛰어들었다.

[민첩에 6,000코인을 투자했습니다.]
[민첩 Lv.30 → 민첩 Lv.40]
[바람 같은 기민함이 당신의 전신에 깃듭니다.]

[근력에 15,500코인을 투자했습니다.]
[근력 Lv.25 → 근력 Lv.50]
[당신의 근육이 괴물처럼 꿈틀거립니다.]

진작부터 이렇게 했어야 하는데.
얼마 전에 '개연성 폭풍' 한 번 맞았다고 너무 몸을 사리고 있었다.

['부러지지 않는 신념'의 특수 옵션이 발동합니다.]
[에테르 속성이 '신성'으로 변환됩니다.]

기이이잉, 하는 소리와 함께 변화하는 칼날. 내가 질 이유가 없는 싸움이었다. [제4의 벽]이 무너져서 잠깐 판단력이 흐려졌을 뿐. 생각해보면 내게는 충분히 이 녀석들을 제압할 만한 수단이 있었다. 그것도 여럿.
서거거걱!

칼날에 베인 웨어울프가 속절없이 무너졌다. 웨어울프는 어둠 속성을 지니고 있다. 그러니 신성 속성에는 취약할 수밖에.

더욱이 이 녀석들을 잡을 때는 '불살' 페널티를 신경 쓸 필요도 없다.

인외종이란 곧 인간이 아니라는 뜻.

이 녀석들은, 동족이 아니다.

웨어울프 무리 속, 나를 발견한 송민우의 얼굴이 보였다. 천천히 커지는 녀석의 눈동자. 숨을 몰아쉬던 한수영의 목소리가 뒤쪽에서 들려왔다.

"야! 괜찮겠어?"

나는 대답하지 않았다. 상황은 여전히 열세였으니까.

[전용 스킬, '제4의 벽'이 흔들립니다.]

그래도 분명 아까와는 다르다.

"괜찮아, 각성 이벤트 끝났거든."

나는 송민우를 향해 곧장 달려갔다.

크르르릉―!

몇 가지 생각이 스쳤다. 만약 여기서 간평의를 사용해 '육망성의 사냥꾼' 같은 녀석을 호출한다면 승부는 쉽게 갈릴 것이다. 하지만 그런 식으로 싸워서야 트라우마가 극복될 리 없다.

이번만큼은 온전히 내 역량으로 싸워야만 한다.

[가속]을 발동한 송민우의 몸이 엄청난 속도로 움직였다. 40레벨 남짓의 민첩에, 5레벨 [가속]의 효과가 더해지며 본신의 속도가 껑충 뛴 모양이었다.

보법이 없는 나는 편법을 쓸 수밖에 없었다.

[민첩에 7,000코인을 투자했습니다.]
[민첩 Lv.40 → 민첩 Lv.50]
[질풍 같은 신속함이 당신의 전신에 깃듭니다.]

스킬이 없으면 스탯으로 때우면 된다.

나는 날아드는 녀석의 손톱을 가볍게 피하며 검을 올려 쳤다.

"크아아악!"

잘려나간 녀석의 팔이 허공을 헛도는 동안 다른 쪽 팔도 베어냈다. 녀석이 당황하며 몸의 균형을 잃었다. 그 틈을 놓치지 않고 다리까지 마저 베어버렸다.

순식간에 사지를 절단당한 송민우가 포효했다. 포효와 함께, 녀석의 팔다리가 다시 자라나고 있었다. 웨어울프의 특전인 [육체 재생]이었다.

그런데 저 정도 재생 속도면…… 이 자식, 누군가에게 '가호'를 받나 본데? 그래. 차라리 잘됐다.

[성좌, '한발 늦은 시련의 극복자'가 당신의 행동에 주목합니다.]

현상금 시나리오의 목표는 놈을 죽이는 게 아니라 트라우마를 극복하는 것. 이렇게 쉽게 죽이면 성좌가 만족할 리 없지.

나는 '신념의 칼날'을 해제하고 대신 주먹을 들었다.

[근력에 8,000코인을 투자했습니다.]

[근력 Lv.50 → 근력 Lv.60]

[당신의 힘이 거인족의 흥미를 끌기 시작합니다.]

[당신의 종합 능력치가 해당 시나리오의 제한 기준에 거의 도달했습니다.]

나는 사지가 재생된 송민우의 멱살을 틀어잡았다.

[전용 스킬, '제4의 벽'이 흔들리고 있습니다.]

놈의 얼굴을 보니 내 안에 있던 '열일곱 살 김독자'가 어렴풋이 떠오를 것도 같았다. 이제는 너무 오래된 기억이었다. 하지만 오래되었다고 그냥 웃으며 넘어갈 수 있는 일도 아니었다. 나는 쓴웃음을 지으며 말했다.

"민우야, 내가 아까 인사를 제대로 못 했지?"

"뭐……?"

"반갑다."

나는 그대로 놈의 배를 후려쳤다.

"커허헉……!"

"근데 말이야. 너도 양심이 있으면 인마, 동창 타령 전에 사과부터 해야 하는 거 아니냐?"

나는 한 손으로 놈을 붙든 채 계속해서 주먹을 갈겼다.

흉부를. 배를. 얼굴을.

"판타지 소설이나 보던 찐따 새끼가―"

"판타지 보던 찐따가 이젠 어른이 됐거든."

"이 새끼……!"

"근데 너는 아직도 그대로인 것 같네."

무자비한 타격에 놈의 이빨이 부서졌고, 복근이 망가졌으며, 팔다리 뼈가 부러졌다. 압도적인 폭력에 근처의 웨어울프들은 으르렁대면서도 좀처럼 다가오지 못했다. [포식 위협] 따위 쓰지 않아도 공포 같은 건 얼마든지 선사할 수 있다.

진짜 공포는 원래 차원이 다른 강함에서 비롯되는 법이니까.

그렇게 십 분쯤 지났을까. 송민우가 망가진 입으로 애원하기 시작했다.

"크, 크릉! 머, 멈춰라!"

"내가 왜?"

"미, 미안하다. 사과한다! 그, 그땐 내가 철이 없어서……."

송민우의 입에서 흘러나온 말에 나는 처음으로 멈칫했다. 철이 없다. 물론 그랬겠지. 나도 안다. 이제 어린 시절 악의 정도는 이해할 수 있는 나이가 되었으니까. 하지만.

"뭔가 착각한 모양인데, 사과받으려고 때리는 거 아냐."

이해는 해도 용서할 수 없는 일이 있는 법이다.

"애초에 네가 사과해야 할 사람은 내가 아냐."

"대체 무슨 소리를……."

뭉개지는 송민우의 얼굴을 보며 모처럼 십대의 한철을 떠올렸다.

무력하고 나약했고 책밖에 모르던 나. 잘 기억은 나지 않지만, 내 안에는 분명 아직도 '열일곱 살 김독자'가 남아 있을 것이다. 이 떨리는 주먹이 바로 그 증거였다. 한수영의 말은 옳았다.

세상에 뻔한 트라우마는 없다.

고작 이런 복수로 내 트라우마가 완전히 없어질 리도 없었다. 나는 앞으로도 종종 악몽을 꿀 것이고, 열일곱 살 김독자는 여전히 그 시간 속에 박제되어 비극을 반복하겠지. 아무것도 변하는 것은 없겠지.

"컥! 커헉! 그, 그만……."

그러니 이제는 담대한 마음으로 폭력을 멈춰야 할 때였다.

"크허허헉!"

그런데 왜일까.

"제발, 그만……."

왜 내 주먹은 멈추지 않는 것일까.

생각과 다르게 계속해서 움직이는 주먹을 보며 나도 당황하고 말았다. 죽어가는 송민우의 신음. 나는 마음을 다스리기 위해 멸살법 일부를 떠올렸다. 유중혁 그 녀석은 이럴 때 어떻게 했더라. 4회차의 유중혁을 떠올렸다.

「"네놈은 나를 배신했다. 죽어라."」

곧이어 12회차의 유중혁을 떠올렸고.

「"전 회차에서 나를 배신한 놈. 죽어라."」

다시 27회차의 유중혁을 떠올렸다.

「"그냥 죽어라."」

어이가 없어서 웃음이 나왔다. 그래, 유중혁은 그런 놈이지.
그리고 나는 그런 유중혁을 읽으며 자랐다.

내 주먹이 간신히 멈춘 것은, 어느덧 걸레짝이 된 송민우가
의식을 완전히 잃은 후의 일이었다. 아직 얕은 호흡이 남아 있
는 걸 보니 죽지는 않은 모양이었다. 녀석을 한참이나 바라보
다가 나는 불현듯 입을 열었다.

"나도 아직 어른이 되진 못한 것 같네."

웨어울프들의 피로 만들어진 웅덩이에 희끄무레한 내 얼굴
이 비쳤다.

스물여덟 살이 된 김독자의 얼굴이었다. 이 얼굴 속에는 열
일곱 살의 김독자가 대체 얼마만큼 남아 있을까. 모른다. 확실
한 것은 하나뿐이었다.

"나 아직도 그 판타지 소설 보거든."

나는 살아남았다는 것.

[전용 스킬, '제4의 벽'의 흔들림이 잦아듭니다.]
[현상금 시나리오의 클리어 조건이 충족됐습니다.]

16
Episode

다섯 번째
시나리오

Omniscient Reader's Viewpoint

1

송민우의 피가 뚝뚝 떨어져 바닥을 적셨다. 피범벅이 된 주먹의 감각이 둔해졌다. 송민우는 가끔 꾸역꾸역 피거품을 흘릴 뿐, 눈을 뜨지도 말을 하지도 않았다. 부서진 녀석의 육체는 이제 수복을 포기한 듯했다.

한수영이 중얼거렸다.

"무서운 놈…… 웨어울프를 손으로 때려 죽이냐?"

이미 근처 웨어울프들은 도망가거나 한수영 손에 목이 달아난 뒤였다. 나는 송민우를 내려다보며 말했다.

"아직 죽진 않았어."

이제 녀석을 봐도 [제4의 벽]은 흔들리지 않았다. 트라우마를 완전히 극복한 건 아니겠지만, 적어도 과거 기억에 내성은 생겼겠지.

[성좌, '한발 늦은 시련의 극복자'가 당신의 모습에 격려를 보냅니다.]
[성좌, '한발 늦은 시련의 극복자'가 당신에게 자신의 성흔을 하사하고자 합니다.]

성흔을 준다고? 진짜?
이번 현상금 시나리오는 성좌 단일 의뢰도 아니었기에, 성흔을 보상으로 주는 것은 정말 의외였다. 물론 나야 고마운 일이지만.

[성흔, '자기합리화自己合理化'를 습득했습니다.]
[성좌, '한발 늦은 시련의 극복자'가 자신의 성흔을 계승한 당신을 향해 흐뭇한 미소를 짓습니다.]
[당신은 이제 어떠한 트라우마에도 굴하지 않는 방어 기제를 갖추게 될 것입니다.]

나는 어이가 없어서 잠시 멍하니 있었다.

[성좌, '긴고아의 죄수'가 배를 잡고 웃습니다.]

자기합리화? 이게 뭐라고 한자병기까지 하는데? 지금 누구 놀리냐?
한수영이 물었다.
"야, 그거 안 죽여?"

"어?"

"그거 말이야."

나는 바닥에 축 늘어진 송민우를 바라보았다.

죽여야 하나? 어차피 인외종이니 불살의 부담은 없다.

['낭인 송민우'의 후원자가 당신을 노려봅니다.]

죽이면 비형 채널의 성좌들도 좋아할 테지.

[상당수의 성좌가 당신의 복수를 염원합니다.]

나는 잠시 송민우를 내려다보다가 천천히 몸을 돌렸다.

"그만 가자."

"뭐? 진짜?"

"그래."

[일부 성좌가 당신의 위선에 실망합니다.]

[상당수의 성좌가 당신의 판단에 의문을 표합니다.]

[성좌, '은밀한 모략가'가 당신의 판단을 지켜봅니다.]

"진짜로 안 죽인다고? 저 자식 코인도 꽤 있을 텐데?"

"그래."

"그럼 내가 죽여도 돼?"

"그러든가. 하지만 후회할걸?"

"후회?"

나는 어깨를 으쓱한 후 그녀를 앞질러 걸어갔다. 웨어울프 무리가 달려왔던 방향으로.

아마 이 끝에 녀석들의 본진이 있을 것이다. 예상이 맞는다면 녀석들을 웨어울프로 변이하게 도운 운석도 있으리라. 재앙 시나리오를 대비하기 위해 운석은 반드시 모아야 했다.

조금 뒤처져 따라오던 한수영이 내 눈치를 흘끗 보고는 미심쩍은 기척을 냈다.

이윽고 갑자기 발소리가 많아진다 싶더니, 소리는 일제히 뒤쪽으로 멀어졌다. 정확히 송민우가 있는 쪽이었다.

아바타…… 그래. 한수영 너라면 그럴 줄 알았지.

나는 그녀의 욕망을 내버려두었다. 그녀가 내 위선을 눈감아준 보답으로. 그리고 잠시 후.

"이게 뭐야! 아악!"

한수영이 경련을 일으키며 끔찍한 비명을 내질렀다. 그 머릿속에 무슨 메시지가 뜨는지 나는 알 수 있었다. 아마 이런 메시지겠지.

[6급 인외종 '낭인 송민우'를 살해하여 마왕 '불화의 조성자'가 살해자의 존재를 눈치챘습니다.]

[마왕 '불화의 조성자'는 권속 살해에 최종 타격을 가한 화신체를 기억할 것입니다.]

[마왕 '불화의 조성자'는 자신의 권속에게 최종 타격을 가한 화신체를 수배할 것입니다.]

[최종 타격자: 한수영]

망연한 얼굴로 나를 보는 한수영을 향해 씩 웃어주었다.

"후회할 거라고 했잖아."

송민우는 72마왕 중 하나인 불화의 조성자 '안드라스' 권속이었다.

¤ ¤ ¤

스타 스트림의 강자가 '성좌'만 있는 것은 아니다.

저 하늘의 구독좌가 되기를 거부하고, 여전히 육신을 가진 채 시나리오를 떠도는 강자도 있다. 그런 초강자 중 하나가 바로 '마왕'이었다.

"넌 진짜 나쁜 새끼야."

마왕은 성좌가 화신을 만들듯 자신의 '권속'을 구하는데, 주로 인외종이나 악마종의 길을 택한 타락한 화신이 대상이다.

72마왕의 카스트 중 하위권에 속한 마왕, 불화의 조성자 '안드라스'.

그의 상징 중 하나는 바로 '늑대'다.

송민우 녀석의 뛰어난 [육체 재생] 능력은 바로 안드라스의 가호 덕분이었다.

한수영이 더듬거렸다.

"어떻게, 어떻게 나한테……."

"걱정 마. 내가 아는 사람도 너처럼 마왕의 저주를 받았는데, 곧바로 죽지는 않더라고."

"그걸 지금 위로라고 해?"

그러고 보니 한명오도 마왕 '정욕과 격노의 마신'의 저주를 받았는데…… 지금쯤 어떻게 되었을지 모르겠다. 아직 살아는 있으려나?

"좋게 생각해. '불화의 조성자'는 그다지 고위급 마왕도 아니잖아. 마왕과 적이 되면 절대선 계통의 호감을 얻을 수 있으니까 후원금도 많아질 테고. 좋은 게 좋은 거라고."

"대천사 녀석들한텐 관심 없거든? 게다가 내가 고를 배후성은 천사들이랑 사이가 안 좋다고!"

왜, 너도 마왕이라도 고르게?

무심코 그렇게 물으려다 뭔가 기묘한 느낌에 도로 입을 다물었다.

……방금 이 녀석이 뭐라고 말했지?

"네가 '고를' 배후성은 천사들과 사이가 안 좋다고?"

내 시선을 눈치챘는지 한수영이 자신의 입을 가렸다.

"너 설마 아직도 배후성 없냐?"

불가능한 이야기는 아니었다. 나 역시 배후성이 없는 상태니까.

사실 첫 번째 시나리오에서 어영부영 살아남은 사람 중 태

반은 배후성이 없을 것이다. 정확히는 '고를 선택지가 없었다'라고 말해야겠지만.

그러나 한수영 같은 강자가 아직 배후성이 없다니 뜻밖의 정보였다.

"못 고른 게 아니라 안 고른 거야. 처음부터 선택하는 게 더 이상한 거 아냐? 한 번밖에 못 고르는 건데."

"뭐, 그건 그렇지."

〈배후 선택〉은 뒤로 미룰 수만 있다면 미루는 게 좋았다. 좋은 성좌는 얼마든지 있고, 활약 여부에 따라 말 그대로 '똥차 가고 벤츠 오는' 사태가 얼마든지 벌어질 수 있으니까.

〈배후 선택〉이벤트는 첫 번째 시나리오가 끝난 직후에 한 번, 이후에는 '재앙 시나리오' 발생 직전에 정기적으로 시행된다.

다섯 번째 시나리오는 '재앙 시나리오'니까 한수영은 곧 있을 2회차 〈배후 선택〉에 참가할 수 있을 것이다.

나는 짐짓 시치미를 떼며 물었다.

"근데 누구 고르려고? 생각해둔 성좌라도 있어?"

한수영이 자신만만한 표정을 지었다.

"알면 깜짝 놀랄걸? 이미 나한테 관심도 보였거든."

"누군데 그래?"

혹시 '제천대성'이라도 떴나?

"'심연의 흑염룡'이라고 들어봤냐?"

[성좌, '심연의 흑염룡'이 당신의 반응을 살핍니다.]

나는 잠깐 머뭇거리다가 대답했다.

"아, 그래. 잘 생각했네. 좋은 배후성이지."

원작에서 '망상악귀 김남운'의 배후성을 자처한 이가 바로 '심연의 흑염룡'이었다. 망상악귀는 강철검제와 함께 최강을 다투는 조연이었으니, 실제로 나쁜 선택은 아니었다.

[성좌, '심연의 흑염룡'이 섭섭한 눈빛으로 당신을 바라봅니다.]

근데 저 자식은 이제 나한테 관심 없다더니…….

내 무심한 목소리에 한수영이 눈썹을 꿈틀거렸다.

"뭔가 찝찝한 말투네. 넌 배후성이 누구길래 그렇게 오만방자하냐?"

"아냐, 그냥 부러워서 질투한 거야."

"진짜로?"

"진짜로."

[인물 '한수영'이 '거짓 간파 Lv.1'를 발동 중입니다.]
[인물 '한수영'은 해당 발언이 거짓임을 확인했습니다.]

"뭬질래 진짜?"

무려 '심연의 흑염룡'이라니. 한수영이 꼭 배후성을 얻기를 바랄 뿐이다. 서로 쿵짝도 아주 잘 맞을 테니까.

[하렘을 좋아하는 한 성좌가 당신과 '한수영'의 케미를 응원합니다.]
[500코인을 후원받았습니다.]

나랑 똑같은 메시지를 들었는지 한수영이 얼굴을 구겼다.

"이건 또 뭔……."

안타깝지만 저 성좌의 바람은 이루어지지 못할 것이다. 한수영과 내 동행은 앞으로 열흘에 한정된다. 잠깐 협력하고 있지만, 그녀가 위협적인 적이라는 사실에는 아무 변함이 없다.

"도착한 것 같은데."

잠시 후 우리는 웨어울프의 본진으로 추정되는 장소에 다다랐다.

방배역 인근. 좁다랗게 붙어 선 빌딩 숲 사이로 혈향이 감돌았다. 마침 전투가 벌어지고 있는지 멀리서 웨어울프의 포효와 사람의 비명 소리가 함께 들려왔다. 한수영이 말했다.

"조금 늦은 것 같네. 선객이 있나 봐?"

모두 어디론가 이동했는지 보초는 보이지 않았다.

조금 더 들어가자 윤 대리가 설치한 것보다 훨씬 큰 규모의 농장이 나타났다.

코인 농장은 멸망한 세계의 전유물.

나는 이제 지겹도록 이런 광경을 마주하게 될 것이다.

이미 코인 수확이 끝났는지 철창 속에 살아남은 사람은 없었다.

앞서 나가던 한수영이 갑자기 코를 틀어쥐었다.

"우웩, 저건 또 뭐야?"

철창을 지나 웨어울프 거주 구역으로 이동하니 더욱 끔찍한 광경이 기다리고 있었다. 잘라낸 인간 허벅지가 줄에 매달려 있었다. 정육점에 걸린 돼지고기처럼 용도가 너무나 분명한 신체들.

[전용 스킬, '제4의 벽'이 당신의 정신적 충격을 상쇄합니다.]

나도 이런 장면은 텍스트로나 읽었지 실제로 보는 것은 처음이었다.

보통의 인간이 인외종으로 진화할 방법은 정해져 있다. 식인食人. 즉 자신의 동족을 포식하는 것.

한수영이 욕설을 내뱉었다.

"이런 짐승 같은 새끼들……."

대부분의 인외종은 우발적으로 진화한다. 보통 '식량 찾기' 서브 시나리오를 클리어하지 못한 이들이 이 길을 걷게 되는데, 한번 인외의 길을 걷기 시작하면 누구도 멈출 수가 없다. 종이 바뀌면 인간을 죽이는 일에 더는 죄책감을 갖지 않게 된다.

"너도 이런 걸 보면 화가 나긴 하는 모양이네."

"당연하지. 아무렇지 않으면 그게 사람이야?"

"다른 선지자들이 그러던데. 넌 아는 정보를 이용해 세계를 지배하려는 생각뿐이라고."

"누가 그래?"

한수영이 코웃음을 치며 덧붙였다.

"표절 시비 걸렸을 때만큼이나 어이없는 소리네."

"……."

"세계 지배? 하면 좋기야 하겠지. 하지만 일단은 멸망을 막는 게 첫 번째 목표라고. 사도를 괜히 모은 줄 알아?"

"그 사도들, 죄다 쓰레기던데."

"원래부터 쓰레기였어! 그게 내 잘못이냐?"

탕! 탕! 탕! 탕!

우리는 반사적으로 숨을 죽였다. 앞쪽에서 터져나오는 총성銃聲. 살점들이 과육처럼 터져나가는 소리가 들렸다.

이상한 일이다. 군대는 이미 전멸했을 텐데?

우리는 건물을 돌아 소리가 들려온 방향으로 달려갔다.

설령 군대가 남아 있다 해도 총으로 웨어울프를 상대하다니 말도 안 되는 얘기다. 하지만 곧이어 눈앞에 펼쳐진 광경은 그 말도 안 되는 얘기를 말이 되게 바꾸어놓았다.

웨어울프 시체가 산처럼 쌓여 있었다.

총탄에 맞은 시체는 모두 새카맣게 변색되어 있었다. 나와 한수영이 거의 동시에 말했다.

"……속성탄."

"총탄에 신성력을……?"

멀리서 이쪽을 향해 총을 겨눈 사람들이 보였다.

죄다 현대식 소총으로 무장했는데, 특이하게도 죄수복을 입고 있었다.

한수영이 긴장하며 내 옷깃을 붙잡았다.

"야, 전에 서대문형무소 쪽에 너 같은 녀석 하나 있다고 말한 거 기억하지?"

"어."

"저거, 그 녀석 세력이야."

한수영이 가리킨 곳에 가면을 쓴 이가 있었다. 가면 사이로 늘어진 긴 머리카락. 하늘색 죄수복 위로 걸친 트렌치코트.

"쟤가 리더야. 성장세나 하는 짓을 보면 하차자가 분명한데, 나한테 아무런 정보가 안 떠."

그런가. 저들이 한수영이 얘기한 서대문형무소의…… 근데 왜 저만한 세력이 왕좌 쟁탈전 때는 보이지 않았지?

한수영이 웨어울프 시체의 산을 보며 입을 열었다.

"쟤들도 방랑자야. 꽤 강력한 방랑자인데…… 지금 막 내가 아는 가장 강력한 방랑자들이 됐네."

반대쪽에서 총을 든 여자가 이쪽을 향해 곧장 다가오기 시작했다. 한수영이 말한 리더는 아니었다.

나는 '부러지지 않는 신념'을 빼 들었고, 한수영은 [아바타]를 준비했다. 우리를 향해 다가오던 여자의 총구가 움직인 것은 그때였다. 흠칫 허리를 숙이는데, 총구가 웨어울프의 시체 산을 향했다.

두두두두두!

내갈긴 총탄에 맞은 시체들이 무너져 내렸다. 그러자 시체

아래에 숨어 있던 뭔가가 드러났다.

"저건?"

가로세로 약 2미터 크기의 빛나는 돌. '재앙'을 막기 위해 우리가 찾던 운석 중 하나.

[노란색 운석]이 그곳에 있었다.

역시 저 운석이 웨어울프가 가진 힘의 근원이었던 모양이다. 우리와 함께 운석을 바라보던 여자가 천천히 내 쪽을 돌아보며 입을 열었다.

"김독자?"

나를 안다고? 어떻게?

자세히 보니 여자는 꽤 연배가 있어 보였다. 사십대까지는 아니더라도, 간간이 진 주름을 보니 적어도 삼십대 중후반으로 보이는 얼굴.

나는 가볍게 숨을 내쉬고는 일부러 부리부리하게 눈을 뜬 채 말했다.

"뭔가 착각한 모양인데 내 이름은 유중혁이다. 김독자는 내가 제일 싫어하는 놈의 이름이지."

"……유중혁?"

"그래. 그러니까 그쪽 하차자한테 전해. 함부로 까불지 말라고. 무슨 뜻인지 모르겠으면 일단 전하고 와."

흘긋 옆을 보니 한수영이 어처구니없다는 얼굴로 나를 보고 있었다. 나는 슬쩍 눈치를 주었다. 한수영이라면 이제부터 뭘 해야 할지 알 것이다. 그러자 여자가 입을 열었다.

"네가 김독자라는 건 이미 알고 있다. 불필요한 거짓말은 그만두지."

[인물 '한수영'이 해당 발언이 사실임을 확인했습니다.]

한수영이 내 쪽으로 고개를 끄덕였다. 이 여자는 내가 누군지 확실히 알고 왔다.

"왕께서 이 운석은 너희에게 맡기겠다 하셨다."

뜻밖의 발언이 이어졌다. 나를 아는 것으로도 모자라 이 운석을 그냥 주겠다니.

"당신들은 누구지?"

"우리는 '방랑자들의 왕'을 모시는 사람들이다."

"저쪽에 가면 쓴 사람이 당신들의 왕인가?"

여자가 고개를 끄덕였다. 나는 멀찍이 떨어진 그들의 왕을 바라보았다. 자세히 보고 있으니 어딘가 기시감이 들었다. 게다가 이상한 점이 있었다.

"왕이라…… 당신들, 깃발이 없는 것 같은데?"

"왕께서는 그런 시답잖은 물건에 연연하지 않으신다."

……시답잖은 물건? 여자는 계속해서 말했다.

"왕께서 전하라 하셨다. '북쪽의 재앙은 우리가 맡겠다. 하지만 다른 네 개의 재앙은 너에게 맡기겠다'라고."

내가 뭔가를 물어보기도 전에, 여자는 자기 할 말은 끝났다는 듯이 돌아섰다. 한수영이 고함을 질렀다.

"야! 갑자기 뭔 소리야? 똑바로 설명해주고 가야 할 거 아냐?"

여자는 고함에도 아랑곳하지 않고 등을 보인 채 멀어져 갔다.

한수영이 나를 보며 물었다.

"뭐야 대체. 너 저 여자랑도 아는 사이야?"

"그럴 리가 있겠냐?"

나는 곧바로 [등장인물 일람]을 발동했다.

['등장인물 일람'에 등록되지 않은 인물입니다.]

['등장인물 일람'을 업데이트하면 해당 인물의 정보를 확인할 수 있습니다. 업데이트하시겠습니까?]

그새 또 업데이트 주기가 돌아온 모양이다. 나는 고개를 끄덕였다.

[업데이트가 완료됐습니다.]

[일부 인물이 일람 사전에 추가됩니다.]

창이 떠올랐다.

〈인물 정보〉

이름: 조영란

나이: 37세

배후성: 조선제일술사朝鮮第一術士

전용 특성: 탈옥한 모범수(일반), 정의 집행관(희귀)

전용 스킬: [감옥 탈출 Lv.3] [인내심 Lv.6] [집행의 시간 Lv.3]

[사격 Lv.4]…….

성흔: [둔갑술 Lv.2]

종합 능력치: [체력 Lv.30] [근력 Lv.34] [민첩 Lv.36] [마력

Lv.28]

종합 평가: 현재 종합 평가가 진행 중입니다.

* 현재 '스타터 팩'을 적용 중입니다.

* 현재 '성장 패키지'를 적용 중입니다.

이것 봐라, 조선제일술사?

[성좌, '조선제일술사'가 당신을 경계심 어린 눈으로 바라봅니다.]

설마 벌써 '전우치田禹治'를 배후성으로 둔 화신이 있을 줄이야. 게다가 '심판자'보다는 격이 떨어지지만, 상당히 좋은 특성인 '집행관' 계통의 클래스까지 보유하고 있다.

부하가 이 정도면, 저 '왕'이라는 자는 대체 어느 정도지?

나는 곧바로 그쪽을 향해 스킬을 발동했다.

[해당 인물의 정보는 '등장인물 일람'으로 열람할 수 없습니다.]
['등장인물 일람'에 등록되지 않은 인물입니다.]

가면 쓴 왕과 시선이 마주친 순간, 찌릿한 통증이 머릿속을 스쳤다.

나는 거의 반사적으로 시선을 돌렸다. 심장이 빠르게 뛰었다. [제4의 벽]이 흔들리지는 않았지만 본능적으로 알 수 있었다. 계속 여자를 보았다면 송민우를 만났을 때보다 더 커다란 동요가 찾아왔을 것이다. [자기합리화]가 있긴 해도 아직 성능을 확신할 수 없는 만큼 함부로 위험을 감수하고 싶지 않았다.

한수영이 걱정스럽게 물었다.

"야, 왜 그래?"

"……아무것도 아냐."

[제4의 벽]이 반응한다는 것은 현실의 나에게 중요한 영향을 끼친 사람이라는 뜻.

즉 저자는 내가 아는 사람이다.

그런데 송민우보다 더 커다란 트라우마를 심어준 사람은 이 세상에 단 한 명밖에 없다.

그렇구나…… 역시 당신은 살아남았구나.

하지만 서울에 있을 줄은 몰랐는데.

저토록 큰 세력을 만들 수 있는 이유도. 모두 죄수복을 입은 이유도. '그 사람'이 왕이라면 다 납득되는 일이었다.

이윽고 방랑자들이 다시 움직이기 시작했다.

열을 맞추어 자신들이 왔던 길을 그대로 되돌아갔다. 한 치의 망설임도 없는 행군. 세세하게 배어나는 절도에서, 지금껏 어떤 그룹에서도 보지 못한 충성심이 느껴졌다.

대열 선두에서 리더가 통솔하고 있었다.

폭군왕 같은 왕관도, 미희왕 같은 용포도 없는 이.

나는 그들이 쓸고 지나간 폐허를 보았다. 망가진 코인 농장, 그들이 살려낸 생존자들. 손수 지급한 것으로 보이는 담요와 생필품이 생존자들 곁에 놓여 있었다. 생존자들은 떠나는 방랑자 무리를 경외심 어린 눈으로 지켜보았다.

잊고 있었다.

꼭 깃발이 있어야만, 혹은 왕좌에 앉아야만 왕이 되는 것은 아니라는 사실을.

왕이 없는 이 세계에도, 여전히 왕은 있었다.

2

잠시 후, 나는 그들이 남기고 간 노란색 운석을 손보고 있었다.

월장석月長石이라고도 부르는 이 운석은, 실제로 다른 차원을 맴돌던 별의 위성이었다.

과연 멸살법에서 본 그대로다.

손을 댈 때마다 느껴지는 짜릿한 마력, 불투명한 내부에서 흘러나오는 희미한 빛, 운석 전체에 도드라진 흰 줄무늬까지. 이 노란색 운석은 재앙에 대항할 힘 중 하나를 품고 있다.

얼마나 그러고 있었을까. 시스템 메시지가 들려왔다.

['월장석'이 당신에게 한 차원 높은 진화력을 제공하고자 합니다.]

나는 운석의 제안을 거절했다. 그러자 운석이 다시 힘을 거두어갔다.

월장석은 기본적으로 밤의 힘을 지녔으니 인외종 또한 이 힘을 받았을 것이다. 아마 밤의 힘을 받은 식인종은 더 상위 인외종인 웨어울프로 진화할 수 있었겠지.

['월장석'이 당신에게서 알 수 없는 친근함을 느낍니다.]

그런데 이 운석의 진짜 용도는 단순히 인외종을 진화시키는 것이 아니다. 웨어울프 따위는 몇백 마리가 있어도 앞으로 다가올 재앙은 막을 수 없다.

물론 수천 마리쯤 있다면 도움은 되겠지만, 그랬다가는 들끓는 인외종과 마왕의 권속으로 인해 또 다른 재앙이 찾아올 것이다.

"모처럼 봉사 활동하는 느낌이네…… 야, 뭔가 알아냈어?"

내가 운석을 살피는 사이, 한수영은 근처에 쓰러져 있던 생존자들을 돌봤다. 녀석에게는 전혀 어울리지 않는 일이라 좀 의외였는데, 아니나 다를까 코인을 노린 꼼수였다.

[절대선 계통의 일부 성좌가 '한수영'의 선행에 감동합니다.]

마왕이랑 척까지 진 마당이니 후원금은 평소보다 뻥튀기되었을 것이다.

과연 인간의 양면성이란 심오하다.

〈배후 선택〉이 다가오는 만큼 한수영도 슬슬 간을 보고 있겠지. 절대선 계통의 성좌 중에서 '심연의 흑염룡' 뺨치는 녀석이 나올 수도 있으니까. 나는 주변을 둘러보며 말했다.

"아바타가 유용하긴 하네."

수십 기의 아바타가 빠르게 주변을 정리했다. 인외종들 시체가 활활 타올랐고, 끔찍한 철창과 인간 정육점도 철거되었다. 저렇게 코피까지 줄줄 쏟아가며 코인을 벌고 싶을까.

쓰읍, 하고 피를 훔치던 한수영이 물었다.

"그래서, 언제 얘기해줄 건데?"

"뭘?"

"아까 그거 말이야."

운석에 관한 물음이 아니라는 것을 깨달았다.

"아직도 신경 쓰고 있었어?"

"그럼 신경이 안 쓰이겠냐?"

자기가 모르는 종류의 하차자가 둘이나 있다. 그런데 두 하차자 사이에 어떤 커넥션이 있는 것 같다.

명색이 '마지막 하차자'인 한수영 입장에서는 신경 쓰일 수밖에 없겠지.

"아는 사람이야, 아마도."

"아깐 모른다며?"

"말 건 여자 말고. 네가 말한 그룹의 리더 말야."

"방랑자들의 왕?"

나는 고개를 끄덕이며 말했다.

"그 사람은 하차자 아냐. 정확히 말하면, 그 사람은 원작을 읽은 적도 없을 거야."

"뭐? 그럼 어떻게 원작 내용을 아는 건데?"

"내가 직접 말해줬어."

한수영은 망치로 뒤통수를 얻어맞은 듯한 표정이었다.

"그 재미없는 얘기를 다른 사람한테 해줬다고? 아니 왜?"

"그 사람을 만나면 할 이야기가 필요했거든."

나는 잠시 사이를 두고 말을 이었다.

"나한텐 그것 말고는 할 얘기가 없었으니까."

살짝 어두워진 분위기 때문일까, 나를 추궁하려던 한수영이 잠깐 멈칫했다. 아마 묻고 싶은 게 많을 것이다. '방랑자들의 왕'은 누구인지, 나와 무슨 관계인지.

잠시 침묵하던 한수영은 이내 대수롭지 않다는 듯이 말을 이었다.

"무슨 관계인진 모르겠지만, 그냥 둬도 괜찮은 거야? 우리 말고도 미래를 아는 녀석이 많아지면……."

염려는 이해가 된다. 하지만 괜찮을 것이다.

'방랑자들의 왕'은 원칙이 분명한 사람이고, 적어도 미래 정보를 이용해 함부로 난장을 피우지는 않을 것이다.

나는 월장석을 툭툭 두드리며 입을 열었다.

"그보다 중요한 건 이거야. 지금부터 이걸 깨울 거니까."

"뭐? 이걸?"

한수영이 제정신이냐는 듯한 눈으로 나를 보았다.

"지금 '재앙'을 깨우겠단 얘기야?"

"뭘 그렇게 놀라? 너도 저지른 일이잖아?"

한수영은 〈선지자들의 밤〉에서 선지자들을 부추겨 화룡종, '레서 드래곤 이그니르'를 깨운 적이 있었다.

"야! 그 정돈 소재앙이지. 이건……."

"이건 재앙이 아니야."

"그럼 뭔데?"

"표절을 게을리한 모양이네. 기억 안 나냐? 시나리오가 시작되면 여기서 뭐가 나오는지 진짜 몰라?"

잠시 나를 노려보던 한수영은 스마트폰을 켜서 자신의 소설 파일을 읽기 시작했다.

"이거, 설마……."

"이제 찾았냐? 잘 베끼긴 했나 보네."

"시끄러워. 근데 아직 메인 시나리오가 열리지도 않았는데 이런 짓 해도 괜찮아? 또 개연성 폭격 맞으면 어쩌게?"

"이 정도로는 안 맞아."

"중급 도깨비한테 미움도 산 마당에……."

"그러니까 그놈 없을 때 처리하잔 거지."

지금쯤 녀석은 한창 관리국에서 문책당하느라 바쁠 테니까.

"지금부터 여기에 마력을 주입할 거야. 내가 계산해봤을 때 부화까지 열 시간 정도면 충분해. 내가 네 시간, 그리고 네가 여섯 시간."

"왜 나만 여섯 시간인데?"

"네 마력 레벨이 더 높을 거 아냐?"

그 순간, 돌아다니던 아바타의 개체 수가 급격하게 줄어들었다.

눈치하고는.

"솔직히 말해봐. 너 마력 레벨이 몇이야?"

"꼭 말해야 돼?"

"시나리오 클리어에 필요한 정보야."

['임시 서약서'의 조항이 효력을 발휘합니다.]

한수영의 인상이 팍 구겨졌다.

"……55레벨."

솔직히 깜짝 놀랐다. 아바타를 수십 기나 운용 가능하니까 40레벨은 넘겠다고 생각했는데 무려 55레벨이라니…… 시나리오 제한 기준에 육박하는 수치다.

체력과 근력이 상대적으로 떨어지는 걸 보면 지금껏 코인을 죄다 마력에 투자한 모양이었다.

"바꿔야겠네. 내가 두 시간. 네가 여덟 시간."

"야! 불공평하잖아! 나 지금 마력도 다 떨어졌다고."

나는 비형에게 요청해 도깨비 보따리를 연 후 '중급 마력 회복의 물약'을 몇 개 구입했다.

"그럼 이거 마시면서 해."

"뭐야 이건?"

"코인 아이템."

"……네 배후성 엄청 통이 큰가 보다? 이런 거 나한테 막 줘도 돼?"

"통은 내가 큰 거야."

한수영이 나를 흘겨보았다.

"이상한 거 넣진 않았지?"

"그럼 나 먼저 시작한다."

나는 월장석에 손을 대고 곧장 마력 주입을 시작했다.

열 시간 뒤 이 운석 안에서 깨어날 녀석을 떠올리면서.

¤ ¤ ¤

얼마나 잠들어 있었을까. 누가 깨우는 소리에 눈을 떴다.

"야, 빨리 일어나! 이 녀석 움직이기 시작했어!"

운석에 손을 대고 있던 한수영이 안절부절못하는 얼굴로 소리쳤다. 쩌저적, 하는 소리와 함께 운석에 가는 금이 생기기 시작했다. 화룡종의 붉은 운석이 부서질 때와 비슷한 현상이었다. 그때처럼 공격적인 반응을 보이지는 않겠지만…… 그래도 말 한마디 까딱 잘못하면 우리 둘 다 여기서 죽을 수도 있다.

고오오오오!

월장석에서 일직선으로 솟아난 빛이 밤의 어둠을 밝혔다.

보는 것만으로도 위압감이 느껴지는 강력한 존재가 웅크림에서 깨어나고 있었다.

껍데기처럼 부서진 월장석 조각이 바닥에 떨어졌다. 깨진 월장석의 틈새로 은빛 갈기가 부스스 흩날렸다. 저 녀석이 새끼였다면 '각인 현상'을 이용해 통제가 가능했겠지만, 지금 나온 존재는 그런 순진한 생명체가 아니었다.

[시나리오 최초로 이계의 생명체와 조우했습니다.]
[이계인들과의 친화력이 상승합니다.]
[2,000코인을 보상으로 받았습니다.]
[이계인들과의 원활한 소통을 위한 스킬을 보너스로 받았습니다.]
['이계어 통역 Lv.1'을 획득했습니다.]

곁에 선 한수영이 침을 꿀꺽 삼키는 게 느껴졌다. 이계인과의 조우는 다섯 번째 시나리오의 서막이니 긴장될 만도 했다.

이제까지의 시나리오와 완전히 다르다. 다섯 번째 시나리오에서는 조금만 실수해도 서울 전체가 사라질 수 있다.

[전용 스킬, '이계어 통역 Lv.1'을 사용합니다.]
[아이템 '이뮨타르 종족의 호부'의 효과로 특정 언어에 대한 이해도가 높아집니다.]

화룡종을 잡고 얻은 호부도 지금부터는 도움이 될 것이다.

[자동 통역을 시작합니다.]

빛나는 월장석 안에서 목소리가 들려왔다.

"#%#$. ……젠장, 벌써?"

월장석 안에 웅크리고 있던 거구의 생명체가 투덜거리며 몸을 일으켰다. 전신의 은빛 갈기 때문에 얼핏 늑대를 연상시켰지만, 웨어울프 따위와는 차원이 달랐다. 무엇보다 나는 이 자가 무슨 종족인지 알고 있었다.

「족히 3미터는 되는 덩치. 밤이 되면 월장석의 기운을 받아 변신이 가능한 이세계 '클로노스'의 지배종. 그들은 괴물 같은 체력과 거인 같은 힘을 겸비한 바람의 투사들이다.」

클로노스의 다섯 지배종 중 하나.

"나는 위대한 최초의 늑대."

「클로노스에서 그들은 퍼스트울프 '이뮤타르'라 불린다.」

"이뮤타르— '리카온'이다."

그르렁거리는 숨소리가 밤의 어둠 속에서 울려 퍼지자 주변의 기척들이 모조리 숨을 죽였다. 단지 눈을 마주친 것만으로 한수영이 내 뒤에 숨을 정도의 기백. 물론 나는 물러서지 않았다.

[전용 스킬, '등장인물 일람'을 발동합니다!]

〈인물 정보〉

이름: 리카온 이스파랑

나이: 371세

배후성: 멸망한 세계의 그림자

전용 특성: 고귀한 이뮨타르(영웅), 굴욕의 생존자(희귀)

전용 스킬: [바람의 길 Lv.9] [상급 무기 연마 Lv.9] [전장의 포효 Lv.8] [현인의 통찰력 Lv.4] [강철 피부 Lv.8] [연기 Lv.4]…….

성흔: [멸망 인도 Lv.1]

종합 능력치: [체력 Lv.75] [근력 Lv.75] [민첩 Lv.75] [마력 Lv.75]

종합 평가: 멸망한 클로노스의 다섯 지배종 중 하나입니다. 자신의 세계를 잃고 스타 스트림에 투신하여 시나리오의 길잡이가 됐습니다. 언제나 회한에 가득 찬 눈으로 세계를 보는 것이 특징입니다.

과연 이세계의 영웅답게 무지막지한 스킬과 능력치를 가지고 있다.

능력치가 모두 75레벨이라니. 현시점에서 시나리오 제한 기준조차 초과해버린 수치다. 어지간한 역 대표는 한 대만 맞아도 죽겠는데 그래.

리카온의 푸른 눈동자가 흥미롭다는 듯 나를 내려다보았다.

"나를 깨운 것은 너희인가?"

내가 고개를 끄덕였다.

"그렇군…… 그러면 드디어 때가 되었다는 것이겠지? 튜토리얼 시나리오 클리어를 축하한다, 이계의 전사들이여."

튜토리얼 같은 소리 하네. 극적인 효과를 위해 어설프게 도깨비를 따라 하는 모양인데, 우스운 일이었다.

이 세계에 튜토리얼 같은 것은 없다.

모든 시나리오는 실전이고, 죽은 사람은 다시는 돌아올 수 없다. 그런데 무슨 '튜토리얼' 같은 것이 존재한단 말인가.

"멸망을 맞이하는 자들이여. 먼저, 너희 세계에 '재앙'이 찾아온 데 깊은 유감을 표한다."

리카온은 하늘을 바라보며 말했다.

서울 상공을 차지한 그레이트 홀. 블랙홀을 연상시키는 거대한 소용돌이는 매 순간 조금씩 부피를 늘려가고 있었다. 리카온 또한 자신의 세계가 멸망한 그날 저 소용돌이를 보았을 것이다.

시나리오에 등장하는 이계인은 모두 시나리오에 의해 자기 고향을 잃은 자들이니까.

"하지만 내가 왔으니 안심해도 좋다. 나는 이 세계의 멸망을 막기 위해 찾아온 '길잡이'다. 나는 재앙에 대비해 너희를 훈련

시킬 것이며, 꼭 필요한 지침을 알려줄 것이다. 그리고……."

꽤 급하게 나왔을 텐데 제법 대사를 잘 읊는다. 아마 도깨비에게 매뉴얼을 받았겠지. 한참을 떠들던 리카온이 갑자기 말을 끊었다.

"그런데 나를 깨운 것은 그대들이 전부인가?"

"그렇습니다."

"이상하군. 그대들은 네 번째 시나리오를 클리어하지 않았나? 제대로 클리어했다면, 나를 비롯한 다섯 길잡이가 같은 곳에서 부화했을 텐데…… 절대왕좌의 주인은 어디 있지?"

그 말이 맞다. 본래 리카온을 비롯한 다섯 길잡이는 절대왕좌의 주인이 탄생하는 순간 그곳으로 모이게 되어 있다.

나는 리카온을 향해 말했다.

"우리는 '왕'이 없습니다."

"왕이 없다? ……설마 절대왕좌의 주인이 죽었나? 그럴 리가. 현시점에서 왕좌의 주인을 죽일 존재가 있을 리 없는데?"

그르르르.

리카온이 위협적으로 불신을 표현했다.

"왕좌의 주인은 처음부터 없었습니다."

"그게 무슨 뜻이지?"

"우리는 절대왕좌를 얻지 않고 네 번째 시나리오를 클리어했습니다."

리카온의 동공에서 불길이 일었다.

"거짓말을 하는군. 그런 일은 있을 수 없다! 네 번째 시나리오는 누군가가 절대왕좌를 차지해야 끝난다."

"왕좌를 파괴하는 방법도 있습니다."

리카온의 안색이 굳어졌다. 그는 잠시 내 진의를 가늠하는 듯하더니 이내 눈을 크게 떴다.

"……설마?"

고귀한 이계의 영웅이 당황하는 모습은 그야말로 볼만했다. 나를 유심히 보던 그의 은빛 갈기가 부르르 떨렸다.

"이 수많은 별자리의 곁…… 설마 그대가 직접 왕좌를……?"

"맞습니다."

"어떻게 그런 천인공노할 짓을……!"

욕설을 퍼붓는 중인지 리카온의 뒷말은 제대로 들리지 않았다. 울부짖는 리카온을 보며 한수영이 내게 속삭였다.

"야, 그게 그 정도로 심각한 거였어? 너 아까 나한테는……."

한수영도 [이계어 통역]을 얻어서 대화를 들은 모양이었다. 내가 채 답하기도 전에 리카온이 소리를 질렀다.

"어째서 그런 짓을 저질렀는가! 그러면 지금 이 세계에는 '위대한 신격'의 가호를 받는 이가 단 하나도 없단 말인가?"

"없습니다."

"아아! 스타 스트림의 성좌들이 클로노스를 돌보지 않으시는구나! 이 세계는 이제 끝장이다! 코볼트보다 못한 지능을 가진 생명체들이 기어코 일을 저지르고야 말았구나!"

절망하는 리카온을 보고 있자니 슬금슬금 짜증이 일었다.

그래, 이게 이계인의 본질이다. 겉으로는 우리 세계를 돕기 위해 파견된 것처럼 굴지만, 사실 녀석들의 목적은 따로 있다.

하지만 이번 회차에는 절대 그렇게 되게 두지 않는다.

"이뮤타르의 종족의 왕자, 리카온 이스파랑. 아직 좌절하긴 일러."

자존심 강한 이뮤타르 종족의 왕자는 내 태도 변화에 곧바로 반응했다. 으르렁거리는 포효에 대기가 쩌렁쩌렁 울렸다.

"건방진 인간. 위대한 종족 앞에 존경심을 보여라! 자기가 저지른 죄의 무게를 모르는 모양이구나!"

"고향이 멸망하고 나니 눈에 뵈는 게 없나 봐? 이뮤타르는 클로노스에서나 지배종이었지 지구에서는 아니야."

일순 놀란 리카온의 표정이 경직되었다.

나는 그 틈을 놓치지 않고 말을 이어갔다.

"너희 세계를 멸망시킨 다섯 번의 재앙이 있었지."

"무슨……."

"네가 살던 클로노스의 남대륙은 그중 '용'에 의해 멸망당했어. 그렇지?"

리카온의 눈빛이 깊은 불신에 젖었다.

"어떻게 그 사실을 알고 있지?"

"화룡종 이그니르. 불타는 지옥의 재앙. 네 세계를 멸망시킨 재앙의 이름이지."

내가 죽인 소재앙 '레서 이그니르'의 본판인 화룡종 이그니르는 본래 '대재앙'급 괴물이었다. 단 한 번의 불길로 작은 도시 하나를 불바다로 만들 수 있고, 날갯짓 한 번으로 급수 낮은 괴수종을 분해해버릴 수 있는 재앙. 클로노스의 남대륙은 녀석에게 멸망했다. 운석에서 깨어난 미지의 화룡종에게.

리카온이 으드득 이를 갈았다.

"남 이야기처럼 말하는구나. 네놈은 후회하게 될 것이다. 곧 네 세계 또한 그 뜨거운 지옥불 속에 몸부림칠 테니까."

"그건 걱정 마. 이 세계에 이그니르는 내려오지 않을 거야."

"무어라?"

"내가 이미 죽였거든. 그러니 이 세계에 '불타는 지옥의 재앙'은 안 와."

리카온은 자신의 고향이 되살아났다는 말이라도 들은 듯이 명한 표정을 짓더니, 이내 입꼬리를 일그러뜨렸다.

"이 세계의 농담인가? 곧 멸망할 세계치고 재미있는 곳이로구나."

뭐…… 당연히 안 믿을 거라고 생각했다.

나는 품속을 뒤져 푸른색이 감도는 패牌 하나를 꺼냈다. 그러자 마법처럼 리카온의 웃음소리가 잦아들었다.

이뮨타르 종족의 호부.

덜덜 떨리는 리카온의 손이, 내 손바닥 위에 놓인 호부를 향해 다가오다 툭 떨어졌다.

"어, 어찌…… 어떻게 네놈이 그것을……!"

이뮨타르 종족의 호부는 재앙의 용을 사냥했다는 증거다.

"이뮨타르 종족의 리카온. 호부 앞에 경의를 표하라."

고고한 리카온의 몸이 천천히 무너졌다. 먼저 무릎이 닿았고, 고개가 떨어졌다. 인정할 수 없다는 듯 그의 동공이 심한 지진을 일으켰다.

"제대로."

이윽고 녀석의 고개가 바닥에 닿았다. 3미터가 넘는 장신이다 보니 엎드리고 나서야 나보다 눈높이가 낮아졌다. 나는 리카온을 가만히 내려다보았다. 그때 화룡종을 잡은 것이 이런 식으로 도움이 될 줄이야.

한수영은 아직 제대로 상황 파악이 안 되는지 나와 리카온을 혼란스러운 눈으로 번갈아 볼 뿐이었다. 한수영의 만행 때문에 죽을 뻔하긴 했지만 결과적으로 보면 이 녀석 덕분에 일이 쉽게 풀리게 생겼다.

리카온이 떨리는 목소리로 물었다.

"위대한 용 사냥꾼이시여…… 뒤늦게 존함을 여쭈는 무례를 용서하시옵소서."

"내 이름은 김독자다."

새삼스럽지만 이름이 너무 멋없다는 생각이 들었다. 내 이름은 유중혁이다, 라고 했으면 뭔가 멋진 장면이 되었을 것 같은데.

나는 어색한 분위기를 무마하기 위해 재빨리 말을 덧붙였다.

"리카온. 네가 해줘야 할 일이 있다."

할 일이라는 말에 리카온이 조심스레 고개를 들었다.

"내게 너희 종족의 비기인 [바람의 길]을 가르쳐라."

리카온의 눈이 천천히 커졌다.

리카온을 부화시킨 목적은 바로 이것이었다. '남쪽의 재앙' 인 화룡종이 허무하게 사라졌으니, 다섯 번째 시나리오에서 최초로 강림하는 재앙은 반드시 '동쪽의 재앙'이 될 것이다.

동쪽의 재앙을 막기 위해 나는 반드시 이뮤타르 종족의 비기를 손에 넣어야 했다.

[바람의 길].

그것은 동쪽의 재앙인 '질문의 재앙'에 맞설 수 있는 유일한 해답이다.

¤ ¤ ¤

한 시간 뒤, 나는 대화를 따라오지 못하는 한수영에게 사태를 설명하고 있었다.

"그러니까 그때 죽인 화룡종에서 '호부'라는 게 나왔고, 그게 쟤들한테 중요한 물건이라는 말이지?"

"그래."

"아직도 잘 이해가 안 가는데…… 그럼 그때 죽인 화룡종도 '재앙'의 하나로 쳐? 어쨌든 '소재앙'이니까?"

"맞아."

"그럼 다섯 번째 시나리오에서 막아야 할 재앙은 다섯 개가 아니라 네 개인 거네?"

"이해가 안 간다는 사람치고는 제법 잘 이해했는데."

내 말에 한수영이 인상을 찌푸렸다.

"납득이 안 가. 그때 네가 죽인 건 '레서 드래곤'이잖아? 진짜가 아닌 열화판인데 왜 재앙으로 쳐줘? 그것도 멸살법식 편의주의 전개냐?"

"재앙 운석에서 부화한 건 전부 재앙으로 쳐. 그 녀석이 이그니르 대신 나왔으니 이번 시나리오에서 이그니르는 안 나오는 거고. 그리고 원작에서도 이그니르가 나오진 않았어. 이그니르의 해츨링이 나왔지. 이제 겨우 다섯 번째 시나리오인데 벌써 그런 게 나오면 우리가 어떻게 깨겠냐?"

"말 잘한다. 무슨 멸살법 대변인이냐? 너 사실 작가지?"

시나리오는 난이도가 말도 안 되는 것 같기는 해도, 죽어라 노력하면 깰 수 있게끔 난이도가 조정되어 있다.

물론 말이 '조정'이지 극악한 건 마찬가지다.

해츨링의 열화판인 레서 드래곤만 해도 최고급 전력이라 할 수 있는 선지자들을 몰살해버렸으니까. 그뿐인가? 심지어 나도 녀석한테 한 번 죽었다. '불살의 왕' 혜택이 없었다면 절대 못 잡을 녀석이었다는 얘기다. 녀석이 그대로 풀려나 레벨업을 계속했다면 서울은 리카온의 고향과 똑같은 꼴이 되었을 것이다.

물론 속사정 따위 전혀 모르는 한수영은 껄렁거리기 바빴다.

"아무튼 재앙도 생각보다 별거 아니네? 멸살법에서 무지막지하게 표현해놨길래 엄청 쫄았는데, 네가 잡을 정도면 다른 재앙도……."

"화룡종 때는 운이 좋았고, 이번에 몰려올 재앙은 원작 그대로야. 아주 끔찍한 놈들이 올 거라고."

'원작 그대로'라는 말에 굳어지는 표절 작가의 표정을 보는 건, 제법 유쾌한 일이었다.

"뭐야, 그럼 어떡해?"

"어떡하긴. 저놈 이용해야지."

나는 멀찍이 떨어진 곳에서 수련을 준비하는 리카온을 바라보았다.

한수영이 물었다.

"쟤 세 보이는데, 혹시 쟤가 대신 싸워줄까?"

"저놈 겁쟁이야. 그리고 길잡이는 원칙적으로 다른 세계의 재앙에 대항하지 못하게 되어 있어. 우리 일은 우리가 해결해야지."

때마침 리카온이 나를 부르는 소리가 들려왔다.

"호주護主시여, 준비가 끝났습니다."

호주는 '호부의 주인'을 일컫는 말이었다. 뭔가 어감이 안 좋아서 이름을 부르라고 몇 번이고 말했지만, 리카온이 이것만큼은 양보하지 않았다.

"지금부터 일족의 비기 [바람의 길]을 전수하겠습니다."

[바람의 길]. 궁극에 이르면 인근의 대기를 자신의 수족처럼 부릴 수 있다는 히든 스킬. 오직 이뮨타르 종족의 호부를 지닌 이만이, 그들의 비기를 익힐 자격을 얻는다.

본래 예정대로였다면 유중혁이 내 역할을 맡았겠지만, 이번에는 아니었다. 안 그래도 센 놈한테 이런 좋은 스킬까지 몽땅 몰아줄 수는 없지.

"그럼 시작하겠습니다."

그리고 나는 세 시간 동안 땀을 뻘뻘 흘리며 스킬을 배웠다.

시스템을 통해 [스킬을 습득하시겠습니까?] 같은 메시지가 뜨면 좋겠지만, 이번만큼은 그런 요행이 불가능했다. 이계인을 통한 스킬 전수는 직접 배워 익히는 것만 가능하기 때문이다.

그래도 소설을 읽은 짬밥 덕분인지, 조금씩 리카온의 움직임을 따라 할 수 있었다.

정확히는, 따라 하고 있다고 생각했다.

한 시간쯤 더 지났을까. 머뭇거리던 리카온이 입을 열었다.

"호주시여. 이런 말씀드리기 정말 송구스럽지만……."

나는 숨을 헐떡이며 물었다.

"뭔데? 전수 끝이야?"

"아니, 그게 아니라……."

"그럼 내가 뭐 잘못하고 있어?"

"정확히는……."

"시간 끌지 말고 빨리 말해."

"모든 게 잘못되셨습니다."

너무 진심이 깃든 말이라, 나는 기습 펀치를 맞은 사람처럼 자리에 털썩 주저앉았다. 갑자기 하늘에 떠 있는 그레이트 홀이 유난히 더 커 보였다. 나를 조롱이라도 하는 것 같다.

그런 나를 보며 리카온이 확인 사살을 했다.

"호주께는…… [바람의 길]의 자질이 조금도 없습니다. 아니, 솔직히 말하면 모든 스킬의 자질이 거의 없으신 듯합니다."

잘못하면 나 때문에 세계가 멸망할지도 모르겠다.

¤ ¤ ¤

그런 식으로 몇 시간이 더 지나 하루가 몽땅 흘러버렸다. 이제 다섯 번째 시나리오 시작까지 남은 시간은 팔 일. 나는 포기하지 않고 계속해서 [바람의 길]을 익혔다. 물론 진전은 없었다.

"크르릉. 호주시여, 그만 포기하시는 편이……."

"……왜 난 안 되지?"

옆에서 낄낄대며 구경하던 한수영이 말했다.

"왜긴? 재능이 없으니까."

"그럴 리가 없어."

"왜 없냐? 주인공도 아닌 게. 너 요즘 좀 잘나간다고 유중혁이라도 된 줄 착각하는 거 아냐?"

어쩐지 정곡을 찔린 것 같아서 가슴이 아프다. 나는 인상을 찌푸리며 말했다.

"그래도 머리로는 다 이해해."

"아, 예. 생각으로야 누구나 다 명문대 갈 수 있습죠."

"정말이야."

정말로 [바람의 길]과 관련된 깨달음을 대부분 기억하고 있었다. 하도 답답해서 한 시간 전에는 생존자에게서 보조 배터리를 구해 파일을 다시 읽기도 했다.

"왼손에는 질풍을, 오른손에는 폭풍을. 직선과 곡선이 부딪치는 장소에서 바람의 길은 열릴 것이다."

"허, 어떻게…… 정말로 이해하고 계셨군요!"

곁에서 듣던 리카온이 감탄했다.

실제로 내가 방금 중얼거린 것은 멸살법에 등장하는 유중혁의 깨달음 중 하나였다.

멸살법에서 유중혁은 이딴 중2병 같은 깨달음을 '작은따옴표'에 한자병기漢字倂記까지 해가며 통찰한 뒤, 단 오 분 만에 [바람의 길]을 습득한다.

그런데 그 간단한 걸, 나는 지금 이틀째 못 하고 있다.

"이걸 어떻게 하라는 건데?"

"예? 방금 잘 말씀하셔놓고서…… 그보다 더 정확한 표현은 없습니다."

"아니, 이건 비유잖아."

"비유가 아니라, 말씀하신 그대로 하면 됩니다."

미치고 팔짝 뛸 노릇이었다. 이번만큼은 멸살법 작가의 설명 버프로도 해결되지 않았다. 왜냐하면 설명이랍시고 적어놓은 것들이 죄다 뜬구름 잡는 소리였기 때문이다. [제4의 벽]도 이 순간만큼은 무용지물이었다. [제4의 벽]은 판단력이나 침착함은 키워주지만 없는 재능을 주지는 않는다.

나는 약간 열이 받아서 리카온에게 말했다.

"너 그럼 이거 한번 해봐. '하나의 바람과 다른 하나의 바람이 만나니 태극을 이루고, 다시 하나의 바람과 다른 하나의 바람이 만나 음양을 이룬다.'"

태극이니 음양이니 하는 건 분명 지구의 개념일 텐데 리카온은 찰떡같이 알아들었다.

"대체 그런 심오한 구절은 어떻게 통찰하신 겁니까?"

"딴소리 말고, 직접 몸으로 펼쳐보라고."

"그러니까, 이런 식입니다."

리카온이 손을 쓰자 각 방위에서 불어온 바람들이 세를 형성하기 시작했다. 두 개의 바람이 소용돌이를 이루었고, 다시 더해진 바람에 뜨겁고 차가운 기운이 어렸다.

……솔직히 말도 안 된다는 생각만 들었다.

그 말만 듣고 저런 기술을 펼친다고? 아니, 왜 나는 못 하는 건데?

괜히 오기가 생겼다.

"그럼 이건 어때? '네 개의 바람이 만나 방위를 형성하고, 그에 다시 네 개의 바람이 더해져 팔괘의 묘를 이루니, 그로써 바람은 어디에나 존재하고 어디에도 존재하지 않는다.' 이것도 할 수 있어?"

그 문장은 유중혁이 9회차 회귀에서 얻은 깨달음이었다. 이번만큼은 리카온도 당황한 표정을 지었다. 나는 의기양양한 목소리로 말했다.

"못 하겠지? 내가 딱 그 기분이야."

"호구…… 아니, 호주. 정말로 감사합니다."

[5급 인외종, '이뮨타르의 왕자 리카온'이 커다란 깨달음을 얻었습니다.]

리카온은 갑자기 가부좌를 틀더니 수련을 시작했다.

[당신은 '이뮨타르의 왕자 리카온'의 진화에 커다란 영향을 끼쳤습니다.]

['이뮨타르의 왕자 리카온'이 당신에게 커다란 고마움을 느낍니다.]

[멸망한 세계 '클로노스' 출신의 몇몇 성좌가 당신에게 감사를 표합니다.]

[2,000코인을 후원받았습니다.]

그제야 무슨 일이 벌어졌는지 알았다. 방금 내 말을 듣고 저 망할 늑대가 오히려 깨달음을 얻어버린 것이다.

한수영은 웃다 못해 배를 잡고 넘어가는 중이었다. 뒤늦게 좌절감이 몰려왔다. 어쩌면 나는 멸살법에 대해서만 잘 알았지, 정작 나 자신에 관해서는 하나도 모르고 있었던 모양이다.

[성좌, '긴고아의 죄수'가 당신의 한심함에 감탄합니다.]

[성좌, '은밀한 모략가'가 당신의 허술함에 실망합니다.]

허공에 떠오르는 시스템 메시지를 보며, 이제라도 좋은 배후성을 하나 붙잡아 계약하면 어떨까 하는 생각까지 들었다. 물론 비형과의 계약 때문에 불가능한 얘기지만.

—그러게 왕좌는 왜 부쉈어? 멍청하게.

깜짝 놀라 위를 보니 허공에 투명한 비형의 형체가 있었다.

나는 도깨비 통신으로 말을 걸었다.

'이제 말해도 괜찮냐? 그 중급 도깨비는?'

—그놈은 당분간 안 와. 징계 제대로 먹었거든. 다섯 번째 메인 열릴 때까지 못 올 거야. 아, 그리고 채널 레벨업 또 했어. 잘하면 나 다음 달쯤에 중급으로 올라갈지도 모르겠다. 네 덕분이야.

'잘됐네.'

—뭐야, 별로 안 기뻐 보이네? 내가 잘되면 너도 좋은 거라고 인마.

'중급 되면 쓸데없이 바빠질 거 아냐.'

내 말에 비형이 피식 웃었다.

—자식, 걱정 마. 다른 화신은 몰라도 내가 널 안 챙기겠냐? 물론 요즘 관리국에서 중급 도깨비를 엄청 볶긴 하지만⋯⋯ 어떤 자식이 개연성을 엄청나게 비틀어놔서 시끄러웠거든.

누군지 말 안 해도 알겠다.

—아, 물론 네 얘긴 아니고.

보나 마나 유중혁 얘기겠지. 사실 유중혁의 성장 속도는 개연적으로 불가능한 것이다. 누가 봐도 치트에 가까운 속도로 성장하고 있으니까.

　―비정상적으로 빠르게 성장한 녀석이 하나 있는데, 관리국에서도 어떻게 건드릴 수가 없어서…… 뒷배가 만만치 않은 것 같아.

　앞으로도 유중혁의 '개연성'은 전혀 문제가 되지 않을 것이다. 개연성은 그것을 감당할 성좌가 있으면 문제가 되지 않는다. 그리고 유중혁의 성좌는 그게 가능한 존재다.

　―그건 그렇고, '성장 패키지' 안 살래? 지금 사면 싸게 줄게. 너 그 스킬 못 배워서 지금 고생하는 거잖아? 이 패키지 사면…….

　'안 사. 성장 패키지는 어차피 이미 배운 스킬에만 적용되잖아? 오랜만에 나타나서 등쳐 먹으려고 하나?'

　성장 패키지는 함부로 사용하면 페널티가 있다. 저 강력한 유중혁도 안 쓰는 이유가 있는 것이다.

　―쳇, 알고 있었냐……?

　비형이 아쉽다는 듯 입맛을 다셨다.

　'그래도 슬슬 뭘 살 때가 되긴 했지.'

　[보유 코인: 62,372C]

　화룡종 부위를 판 덕택인지 종합 능력치를 그만큼 찍고도 아직 코인이 상당히 남았다. 4만 코인만 더 있으면 [천룡보天龍步]라도 샀을 텐데, 아쉽게도 지금은 때가 아니었다.

비형이 화색을 띠며 덤벼들었다.

—오, 그래? 사고 싶은 거 있어?

'너희 조만간 새 코인 아이템 나오지?'

—……그건 또 어떻게 알았어? 첩자 심었냐?

'곧 새 시나리오 열리니까 당연히 팔겠지. 그때 되면 말해. 사줄 테니까.'

—오호, 네가 웬일……

나는 그대로 도깨비 통신을 꺼버렸다. 어차피 얻을 것도 없는 마당에 말해봐야 열불만 터지니까.

돌아보니 리카온은 여전히 깨달음을 얻는 중이었다. 어느새 가까이 다가온 한수영이 턱을 괸 채 나를 보고 있었다.

"이제 어쩔 건데?"

"나도 몰라. 생각 중이야."

"그거 차라리 내가 배우게 해줘."

"뭐?"

"아니면 저기 다른 생존자들한테 배우라 시키든가."

그 말에 나는 주변에 터를 잡은 사람들 쪽을 바라보았다.

코인 농장이 붕괴한 지 이틀째.

구출된 생존자들은 힘을 모아 다른 부상자를 돌보고 있었다.

윤 대리 쪽 코인 농장 피해자와는 사뭇 다른 분위기였다. 어쩌면 한수영의 위선 가득한 선행이 그들을 바꿨는지도 모른다.

이렇게 되고 보면 위선도 선인가 싶다.

한수영이 다시 입을 열었다.

"바람의 길인지 뭔지 아무튼 그걸 배우기만 하면 된다는 거 아냐? 그럼 누구든 상관없잖아?"

"……맞아, 누구든 배우기만 하면 돼."

"그럼 왜 꼭 네가 배우겠다고 고집을 부리는데? 너 혼자 성좌들 주목받으려고 그러지?"

틀린 소리는 아니지만, 완전히 맞는 소리도 아니었다.

"호부를 가진 사람만 [바람의 길]을 배울 수 있어."

"그럼 그 호부 나한테 줘봐."

"이건 양도가 안 돼."

[인물 '한수영'은 해당 발언이 사실임을 확인했습니다.]

나는 혀를 찼다.

"유중혁보다 더 의심 많은 녀석은 네가 처음이다."

"마침 말 잘 꺼냈네. 그 스킬, 원래 전개대로라면 유중혁이 배워야 하는 거지?"

"맞아."

"그럼 왜 네가 사서 고생을 해? 유중혁한테 다 맡기면 되는데. 지금이라도 안 늦었으니까 유중혁이나 찾으러 가자. 걔 잘 키워서 덕 보면 되잖아. 그 녀석이라면 호부 없어도 어떻게든 해내겠지."

"유중혁은 다른 사람 말 안 들어."

"내가 유혹해볼게."

나는 한수영의 얼굴을 가만히 들여다보다 시선을 거두었다.

"넌 안 돼."

"……지금 나 무시하냐?"

"게다가 유중혁을 찾아도 문제야."

아무리 유중혁이라도 호부가 없으면 [바람의 길]은 습득할 수 없다. 그럼 빼앗아야 한다는 얘기인데, 귀속 아이템인 호부는 내가 죽어야 소유권이 해제된다.

즉 유중혁은 나를 죽이려 할 것이다.

게다가 비단 호부 때문만이 아니라…….

"너도 알겠지만 마지막에 좀 안 좋은 상태로 헤어졌어. 만나면 분명 날 죽이려 들 거야."

내 근력 100레벨짜리 펀치에 피떡이 되어 날아가던 유중혁. 그 와중에도 나를 찢어 죽일 듯 노려보던 눈빛이 지금도 생생하다.

"하긴, 그 새끼 내 목 자를 때도 엄청 과감하더라."

충무로역의 기억이 떠오른 듯 한수영도 자기 목을 쓰다듬었다.

"게다가 찾고 싶어도, 지금 어디 있는지…….."

그때 멀리서 사람들의 웅성거림이 들려왔다.

"부상자입니다, 도와주세요! 상처가 심각해요!"

누군가가 근처에서 부상자를 찾은 모양이었다.

[성좌, '악마 같은 불의 심판자'가 당신의 전우애를 기대합니다.]

[몇몇 성좌가 당신이 다친 부상자를 치료해주길 기대합니다.]

모처럼 우리엘을 비롯한 성좌들의 메시지까지 떴다.

웬일이지?

나는 한수영을 데리고 일단 그쪽으로 가보았다. 잠시 후, 문제의 부상자를 확인한 나는 허공을 부유하던 비형을 가만히 노려보았다.

비형이 시치미를 떼며 킬킬 웃었다.

—난 모르는 일이야 인마.

온몸에서 피를 질질 흘리는 유중혁이 나를 기다리고 있었다.

3

나는 피를 흘리며 누워 있는 유중혁에게서 슬그머니 물러서며 허공의 비형을 다그쳤다.

'네 짓이지?'

설령 유중혁이 정말 근처에 있었다 해도, 이렇게 타이밍 좋게 발견될 리 없었다. 분명 비형 놈이 근처 누군가에게 '서브 시나리오'를 발동시켜 유중혁을 이쪽으로 데리고 오게 만든 것이다.

─걸핏하면 나부터 의심하냐? 증거 있어?

물증은 없다. 하지만 심증은 있다.

[성좌, '악마 같은 불의 심판자'가 당신의 판단에 가슴을 졸입니다.]
[500코인을 후원받았습니다.]

저게 심증이지.

멍청한 얼굴로 유중혁을 내려다보던 한수영이 나에게 속삭였다.

"……찾았네. 이제 어쩔 거야?"

"어쩌긴."

"역시 구해야겠지? 이 자식, 주인공이잖아."

당연히 구하긴 구해야 한다. 그런데 지금 이 자식을 구하면, 나는 반드시 죽는다. 한수영은 당장이라도 유중혁이 깨어날까 겁먹은 표정이었다.

"혹시 금제禁制 걸 만한 물건 없어?"

"유중혁한테 웬만한 건 안 걸려."

"그럼 어디에 가둬놓는다거나…….”

"그러면 저놈 자살할 거야."

"하긴 회귀하면 그만이니까. 젠장, 근데 이 자식 회귀하면 우린 어떻게 되는 거야?"

한수영도 뒤늦게 그 생각을 떠올린 모양이었다. 유중혁이 회귀하면 이 세계는 어떻게 되는가. 내 가장 큰 고민거리였다.

"일단은 못 하게 막아야지. 어떻게 될지 아무도 모르니까."

모르는 일에 대해서는 최악의 수를 가정하는 것이 옳다. 자칫 잘못하다가 이 세계가 리셋되기라도 하면 내 존재도 사라져버릴 테니까.

근데 이 자식…… 누구한테 이렇게 맞았지?

나는 녀석의 상태를 자세히 살펴보았다. 배를 중심으로 둥글

게 퍼진 상처. 늑골이 모조리 부러졌고, 장기까지 다쳤으리라. 누군가 엄청나게 강력한 한 방으로 유중혁을 조진 건데…….

나는 멍하니 내 주먹을 내려다보았다.

"표정이 왜 그래? 갑자기 애잔한 얼굴이다?"

"아무것도 아냐."

갑자기 여러 가지가 납득되었다. 하긴 무려 근력 100레벨의 펀치를 맞았으니…… 그렇다면 무려 이틀 동안이나 이 꼴로 있었다는 건데.

뒤늦게 미안한 마음이 스멀스멀 올라왔다. 잘못하면 유중혁과의 사이를 돌이킬 수 없을지도 모르겠다.

그렇게 배를 살피다 천천히 얼굴 쪽으로 시선을 돌리던 나는, 전신에 돋은 소름에 단번에 십여 걸음을 물러나야 했다.

유중혁이 두 눈을 부릅뜬 채 피눈물을 흘리며 나를 보고 있었다.

뻐끔뻐끔 입술이 움직이는 모습을 보니 또 "죽인다, 김독자" 같은 말을 하는 것이 분명했다. 곁에 있던 한수영이 안 보인다 싶더니 녀석도 어느새 저만치 달아나 있었다. 나는 멀찍이 거리를 유지한 채 유중혁을 향해 외쳤다.

"야, 그쯤 하면 안 되냐?"

"……"

"정정당당한 승부였는데 너무 쪼잔한 거 아냐? 그때 너도 나 죽이려고 했잖아?"

유중혁의 눈빛은 여전히 풀리지 않았다.

빌어먹을…… 내게는 선택의 여지가 없었다. 언젠가 나를 죽이든 어쩌든, 지금 여기서 유중혁은 살아나야 했다. 유중혁이 없으면 내가 '질문의 재앙'을 막더라도 다른 재앙을 막지 못해 세상이 멸망하는 수가 있으니까.

왜 멸살법의 주인공이 하필 저런 녀석일까. 이현성이나, 하다못해 정희원만 되었어도 이야기를 끌어가기 훨씬 편했을 텐데.

푸념할 때가 아니지.

나는 일단 스킬을 발동하기로 했다. 저놈 생각이야 뻔하지만, 돌다리도 두드려보고 건너란 말이 있으니까.

[전용 스킬, '전지적 독자 시점' 2단계를 발동합니다.]

그 순간, 놀라운 일이 벌어졌다.

「김독자.」

나는 눈을 크게 뜨고 유중혁을 보았다.
방금 저게 날 불렀나?

「네놈은 내 말이 들릴 거다. 그렇지? 지금까지 네놈이 한 짓을 돌이켜보면…….」

……뭐?

「들린다고 말해라. 지금 네놈이 움직이지 않으면, 이 세계
는…….」

나는 조금 당황한 상태에서 그 꼴을 보았다.

「……역시 내 착각이었나. 빌어먹을.」

유중혁의 눈이 천천히 감겼다. 나는 잠시 망설이다가 유중
혁을 향해 다가갔다. 상태를 보아하니 싸울 힘조차 없는 듯했
다. 게다가 나를 향한 적의도 보이지 않았다.
"유중혁. 내 말 들리나?"
힘겹게 눈꺼풀을 들어 올리던 유중혁이 다시 눈을 감았다.
이상한 일이었다. 아무리 상처가 심하다 해도 그만한 타격
을 받으면 자동으로 [기사회생]이 발동했을 텐데, 왜 아직도
이 모양이지?

[전용 스킬, '등장인물 일람'을 발동합니다!]
[해당 인물의 관련 정보가 지나치게 많습니다. '등장인물 일람'이 '등
장인물 요약 일람'으로 변환됩니다.]

〈등장인물 요약 일람〉

이름: 유중혁

전용 특성: 회귀자(신화) / 3회차, 프로게이머(희귀), 패왕(영웅)

전용 스킬: [현자의 눈 Lv.8] [백병전 Lv.9] [상급 무기 연마 Lv.9] [정신 방벽 Lv.8] [백보신권 Lv.6] [주작신보 Lv.6] [파천강기 Lv.5]…….

성흔: [회귀 Lv.3] [전승 Lv.3]

종합 능력치: [체력 Lv.60] [근력 Lv.60] [민첩 Lv.60] [마력 Lv.60]

* 현재 해당 인물은 상태 이상에 걸려 있습니다.

* 현재 해당 인물은 '천령독千靈毒'에 중독되어 있습니다.

다른 능력치는 아무런 문제가 없었다. 여전히 유중혁은 서울의 화신 중 최강이었고, 스킬도 나와 마지막으로 만났을 때보다 더 성장했다.

문제는 상태 이상이었다.

제아무리 유중혁이라 해도, 벌써부터 [천독불침千毒不侵]이나 [만독불침萬毒不侵] 따위 스킬은 없다. 그 때문에 독은 지금 유중혁이 가진 몇 안 되는 약점 중 하나였다.

중독 때문에 이 꼴이 된 거였군.

자세히 보니 몸 전체에 새파란 혈관이 도드라져 있었다. 중독이 발생한 지 그리 오랜 시간이 경과하지는 않은 것 같았다.

다행히 아직 살 수는 있다.

하지만 의문이 들었다. 현시점에서 유중혁에게 천령독을 주입할 수 있는 존재라면, 내가 알기로 하나뿐인데…….

조금 떨어진 곳에서 걱정스레 이쪽을 보던 여자가 내게 물었다. 아까 유중혁을 여기로 데려온 사람이었다.

"저…… 혹시 그쪽이 '김독자' 씨?"

나는 엉겁결에 고개를 끄덕였다.

"여기까지 오는 내내 저분이 그랬어요. 김독자 씨한테 자기를 데려가달라고……."

유중혁이? 조금 전보다 더 푸르게 물든 유중혁의 얼굴을 내려다보며, 순간적으로 생각이 많아졌다.

겁에 질려 달아나 있던 한수영이 슬그머니 돌아와 말을 걸었다.

"야, 뭐가 어떻게 돌아가는 거야?"

한수영이 어깨를 찌르며 채근했지만 대답하지 않았다.

나는 잠시 고민하다가 비형에게 말을 걸었다.

'비형, 도깨비 보따리 좀 열어봐.'

—이제 알겠냐? 내가 꾸민 일 아니라니까?

'보따리나 열어.'

나는 남은 코인을 확인한 뒤, 유중혁을 치료할 만한 코인 아이템을 하나씩 찾아냈다.

천령독에 중독된 상태라면 단순히 '엘라인 숲의 정기'를 먹는 것만으로는 해독이 불가능했다. 나는 재빠르게 몇 가지 재료를 확인한 뒤 아이템 구매를 마쳤다.

[아이템 '한낮의 밀회' 1개를 구입했습니다.]

[아이템 '늙은 바바라의 가지' 1개를 구매했습니다.]

[아이템 '풋내 나는 달툰의 뿔' 2개를 구매했습니다.]

[아이템 '해독 감자' 1개를 구매했습니다.]

[아이템 '에인테른 신전의 정화수' 2통을 구매했습니다.]

[아이템 '엘라인 숲의 정기' 1개를 구매했습니다.]

[총 7,370코인을 사용했습니다.]

예상치 못한 대출혈이었다. 나는 주변 생존자들에게 부탁해 작은 양동이를 하나 구해서 마력 화로에 올린 뒤, 불을 붙이고 재료를 쏟아 넣었다. 한수영이 물었다.

"뭐 만드는 건데?"

"해독약."

"역시 살리기로 했어?"

나는 고개를 끄덕이며 대답했다.

"이 자식, 일부러 날 찾아온 것 같아."

"일부러? 왜?"

"나도 모르지."

"혹시 도와달라고 온 거 아냐? 아무리 유중혁이라도 피떡이 돼서 널 죽이러 오지는 않겠지."

"유중혁이 그럴 리가 없어."

"네가 어떻게 알아?"

"난 알아. 유중혁은 그런 놈이야."

나는 쪼그려 앉아 마력 화로의 불길을 조정했다.

불길이 새파랗게 타오르며, 양동이 속 내용물이 끓기 시작했다. 색깔이나 형태만 보면 '실패한 고블린 내장탕' 같은 이름이 어울릴 것 같다. 겉보기에는 끔찍해도, 이 수프는 탁월한 해독제였다.

한수영이 무릎에 손을 짚은 채 끔찍한 음식을 들여다보며 말했다.

"근데 말이야, 멸살법에서 유중혁이 그렇게 나쁜 놈이었나?"

"……뭐?"

"가만 생각하니까 그런 생각이 들어서. 유중혁 잘 보면 사람도 꽤 많이 구했고 착한 일도 했잖아? 물론 사이코패스 같은 짓도 저지르지만, 결국에는 대의를 위해 움직이는 놈 아냐? 세계를 구하기 위해 싸우는 놈이란 말이지. 인정하긴 싫은데 날 죽인 것도 내가 악인이라 그랬을 테고."

생각해보면 완전히 틀린 말은 아니었다.

나는 피식 웃으며 말했다.

"나보다 더 멀리 도망간 네가 유중혁을 변호하니까 아주 설득력이 넘치네."

"그건 그거고 이건 이거지. 난 어디까지나 사람이란 한 면만 보고 판단할 수는 없다는 말을 하고 싶은 거야."

뜻밖의 이야기여서 잠시 한수영을 올려다보았다. 한수영이 쿨한 미소를 지으며 말을 이었다.

"네가 아무리 내 작품을 표절이라고 우겨도, 사실 내 작품이 멸살법의 영향을 전혀 받지 않은 것처럼 말이야."

"……그 말만 안 했어도 거의 설득될 뻔했는데, 아깝다."

말은 그렇게 했지만 뜻밖의 화두에 머릿속이 조금 복잡해 졌다.

유중혁은 어떤 인간인가. 나는 정말 '유중혁'이라는 존재를 잘 안다고 말할 수 있을까. 조금 전까지는 자신 있게 대답할 수 있었다. 나는 멸살법을 다 읽은 유일한 독자니까.

그런데 익어가는 재료를 보는 동안, 어쩐지 내가 갖고 있던 대답의 일부가 수프 속에 섞여 희석돼버린 느낌이었다.

정말 내가 아는 '유중혁'이 '유중혁'의 전부일까?

얼마 지나지 않아 수프가 다 끓었다.

[성좌, '악마 같은 불의 심판자'가 당신의 선행에 감동합니다.]
[당신의 선행을 지지하는 절대선 계통의 성좌들이 고개를 끄덕입니다.]
[3,000코인을 후원받았습니다.]

후원을 받아도 손해인 경우는 드문데. 제길.

나는 수프를 가지고 쓰러진 유중혁을 향해 다가갔다. 한수영이 근처 가게에서 스푼을 구해 왔고, 나는 그걸로 수프를 떠서 유중혁의 입에 넣어주었다. 수프를 후후, 불어 식히는 내 꼴을 보던 한수영이 이죽거렸다.

"조강지처 납셨네."

"네가 할래?"

"싫어."

사실 한다고 해도 안 주었을 것이다.

한 숟갈 떠먹일 때마다 들려오는 시스템 메시지가 있었기 때문이다.

[성좌, '악마 같은 불의 심판자'가 당신의 선행에 감동합니다.]
[500코인을 후원받았습니다.]

한 번 먹일 때마다 코인을 퍼주다니 엄청나게 남는 장사가 아닐 수 없다.

[성좌, '악마 같은 불의 심판자'가 당신의 선행에 감동합니다.]
[300코인을 후원받았습니다.]

손해인 줄 알았는데 알고 보니 엄청난 꿀 이벤트였다. 역시 사람은 착하게 살고 봐야 한다. 그런데 그런 식으로 열 숟갈이 넘어가자 조금씩 기분이 이상해지기 시작했다.

[성좌, '악마 같은 불의 심판자'가 당신의 선행에 감동합니다.]
[400코인을 후원받았습니다.]

……이 녀석, 진짜 선행에 감동해서 주는 거 맞아?

그렇게 한 그릇을 다 먹인 뒤 얼마나 기다렸을까. 유중혁이 엷은 신음을 흘리며 눈을 떴다. 아직 몸 상태는 엉망이지만 조금씩 독이 치료되기 시작한 것이다. 나는 기회를 놓치지 않고 아이템 하나를 꺼내 들었다.

[아이템 '한낮의 밀회'를 사용합니다.]
[현재 사용 대상에게 동의를 구하고 있습니다.]

'한낮의 밀회'는 선택한 대상과 정해진 기간 동안 일대일 대화를 나눌 수 있게 하는 아이템이었다. 코인에 조금 더 여유가 있으면 [전음] 스킬을 배웠겠지만, 아직 그만한 여유는 없기에 차선책으로 택한 것이었다.

[대상이 당신과의 통신에 동의했습니다.]
['한낮의 밀회'를 시작합니다.]

유중혁을 떠올리며 메시지를 보내자 눈앞에 작은 메신저창 같은 것이 떠올랐다.

— 야, 내 말 들리냐?

잘 연결되었군.

굳이 이 아이템을 구매한 데는 세 가지 이유가 있었다.

첫째는 천령독의 효과로 유중혁의 혀가 마비되었기 때문이고, 둘째는 한수영에게 불필요한 정보가 유출되는 것을 피하기 위해서였다.

셋째는 가장 중요한 이유인데, 유중혁에게 내가 자기 생각을 읽을 수 있다는 확신을 더해주기 싫어서였다.

그리고 다음 순간, 유중혁의 메시지가 떠올랐다.

―지금 당장 동쪽으로 움직여라.

17
Episode

SSS급 재능

Omniscient Reader's Viewpoint

1

나는 유중혁의 말에 인상을 찌푸렸다.

당장 동쪽으로 움직이라고? 살려놨더니 이젠 명령까지 하냐.

살짝 짜증이 나서 뭐라고 채 답하기도 전에 유중혁의 말이 이어졌다.

—'질문의 재앙'이 깨어나고 있다.

……뭐라고? 말귀를 못 알아듣는 내가 답답했는지 유중혁이 인상을 찌푸린 채 말했다.

—누군가 재앙들을 깨우고 있단 말이다.

¤ ¤ ¤

잠시 후 나와 한수영은 아직도 깨달음에 빠진 리카온을 내버려두고 강동구 방향으로 향하는 중이었다.

그것도 엄청난 속도로.

"저 늑대는 그냥 두고 와도 돼?"

"이뮤타르 종족은 호부의 주인을 감지할 수 있어. 그러니 깨어나면 알아서 찾아올 거야. 그보다……."

나는 곁에서 달리는 한수영을 흘겨보며 말했다.

"네가 애 업으면 안 되냐? 네 아바타 쓰면 되잖아."

"싫어."

한수영은 질색하며 내게서 멀어졌다.

"아까는 유중혁이 나쁜 놈 아닐지도 모른다며?"

"그건 그거고 이건 이거지. 너 같으면 네 목 자른 자식을 업을 수 있겠냐?"

따지고 보면 이해되지 않는 말은 아니라 반박할 수도 없었다. 유중혁이 '한낮의 밀회'를 통해 말을 걸어왔다.

ㅡ나는 두고 가도 된다. 도움은 필요 없다.

ㅡ괜한 자존심 세우지 마. 진짜 버리고 가는 수가 있으니까.

녀석을 업은 상태라서 표정은 볼 수 없었다.

ㅡ언제쯤 혼자서 움직일 수 있겠냐?

ㅡ앞으로 이틀.

ㅡ회복되면 나 죽일 거지?

반쯤 농담조로 물었는데, 이 새끼가 사람 불안하게 대답이 없다.

나는 일부러 움직이던 속도를 줄였다.

―그렇게 나오면 너 못 도와줘. 날 죽이려는 놈을 어떻게 믿고 도와주냐? [존재 맹세]를 하면 도와줄게. 이번 회차가 끝날 때까지 날 죽이지 않겠다고 맹세해.

―그건 할 수 없다.

치사한 자식.

―그럼 최소한 다섯 번째 시나리오가 끝나기 전까지 날 해치지 않겠다고 맹세해. 그 정도도 못 하면 진짜 못 도와줘.

잠시 고민하던 유중혁이 대답했다.

―맹세한다.

의외로 순순히 동의했다.

존재 맹세. 자기 자신에게 거는 제약.

차가운 불길 같은 것이 유중혁의 몸에서 일어나더니, 녀석의 심장 쪽으로 파고들었다. 만약 맹세를 어긴다면, 저 푸른 불꽃이 심장을 태울 것이다. 조금 안심하고 있는데 유중혁이 말을 이었다.

―죽이지는 않겠다. 하지만······.

―하지만?

―맞은 건 되돌려주겠다.

―뭐?

나는 잠시 멍해졌다. 그 와중에 날 치겠다고?

―설마 이틀 전 일 때문에 그러냐?

유중혁은 또 대답하지 않았다.

젠장, 호락호락 넘어가는 게 이상하다 싶었지.

―……한 대만이다. 그 대신 살살 쳐라. 알았지?

한 대 맞고 유중혁과 관계를 회복할 수 있다면, 나름 나쁘지 않은 일일지도 모른다. 지금의 나라면 적어도 유중혁에게 한 방에 죽지는 않을 테니까.

얼마 지나지 않아 우리는 청담대교를 건너 광진구로 진입했다. 주변 생태가 조금씩 변하는 것이 느껴졌다. 거리 사이로 생전 처음 보는 풀이 돋아나 있고, 시체 썩는 냄새를 대신해 괴수종의 대소변 냄새가 들끓었다.

땅에서 솟아난 거대한 식물이 줄기로 주변 고층 빌딩들을 휘감은 모습이 보였다.

[7급 식물종, '야나스프레타'가 당신들을 경계합니다.]

무기를 꺼내는 한수영을 향해 내가 말했다.

"섣불리 움직이지 마. 먼저 공격하지 않으면 괜찮으니까."

"……보통 저런 녀석들이 갑자기 촉수로 공격하지 않냐?"

"만화에서나 그렇지. 쟤들 온순해. 거기 뿌리 밟지 않게 조심하고."

빌딩 꼭대기에서 해바라기를 닮은 식물의 머리가 우리를 따라 눈동자를 굴렸다. 겉보기에는 무섭게 생겼지만 사실 착한 괴수였다. 하지만 그렇다고 상황을 낙관할 수 있는 것도 아니었다.

식물종은 본래 그레이트 홀이 완전히 열린 직후에 넘어오는 놈들이었다.

"클로노스의 행성 침습이 시작된 모양이네."

행성 침습.

다섯 번째 시나리오는 곧 세계와 세계의 대결이다. 덮쳐오는 이세계와 맞서 싸우는 인류. 서울이 클로노스의 침식을 받고 있듯, 중국은 '제3 무림계'의 침식을, 일본은 '백요계百妖界'의 침식을 받고 있을 것이다.

아바타로 주변을 정찰하던 한수영이 말했다.

"온통 괴물 군락지뿐이야. 젠장."

"재앙이 깨어나고 있다면 행성 침습도 빨라졌겠지."

"대체 어떤 녀석이 재앙을 깨우는 거야?"

"너 같은 녀석이겠지. 너도 화룡종 깨웠잖아."

한수영이 입술을 비죽였다.

"……그 정돈 할 만했잖아?"

"그때는 중급 도깨비가 화룡종에게 페널티를 걸었으니까. 그리고 할 만하지 않았어. 네가 안 잡았다고 막말하지 마라."

"이번에도 페널티가 있지 않을까? 약화된 재앙을 잡으면 오히려 우리한테 이득 아냐?"

"'질문의 재앙'은 페널티가 무의미해. 도깨비가 페널티를 걸어줄지도 의문이고."

우리는 괴수 군락지를 피해 빠르게 움직였다. 거리 곳곳에서 하급 괴수종 무리가 시체를 뜯어먹고 있었다. 파괴된 거리의 흔적을 보아하니, 아마 유중혁은 이 길을 뚫고 내 쪽으로

온 모양이었다.

저런 몸 상태로 이만한 거리를 주파하다니 대단하다.

나는 유중혁을 향해 말을 걸었다.

―궁금한 게 하나 있는데.

―…….

―왜 나를 찾아온 거냐? 솔직히 그런 꼴이 됐으면 바로 자살할 줄 알았는데.

―자살? 우스운 소리군.

이 자식이 8회차의 자기 미래를 보면 이따위 소리는 못 할 텐데.

하지만 이어진 말에, 나는 조금 당황했다.

―그렇게 쉽게 포기할 거였다면 이 모든 여정을 시작하지도 않았겠지.

정말 오랜만에, 멸살법을 처음으로 본 그때의 감정이 떠올랐다. 어쩌면 한수영 말이 맞을지도 모른다는 생각이 들었다. 내가 줄곧 잘 안다고 믿은 건 쉽게 포기하고 쉽게 사람을 죽이는, 숱하게 비극을 반복하며 정신이 닳아버린 상태의 유중혁이었다.

하지만 3회차의 유중혁은 아직 그렇지 않았다.

어쩌면 나는 3회차의 유중혁에 대해 잘 모르는지도 모른다.

[등장인물 '유중혁'에 대한 당신의 이해도가 상승합니다.]

잠시 사이를 두고 유중혁이 말했다.

─당장 생각나는 게 네놈뿐이었다. 절대왕좌를 부술 정도는 되는 녀석이니, 조금은 도움이 되겠다고 생각했지.

─왕좌 부순 건 뭐라 안 하는 거냐?

─이미 지나간 일은 왈가왈부하고 싶지 않다. 나도 좀 껄끄럽게 생각하고 있었으니까. 네놈은 '이계의 신격'을 배제하기 위해 그런 짓을 저질렀겠지.

─……알고 있었냐?

유중혁과 이렇게 터놓고 얘기해본 적이 없기 때문에 솔직히 놀랐다. 쿨한 건 둘째치고, 이렇게 머리가 좋은 놈이었나?

유중혁이 계속해서 말했다.

─솔직히 나쁘지 않은 방법이라고 생각했다. 문제는 그다음이지만. 네놈이 왕좌를 부수는 바람에 길잡이가 모두 흩어졌고 운석을 수집하는 데도 차질이 생겼다. 광진구와 강동구의 행성 침습이 빨라진 것도 그 때문이다. 방랑자 녀석들이 운석의 힘을 쓰고 있어.

─단순히 운석을 쓴다고 행성 침습이 빨라지지는 않아.

─십악 중 하나가 '재앙 운석'을 손에 넣었다.

십악. 그 말에 가슴이 덜컥 내려앉았다.

예상은 했다. 하지만 사실을 듣는 것은 다른 문제였다.

─설마 독희毒嬉 이설화냐?

─……알고 있었군.

─천령독을 쓸 수 있는 건 그 여자뿐이니까.

그러나 이해가 가지 않는 부분이 있었다.

─그러면 너는 왜 중독됐냐? 상대가 독희인 줄 알았다면 너도 정면에서 상대하진 않았을 텐데?

─설득해보려 했다.

─설득?

그 순간 뒤늦게 떠오르는 장면. 유중혁이 말했다.

─동료로 만들 수 있을 거라 생각했다.

동료…… 그랬군. 이제야 생각난다.

독희 이설화는 2회차에서 유중혁의 동료였지.

십악이라고 해서 늘 악당이 되는 것은 아니다.

무장성주 공필두가 이번 회차에서 변했듯, 이설화는 1회차를 비롯한 몇몇 회차에서만 십악으로 변모했다. 그 외의 모든 회차에서 독희 이설화는 유중혁이 의지할 수 있는 몇 안 되는 동료였다.

─너답지 않은 짓을 했네.

─알고 있다. 한심했지.

─…….

─내가 기억하는 이설화가 아니었다. 알고 있다. 그래도 잠깐이지만 믿고 싶었다. 내 기억 속 그 여자가 여전히 살아 있다고.

무심결에 묻어난 고독함에 나도 모르게 입을 벌렸다.

2회차의 인생에서 이설화는 잠깐이지만 유중혁의 연인이었다.

—이해해.

유중혁은 잠시 말이 없었다.

—회귀라도 해본 것처럼 말하는군.

—회귀를 해봐야만 알 수 있는 건 아니니까.

함부로 이해한다는 말을 쓰면 안 된다는 것 정도는 알고 있다. 그래도 그렇게 말해보고 싶었다.

누구에게도 이해받지 못했고 앞으로도 이해받지 못할 녀석이니까, 나 하나쯤은 그렇게 말해줘도 될 것 같았다.

[등장인물 '유중혁'이 깊이 동요합니다.]

[등장인물 '유중혁'이 희미한 위로를 받습니다.]

—이상하군. 분명 네놈은 회귀자가 아닌데…… 그것도 예언자의 능력인가?

내가 대답하지 않자 유중혁이 말을 이었다.

—물론 그렇다고 네놈을 좋게 보진 않는다. 넌 내 여동생을 납치한 파렴치한이다.

—납치 안 했거든? 그냥 보호하고 있었어. 너 분명 [거짓 간파]로 파악했을 텐데 왜 자꾸…….

"김독자."

한수영의 긴장한 목소리에 우리는 걸음을 멈추었다. 천호대교에서 강동으로 넘어가는 길목이 보였다. 허공에서 환한 빛을 내뿜는 그레이트 홀. 강동구를 향해 드문드문 뭔가가 넘어오고 있었다.

빌어먹을, 벌써.

본격적으로 강동구에 진입하자 바닥을 덮은 낯선 풀의 밀도가 높아졌다. 칙칙한 나무가 대열을 이루어 건물 사이사이에 자라나 있고, 그 나무 위를 뛰어다니는 소형 괴수종도 보였다.

강동구는 이미 절반쯤 이계異界가 돼 있었다.

한수영이 입술을 깨물며 물었다.

"너무 늦은 거 아냐? 벌써 '재앙'이 깨어났으면 어떡해?"

"아직 아닐 거야. 그랬으면 시나리오가 시작됐겠지."

얼마간 걸음을 더하자, 바닥에 흩뿌려진 표식 몇 개가 보였다. 그래피티처럼 보이지만 사실 일종의 영역 표시였다.

더는 다가오지 말라는 경고. 여기부터는 확실한 독회의 영역이다. 그녀는 다른 방랑자처럼 강동구에 자리를 잡고 자신의 터전을 확장하기 시작했다. 예상보다 진척이 빨랐다.

한수영이 말했다.

"이 정도로 방비를 잘 해놓은 집단이라면 공략하기 쉽지 않겠는데…… 뭔가 생각해둔 거 있어?"

없다. 애초에 전면전을 벌이러 가는 게 아니니까.

"필요한 것은 운석뿐이야. 그것만 훔쳐 오면 돼. 내가 시간을 끌 테니까 네가 운석을 맡아."

하지만 말처럼 쉽지는 않을 것이다.

'방랑자들의 왕' 같은 조력자가 있다면 이야기가 좀 다르겠지만.

유중혁이 끼어들었다.

―너무 서두를 필요는 없다. 설령 재앙이 시작되더라도, '질문의 재앙'은 조기 진압이 가능하니까.

조기 진압이라. 유중혁이니까 가능한 오만이다.

―조기 진압? 그건 누가 하는데? 그 몰골로 네가?

―당연히 네놈이 해야지. 어차피 그럴 생각 아니었나?

―왜 그렇게 되는데?

―네놈은 이미 길잡이를 깨워서 [바람의 길]을 배웠을 테니까.

살짝 분노한 말투를 보니, 자기가 배울 [바람의 길]을 빼앗겨 성질이 난 모양이었다. 나는 씩 웃으며 말해주었다.

―그거 못 배웠어.

―왜지? 시간이 부족했나?

차라리 그랬으면 다행이겠다.

―아니, 재능이 없어서.

유중혁의 침묵에서 깊은 경멸이 느껴졌다.

―네놈, 그럴 거였다면 처음부터…….

"사람이야."

한수영의 말과 동시에, 나는 '부러지지 않는 신념'을 뽑아들었다. 십악의 영역에 사람이 있다면, 당연히 십악의 수족일

터였다.

나는 업고 있던 유중혁을 한수영의 아바타에게 맡겼다.

"……잠깐만 업는 거니까 얼른 도로 데려가. 알았지?"

사람들의 웅성거림이 점점 가까워졌다. 그런데 뭔가 느낌이 이상했다. 보통 단일 그룹이 이동할 때는 이렇게 큰 소리가 나지 않는다. 곧이어 여성의 맑은 목소리가 앞쪽에서 울려 퍼졌다.

"다들 천호대교 쪽으로 달리세요!"

독희의 그룹이 아니었다. 누군가가 독희의 그룹에 맞서 살아남은 사람들을 강동구에서 탈출시키고 있었다.

숨을 헐떡이며 달려오던 비무장 생존자들이 우리와 맞닥뜨렸다.

"비, 비켜요! 어서!"

그 말이 떨어지기 무섭게 화살이 날아왔다. 피이이익, 하는 소리가 들리더니 내게 비키라고 외친 남자가 화살을 맞고 쓰러졌다. 남자의 등은 급속도로 변색되더니 이내 시커멓게 되었다. 독이었다.

"저 자식들 잡아!"

독희의 그룹. 남녀 수십에 이르는 그룹원이 허공으로 일제히 화살을 쏘아댔다.

건물 뒤편으로 피하려는 순간, 허공에 거미줄 같은 실의 장벽이 펼쳐졌다. 수십 겹 실그물에 걸린 화살들은 서로 엉켜서 앞으로 나아가지 못했다. 한수영이 눈을 동그랗게 떴다.

"······저게 대체 뭔 기술이지?"

뒤쪽에서 달려오던 독회의 그룹을 향해서도 실이 쏘아졌다. 마치 강선 같은 실. 걸려 넘어진 사람들의 다리가 허공에 떠올랐다.

"끄아아악!"

실은 모두 한 여자에게 이어져 있었다. 몸의 굴곡이 드러나는 타이트한 검은색 전투복을 입고, 허공을 날아다니는 화신. 손끝에서 쏘아진 두 개의 나이프가 마력의 실을 타고 화려하게 움직였다.

그녀는 실의 길이를 자유자재로 다루면서, 달려오는 독회의 그룹을 순식간에 쓸어버리고 있었다.

조금의 망설임도 보이지 않는 손놀림. 정돈된 것을 넘어 아름답기까지 한 움직임. 종합 능력치도, 사용하는 스킬도 결코 평범한 배후성을 가져서는 보일 수 없는 움직임이었다.

[해당 인물의 정보는 '등장인물 일람'으로 열람할 수 없습니다.]
['등장인물 일람'에 등록되지 않은 인물입니다.]

심지어 [등장인물 일람]도 먹히지 않는 여자.

한수영이 중얼거렸다.

"야, 저 여자······."

말하지 않아도 알고 있었다. 왜냐하면 그녀는 내가 아는 인물이기 때문이다.

"……유상아 씨?"

이틀 만에 만난 그녀는 내가 알던 유상아의 모습이 아니었다.

2

스가가각!

유상아의 단도가 움직일 때마다 적들의 신체가 산 채로 갈려나갔다.

대단하다. 정말 내가 아는 유상아가 맞나?

일대 다수에서 저만한 위력을 보일 수 있는 대군 스킬은 그리 많지 않았다. 현시점에서는 무장성주 공필두의 [무장지대]나 한수영의 [아바타] 정도. 그런데 유상아는 그런 대군 스킬도 없이 다수를 상대하고 있었다.

어떻게 저렇게 강해졌지? 혹시 저게 재능이라는 건가?

내 생각을 읽기라도 한 것처럼 유중혁이 말을 걸었다.

—네놈이 곁에 없으니 더 빨리 성장하는군. 네놈은 주변 동료를 키우는 데는 별 소질이 없는 것 같다. 이현성도 그랬지.

―내가 초반에 열심히 퍼줘서 저만큼 큰 거야 인마.

사실 별로 해준 건 없었지만 그렇게 말하고 싶었다.

젠장, 왜 하필 내가 곁에 없는 동안 더 강해졌지?

이래서야 내가 별로 도움이 안 되는 것 같잖아.

"야."

한수영의 말에 뒤늦게 고개를 끄덕였다. 계속 유상아의 화려함에 압도되어 있을 수만은 없었다. 어쨌든 적은 다수였고, 유상아는 혼자였다.

"유상아 씨, 이쪽으로!"

내 목소리에 유상아의 신형이 멈칫했다.

그녀도 이런 곳에서 나와 만나게 될 줄 몰랐던 모양이다.

"한수영, 부탁한다."

한수영이 기다렸다는 듯 아바타를 발동했다.

달려나간 수십 기의 아바타가 독희 그룹의 시야를 교란하는 사이 나는 무사히 유상아와 접선했다.

"독자 씨? 대체 여긴 어떻게……."

"일단 이동한 뒤에 이야기하죠."

멀리서 후속대가 쫓아오고 있었다. 다행히 생존자들은 천호대교를 통해 강동구를 무사히 빠져나간 듯했다. 문제는 우리 쪽인데.

―뒤쪽 고층 건물로 가라. 고지대로 올라가서 시야를 확보하는 게 먼저다.

이럴 때는 유중혁의 판단이 주효하다. 내가 아무리 멸살법을 다 읽었다 해도, 모든 판단을 유중혁처럼 해낼 수는 없다.

그런데 이어진 유중혁의 말이 의미심장했다.

—그리고 그 여자, 조심하는 편이 좋을 거다.

조심하라고? 누구를?

유중혁은 그 이상 아무 말도 하지 않았다.

우리는 근처의 고층 빌딩으로 들어가 숨었다. 소란에 자극된 것인지, 갑자기 괴수종이 범람하는 바람에 독회 그룹은 우리 흔적을 놓친 듯했다. 주변을 뒤지던 녀석들은 얼마 지나지 않아 추적을 포기하고 강동구 안쪽으로 돌아갔다.

나는 그제야 유상아를 돌아보았다.

"유상아 씨, 괜찮으세요?"

"네, 괜찮아요. 독자 씨는요?"

"저도 괜찮습니다."

고작 며칠 떨어져 있었을 뿐인데 어쩐지 대화에 어색함이 감돌았다.

고등학교 졸업 후 십 년 만에 동창생을 만난 느낌이랄까.

나는 그녀의 신형 전투복과 피 묻은 나이프를 바라보며 입술을 달싹였다.

"저……."

뭐부터 물어봐야 할지 감이 잡히질 않았다. 그사이 한수영을 한 번 보고, 다시 한수영의 아바타에 업혀 있는 유중혁을 확인한 유상아가 나를 향해 알 수 없는 미소를 지었다.

"독자 씨도 많은 일이 있었나 봐요."

일단 짧은 사정 청취의 시간이었다.

¤ ¤ ¤

절대왕좌가 부서진 후, 유상아는 강동구에 떨어졌다. 그런데 운 좋게도 함께 떨어진 이가 있었다.

"공필두가 같이 있었다고요?"

"네. 아저씨가 많이 도와주셨어요."

아저씨라고 부르는 걸 보니 그새 꽤 친해진 모양이었다.

"공필두는 어디로 갔죠?"

"이틀 전 강동구 그룹이랑 싸울 때 헤어졌어요. 저를 구하시려다 그만……."

오늘은 의외의 일이 연속된다. 십악 공필두가 누군가를 구하다가 위험에 빠지는 걸 자초하다니. 고개 숙인 유상아가 힘들게 말을 이었다.

"마지막에 아저씨가 한강 쪽으로 그 사람들을 유인했는데……."

입술을 질끈 깨문 유상아의 표정에 일순 독기가 감돌았다. 문득 유상아가 독회 그룹을 망설임 없이 해치운 이유를 알 것 같았다.

나는 위로하듯 말했다.

"아마 공필두는 괜찮을 겁니다. 걱정 마세요."

나는 '디펜스 마스터'와 계약한 상태이기 때문에 공필두가

죽으면 바로 알 수 있었다. 계약 조항에 따라 페널티를 받게
되니까. 아직 별다른 반응이 없다는 것은 공필두가 어딘가에
살아 있다는 이야기였다.

독희와 마찬가지로 공필두 또한 십악의 일원이다. 그렇게
쉽게 죽을 위인은 아니지.

"그 옷이랑 단도는 어디서 구하신 겁니까?"

"아, 이건요……."

유상아는 공필두와 헤어진 뒤 인근 지역을 서성이다가 우
연히 [녹색 운석]을 발견했다. 녹색 운석에는 희귀한 아이템
이 담겨 있다.

나는 그녀가 가진 아이템을 확인했다. 천호동 인근에 이런
아이템을 담은 운석이 있었다는 게 기억났다.

[고대 암살자의 단도]
[부유 고양이 가죽 슈트]

둘 다 훌륭한 S급 아이템이었다.

'고대 암살자의 단도'에는 멀리 있는 적을 맞힐수록 대미지
가 증가하는 옵션이, '부유 고양이 가죽 슈트'에는 체공 시간
이 길어질수록 움직임을 더욱 기민하게 만드는 옵션이 붙어
있었다.

"좋은 아이템이군요."

"네, 이 덕분에 잘 싸울 수 있었어요."

유상아가 미소 짓자 그때까지 대화를 듣기만 하던 한수영이 시비를 걸어왔다.

"흐음, 정말 그게 전부야?"

"네?"

"우연히 얻은 것까지는 그렇다고 쳐. 근데 겨우 아이템만 가지고 그런 전투 능력을 보인다니 말이 안 돼. 너 배후성이 대체 뭐야? 어떻게 [민활한 움직임]이나 [단도술 강화] 레벨을 그렇게 빨리 올렸지? '성장 패키지'를 써도 그 정도로 빠른 성장은 불가능해."

"……그쪽분은 누구시죠?"

"나? 첫 번째 사도."

유상아는 말없이 단도를 뽑아 들었다.

"잠깐만요, 유상아 씨. 이 사람은 적이 아닙니다."

유상아가 불신 어린 눈으로 나를 보았다.

"그새 친해지신 거예요?"

"친해진 게 아니라……."

"충무로 그룹원이 저 사람에게 죽었어요. 설마 잊으신 거 아니죠?"

유상아는 내가 없는 동안 충무로역 부대표였다. 그러니 그룹원에 대한 애정은 나보다 훨씬 깊을 것이다.

"충무로? 아아, 그렇구나. 네가 그때 걔구나?"

한수영의 껄렁한 말투에 유상아가 눈을 가늘게 떴다.

"야, 김독자. 내가 나쁜 년인 건 맞는데, 그래도 잘 판단해라.

내가 보기엔 쟤도 뒤가 좀 구린 것 같거든."

"당신……."

"마침 충무로 얘기가 나와서 말인데, 그때만 해도 저 여자 저렇게 강하지 않았어. 네가 봐도 이상하지 않냐? 설령 설화 급 성좌가 배후성으로 있어도, 단기간에 저 정도로 폭발적인 성장을 할 수는 없어. SSS급 성장 가속 스킬이 있다면 모를 까…… 근데 그런 지원을 해줄 수 있는 성좌가 한국에 몇이나 되겠냐?"

심정적으로는 부정하고 싶지만 이성적으로는 한수영의 말에 동의하고 있었다. 유중혁이 조금 전에 한 말도 걸렸다. 게다가 유상아는 지금까지도 내게 배후성을 숨기고 있다. 유상아의 당황한 눈이 나와 마주쳤다.

나는 유상아의 배후성이 '버려진 미로의 연인'일 것이라 생각했었다. '마력 실'을 통해 '길찾기'가 가능한 성좌는 다이달로스의 미궁에서 테세우스에게 실타래를 건네준 인물, 즉 그리스 신화의 '아리아드네'뿐이니까.

그런데 한수영의 말마따나 아리아드네의 인지도로는 유상아를 저만큼 키워낼 수 없다.

게다가 조금 전 전투에서 유상아가 허공을 도약할 때 보인 움직임은, 무림계 스킬인 [허공답보]가 아니라면 [헤르메스의 산책법]에 가까워 보였다. 아리아드네의 화신이 헤르메스의 성흔을 사용할 수 있을 리가 없는데.

내가 입을 열려던 찰나, 뜻밖의 존재가 말을 빼앗았다.

[여러분! 그간 잘 지내셨죠?]

타이밍하고는. 나는 곧바로 창밖을 바라보았다.

어둑해지는 하늘 위에 도깨비의 신형이 두둥실 떠 있었다.

[이번 시나리오 참가자분들은 성질이 아주 급하시네요. 메인 시나리오 시작까지 아직 일주일이나 남았는데, 벌써부터 재앙을 깨우는 분이 계신 걸 보면 말이죠. 어지간히 다음 시나리오가 궁금하신가 봐요?]

말을 하는 도깨비는 비형이 아니었지만 비형의 모습도 보였다. 아마 담당자가 없어서 하급 도깨비들이 자리를 대신하는 듯했다.

[잠깐 담당 도깨비가 자리를 비워서 이 기간 동안은 쉬엄쉬엄 넘어가려 했는데…… 하하. 이제 다들 눈칫밥 좀 드셨잖아요? 이런 이벤트, 그냥 넘어갈 리 없는 거 아시죠?]

좋지 않다. 정말로, 좋지 않은 전개다.

[그렇게 원하시는데 시나리오를 안 주면 제가 또 도깨비가 아니지 않겠습니까?]

지금 같은 상황에서 시나리오가 내려온다는 것은 오직 하나의 사실을 가리킨다.

[서브 시나리오 - '재앙 막기'가 도착했습니다.]

재앙의 부화가 임박했다는 것.

<서브 시나리오 - 재앙 막기>

분류: 서브

난이도: S-

클리어 조건: 강동구에 터를 잡은 미지의 세력이 '재앙' 중 하나를 부화시키려 하고 있습니다. 그들을 해치우고 도래할 '재앙'을 막아내시오.

제한 시간: 2시간

보상: 22,000코인

실패 시: '질문의 재앙' 조기 출현

우리가 '재앙 막기' 시나리오를 받았으니 분명 독희 그룹은 '재앙 지키기' 시나리오를 받았을 것이다. 이 빌어먹을 도깨비들은 돌발 상황까지도 시나리오의 일부로 포섭할 셈이다.

나는 곧장 일행들을 돌아보며 말했다.

"우리끼리 싸울 때가 아닙니다. 지금은 저것부터 처리하죠."

처음으로 한수영과 유상아가 동시에 고개를 끄덕였다.

⌘ ⌘ ⌘

독희의 그룹이 주둔지로 삼은 곳은 강동구 천호동 쪽. 정확히는 교회와 성당이 줄지어 밀집한 지역이었다.

만약 녀석들 목적이 재앙의 조기 부활이라면, 종교 밀집 지역은 탁월한 선택이었다. 갈 곳 잃은 사람들의 기도는 재앙 운석을 부화시키기 알맞은 환경을 조성할 테니까.

주변 정찰을 마친 한수영이 먼저 입을 열었다.

"행성 침습 수준이 제일 낮은 길은 거점을 중심으로 북북동쪽, 천중로 16길이야. 이쪽 길목으로 파고들면 주둔지 중심까지 최단 시간에 도달할 수 있어. 대신 방비가 만만치 않을 거야."

나는 고개를 끄덕였다. 시간이 없으니 가장 빠른 길로 가야 한다.

"괜찮아. 가능한 건물을 통해 이동하면 되니까. 정면은 한수영이랑 유상아 씨가 맡아주세요. 서로 싸우지 마시고요."

"……알겠어요."

당장 도움을 줄 수 없는 유중혁은 한수영의 아바타에게 도움을 받아 고층 건물 옥상에 남기로 했다. 딴에는 '전황을 지켜보는 역할'이었다. 유중혁은 딱히 불만을 표시하지 않았다. 다만 이렇게 충고할 뿐이었다.

―가능하면 부화 전에 해치워라. [바람의 길]이 없다면 '질문의 재앙' 초반 진압은 거의 불가능하니까.

물론 나도 가능하면 그렇게 하고 싶다.

"가죠."

신호와 동시에, 우리는 건물 아래로 뛰어내렸다. [아바타]를 사용한 한수영이 선두로 나섰다. 순식간에 수십여 기로 늘어난 아바타가 거리 곳곳을 뛰어다니며 독희 그룹의 주목을 끌었다.

"뭐야! 죽여!"

당황한 그룹원들이 아바타를 쫓아가는 순간, 허공에서 가늘고 투명한 실이 날아들었다.

"끄아아악!"

아바타를 뒤쫓던 사내들이 강선에 걸려 다리가 잘려나갔다. 그게 끝이 아니었다. 그들이 넘어지는 궤적에는 또 다른 강선이 있었다.

푸콰악!

목이 잘려 그대로 허공을 날았다. 넘어지는 각도까지 계산해서 고안한 섬뜩할 정도의 이중 트랩이었다. 한수영이 혀를 찼다.

"이야, 잔인하네."

"당신이 할 말은 아닐 텐데요."

살기 가득한 대화와 별개로, 두 사람의 연계는 상당히 봐줄 만했다. 아니, 봐줄 만한 정도가 아니라 아주 쓸 만했다.

덕분에 나는 손쉽게 독희 그룹의 감시망을 피해 주둔지 중심부로 파고들 수 있었다.

'재앙 운석'을 찾기는 어렵지 않았다. 높이만 무려 8미터가 넘는 거대 운석. 불길한 아우라를 줄기줄기 뿜어대며 "내가 재앙입네" 하는 녀석이 그곳에 있었다.

확실히 화룡종 때와는 비교도 안 될 놈이 들어 있다는 게 느껴진다.

저걸 못 막으면, 서울은 반드시 끝장날 것이다.

운석 곁에 한 여자가 서 있었다.

눈이 내린 듯 새하얀 백발. 설산에 핀 붉은 꽃처럼 도드라진 입술을 보고 있자니 유중혁의 취향을 알 법도 했다.

한기가 풀풀 날리는 눈빛으로 나를 노려보는 순간, 그녀의 전신에서 가공할 기세가 발출되었다.

패기만으로도 피부가 찌릿찌릿해지는 느낌. 공필두 때와는 또 다른 압도감이었다. 그렇군. 재앙 운석의 힘을 받았으니 이 정도는 된다 이건가?

"……누구냐?"

그녀가 바로 십악, 독희 이설화였다.

3

재앙 운석을 깨울 수 있는 방법은 총 세 가지다.

첫 번째는 시나리오에 맞춰 운석이 부화하도록 내버려두는 것, 두 번째는 운석의 힘을 미리 끌어다 쓰는 것. 그리고 세 번째는 가장 빠른 방법으로, 운석에 인위적으로 마력을 공급하는 것이다.

이설화 주변에서 그룹원 십수 명이 기도를 올리고 있었다. 그들 몸에서 흘러나온 희미한 마력이 고스란히 재앙 운석을 향해 이어졌다.

부화孵化의 의식.

세 번째 방법을 택한 것이다.

벌써 힘차게 들썩이는 운석을 보아하니, 이대로 삼십 분만 더 지나면 재앙은 그대로 부화할 것이다.

나는 이설화를 노려보며 입을 열었다.

"그만두십시오. 다 같이 죽고 싶은 게 아니라면."

"……."

"대체 뭘 생각하는 겁니까?"

이상한 일이었다. 원작의 3회차에서 이설화는 재앙 운석의 힘을 빌리기는 해도 재앙을 미리 깨울 정도로 어리석은 인물은 아니었다. 유중혁도 그걸 알기에 이설화를 미리 찾아왔을 터. 나는 칼자루를 쥔 채 말했다.

"당장 부화를 멈추시죠."

나를 가만히 들여다보던 이설화가 말했다.

"싫다면?"

"당신은 여기서 죽겠죠."

이설화의 표정에 비웃음이 걸렸다. 그녀의 손이 움직이자, 재앙 운석을 향해 기도하던 그룹원들이 동시에 나를 향해 돌아섰다.

[8급 인외종, '충인 남민혁'이 당신에게 적의를 드러냅니다.]

[8급 인외종, '충인 정민지'가 당신에게 적의를 드러냅니다.]

[8급 인외종, '충인 김갑일'이 당신에게 적의를 드러냅니다.]

머리 위로 더듬이가 자라고, 손이 갈퀴처럼 변한 충인蟲人들. 이쪽 방랑자들은 웨어울프가 아닌 충인으로 인외화人外化가 진행된 모양이었다.

그런데 신경 쓰이는 점이 있었다.

……이상하다. 인외화는 재앙 운석의 권능이 아닐 텐데?

"죽여!"

충인들이 제각기 날개와 다리를 뻗으며 허공으로 도약했다. 나는 그들을 향해 그대로 칼자루를 뽑았다.

['신념의 칼날'이 활성화됩니다.]

['부러지지 않는 신념'의 특수 옵션이 발동합니다.]

[에테르 속성이 '불꽃'으로 변환됩니다.]

허공을 가르는 빛살에 새하얀 불길이 깃들었다. 벌레 속성을 가진 모든 인외종은 불에 약하다. '부러지지 않는 신념'에 휘감긴 에테르의 불꽃이 충인들에게 옮겨붙었다. 하나는 둘에게, 둘은 다시 셋에게.

"키에에엑!"

순식간에 불길이 번져나가며 피부를 불태웠다. 나는 익어가는 인외종의 다리를 베고 날개를 베었다.

"키이이잇!"

마력을 아낌없이 분출하며 순식간에 인외종을 불태웠다. 웨어울프 때와 마찬가지였다. 이들 또한 인외의 길을 걸었기에 불살 페널티는 받지 않는다. 나는 불길을 뚫고 그대로 이설화를 향해 달려갔다.

까아아앙!

처음으로 공격이 막혔다. 이설화의 손톱과 팔뚝이 검푸른 빛으로 물들어 있었다. 재앙 운석의 힘은 고유 성흔의 레벨업을 촉진한다. 재앙의 힘을 빌려 신념의 칼날을 막아낼 수 있는 [맹독조猛毒爪]를 손에 넣은 것이다. 하지만 막을 수 있다고 피해가 없는 것은 아니었다.

"크으웃!"

스파크가 튀며 이설화의 몸이 대여섯 걸음이나 밀려났다. 지금 내 종합 능력치는 유중혁을 제외하면 화신 중 최고 수준이다. 비록 재능은 없어도, 같은 화신끼리라면 나는 결코 약하지 않다.

"포기해. 재앙이 부화하면 너도 좋을 거 없어. 이번 서브 시나리오는 실패 페널티도 없잖아?"

초조한 눈으로 재앙 운석 쪽을 살피는 이설화의 눈빛이 탁했다.

마치 재앙 운석을 통해 힘을 얻으려는 게 아니라, '재앙' 자체가 목적인 듯했다. 이상한 일이었다. 재앙이 부화하면 서울이 멸망할 것이라는 예상쯤은 원작을 모르는 사람이라도 충분히 예상할 수 있다.

그렇다면 그녀는 왜 '재앙'을 깨우려는 것일까.

[전용 스킬, '등장인물 일람'을 발동합니다!]

〈인물 정보〉

이름: 이설화

나이: 26세

배후성: 구암신의龜巖神醫

전용 특성: 유능한 의원(희귀), 독의 달인(희귀)

전용 스킬: [무기 연마 Lv.7] [도화살 Lv.4] [맹독 투하 Lv.5] [신독 조제 Lv.4] [해독 Lv.5]…….

성흔: [맹독조 Lv.4] [천령독 Lv.4] [생사의 갈림길 Lv.3]

종합 능력치: [체력 Lv.44(+10)] [근력 Lv.42(+10)] [민첩 Lv.44(+10)] [마력 Lv.35(+10)]

종합 평가: 현재 종합 평가가 진행 중입니다.

* 현재 해당 인물은 '패러사이트'에 감염되어 있습니다.

* '패러사이트'가 해당 인물의 육신을 지배하고 있습니다.

* '패러사이트 앤티누스'의 능력치 일부가 해당 인물에게 전이됩니다.

……젠장.

설마 했는데, 역시 이런 상태였군.

[특성 효과로 일부 장면에 대한 기억력이 상승합니다!]

머릿속에서 페이지가 넘어가며, 내가 읽은 몇몇 페이지의 문장이 망막 위를 흘러갔다.

「이세계 클로노스에는 다섯 개의 지배 종족이 있다. 동쪽의 패러사이트, 서쪽의 벨키아, 남쪽의 이문타르, 북쪽의 미스틸렌, 그리고 중앙의 인바고.」

맹독조의 공격을 가볍게 피한 나는 균형을 잃은 그녀의 등을 그대로 걷어찼다. 이설화가 신음을 흘리며 바닥을 굴렀다. 나는 그런 이설화를 보며 입을 열었다.

"다섯 번째 시나리오는 '클로노스의 재앙'을 모티프로 만들어진 시나리오지."

내 말에 이설화의 눈동자가 급격하게 흔들렸다.

"클로노스가 멸망하던 날, 클로노스의 다섯 지배종은 종족별로 한 명씩 영웅을 선출했어. 멸망의 치욕을 딛고 살아남아 클로노스의 명맥을 이어갈 다섯 영웅."

"……."

"그들은 도깨비와의 계약을 통해 다른 세계로 보내졌다. 다른 세계로 가서 또 다른 종족과 조우하고, 그곳에서 일어날 재앙을 막는 대가로 생존을 약속받았어."

키이이잇.

이설화의 입에서 인간이 아닌 것의 울음소리가 흘러나왔다.

"이곳에서는 '길잡이'라고 불리는 놈들이지."

"……킷. 지구의 인간이 어찌 그런 것까지 알고 있느냐?"

어떻게 알긴. 소설로 수도 없이 봤으니 알지.

"넌 '이설화'가 아니야."

본래보다 빠른 재앙의 부화. 그런 짓을 할 만한 녀석 중에 '인간'은 없다.

"패러사이트의 여왕, '앤티누스'. 하라는 길잡이는 안 하고, 왜 재앙을 깨우는 거냐?"

오직 '타락한 길잡이'만이 그런 일을 꿈꾼다.

[5급 충왕종, '패러사이트 앤티누스'가 당신을 노려봅니다.]

패러사이트는 다른 종족을 매개로 살아가는 기생종.

이설화는 길잡이 중 하나에게 조종당하고 있었다.

나는 충인들의 시체를 바라보았다. 리카온의 운석이 그랬 듯, 인외화를 촉진하는 것은 재앙 운석이 아니라 클로노스 길 잡이들의 힘이다.

"여기 있는 인간들은 네가 멋대로 감염시켰겠지? 왜 그런 짓을 한 거냐?

키이잇……!

"재앙을 일찍 깨워서 네가 얻을 게 뭐지? 너희 길잡이의 목 적은 지구인과 함께 '재앙'을 막고, 화합해서 새로운 세계를 건설하는 것 아니었나? 기껏 행성 침습된 세계를 대체 왜 파괴하려는 거냐?"

킷킷, 키키킷……!

"이건 네 임무에 위배되는 행동이다. 지금이라도 늦지 않았으니 당장 그 몸에서 빠져나와라. 길잡이로서 올바른 임무를 행해라, 앤티누스!"

가능하면 이설화를 죽이고 싶지 않았다. 어쩌면 유중혁도 그랬을 것이다.

원작에서도 독희가 십악이 되는 것은 '패러사이트'에 감염된 후의 일이었다. 감염에서만 벗어난다면 이설화는 십악이 되지 않을 수도 있었다.

그래서 유중혁 녀석은 잘하지도 못하는 대화를 시도했던 것이다. 저 패러사이트의 여왕에게서 자신의 옛 연인을 지켜내려고.

'한낮의 밀회'의 알림창이 허공에서 깜빡였다.

─그 여자를 죽여라.

유중혁이었다.

─중요한 건 이설화의 목숨이 아니라 세계의 존속이다. 현명하게 처신해라, 김독자.

유중혁이 어떤 표정인지는 알 수 없었다. 자신이 한때나마 정을 준 여인보다 세계의 안위를 걱정하다니. 어쩌면 그게 타고난 영웅의 자질이라는 거겠지.

─괜찮겠냐?

―상관없다.

유중혁의 목소리는 담담하면서도 확고했다. 하지만 나는 알고 있었다. 여기서 이설화가 죽으면 유중혁은 언젠가 무너진다.

하나둘 쌓여간 지인의 죽음은 언젠가 유중혁의 기억을 갉아먹고 정신을 피폐하게 만들 것이다.

"킷! 고작 인간 따위에게……!"

이설화의 입으로 벌레들의 여왕이 말했다. 음색에 진득하게 배어든 인간에 대한 증오. 왜 그렇게 인간을 싫어하는지 사실 나는 알고 있었다. 하지만 벌레들 감정까지 일일이 헤아려줄 만큼 여유로운 상황이 아니었다.

"킷. 죽인다."

이설화의 전신에서 검은 액체가 흘러나오기 시작했다. 천령독. 주특기가 본격적으로 발휘되기 시작했다. 맹독조의 손톱을 타고 시커먼 액체가 나를 향해 뿜어졌다.

파스스스스.

잽싸게 몇 걸음을 물러나자 천령독에 닿은 바닥이 그대로 녹아내렸다. 유중혁이었으니 저 독을 맞고도 중독에 그쳤지, 평범한 화신이라면 바로 저렇게 곤죽이 되었을 것이다. 유중혁이 물었다.

―천령독의 대책은 있나?

―있어.

허공에 산개한 이설화의 독이 빈틈을 노리고 파고들었다.

마치 의지를 가진 생명체처럼, 독은 자유자재로 허공을 누비며 내 약점을 찾아냈다.

기어코 몇 방울이 허벅지에 튀었고 몇 방울은 팔뚝을 스쳤다. 조금 애먼 부위를 스친 독도 있었다. 천령독을 맞은 정장의 일부가 녹아내렸다. 이설화의 얼굴에 회심의 미소가 번졌다.

하지만 이른 판단이었다.

독을 무시하고 달려간 나는 주먹을 힘껏 들어 이설화의 배를 그대로 내갈겼다.

"키이이이엣!"

끔찍한 울음소리와 함께 그녀의 신형이 허공을 날았다. 천령독에 닿은 내 피부는 약간 변색을 보였지만 이내 원래 색깔로 돌아왔다. 이설화가 눈을 부릅떴다.

"……킷, 천독불침?"

공포에 질린 음성. 천독불침지체는 독을 사용하는 모든 존재에게 공포의 대상이다. 하지만 나는 천독불침도, 만독불침도 아니었다.

"앤티누스, 네가 기생한 화신의 배후성이 누군지는 아나?"

그 말을 하며 나는 주머니에 손을 집어넣었다.

"당연히 모르겠지. 모르니 잘도 그 몸에 들어갔겠지. 그렇지?"

잠시 후 내 손에는 책 한 권이 딸려 나왔다.

[한의학의 질적 저하를 우려하던 한 성좌가 자신의 수식언을 밝힙니다.]

[성좌, '구암신의'가 깜짝 놀라 당신을 바라봅니다.]

"키이잇……?"

[동의보감 – 미완성본].

동방고금을 통틀어 가장 위대한 한의학 기록물. '왕의 자격'
의 5인 던전인 '동의보감의 장'에서 나오는 아이템.
"이거 모으느라 고생 좀 했지."
'왕의 자격' 시나리오가 한창 진행될 무렵, 왕들은 사인참사
검을 탐하느라 혈안이 되어 있었다. 그동안 나는 다른 아이템
을 열심히 주웠다.
그들이 가치를 몰랐기에 내팽개친 수많은 아이템. 나는 그
중에서도 특히 '동의보감' 판본에 관심을 기울였다.

〈내경편〉과 〈외형편〉 각 4편. 〈잡병편〉 11편. 〈탕액편〉 3편.
〈침구편〉 1편. 〈목차편〉 2편.

그렇게 총 25편을 모아야만 완성할 수 있는 성유물. 안타깝
게도 5인 던전에서 구할 수 있는 8편만 모았을 뿐이지만, 그
것만으로도 효과를 보기에는 충분했다. 8편만 모아도 어지간
한 S급 피독주避毒珠의 효과를 내기 때문이다.

[아이템 '동의보감 - 미완성본'의 효과가 발동 중입니다.]
[당신의 신체가 일시적으로 자체적인 피독 능력을 개화합니다.]

당황한 이설화가 외쳤다.
"그럴 리가 없어. 천령독은……!"
"알아. 천령독은 본래 피독주로 해독이 불가능하지. 하지만 동의보감은 가능해. 왜인 줄 알아?"

[성좌, '구암신의'가 허탈한 웃음을 짓습니다.]

별자리 하나가 내게 응답하듯 희미한 빛을 내뿜었다.
"왜냐하면 그 천령독을 만든 성좌가 바로 '동의보감'의 저자거든."

「가장 위대한 선인善人은 언제든 최악의 학살자로 돌변할 수 있다.」

그것은 멸살법에서 '구암신의'를 설명하는 문장이었다.
구암신의 허준許浚. 멸살법 속 기록에 따르면, 말년의 허준이 몰두한 과제는 의술이 아니라 독술이었다. 훗날 성좌가 된 많은 위인이 그랬듯, 당시 허준은 실제 역사의 기록을 뛰어넘는 경지에 도달해 있었다.

「"누구든 죽일 수 있는 독을 만들 수 있다면, 누구든 살릴 수 있는

환단丸丹을 만들 수도 있으리라."」

　선조 승하 이후 유배된 허준은, 광해군 7년 세상을 뜨기 직
전까지 단 하나의 질문에 몰두했다. 왜 어떤 독은 누군가에게
약이 되고, 어떤 독은 독이 되는가? 말년의 어느 날, 그는 결국
신비주의적인 해답에 도달했다.

　「"독의 작용을 결정하는 것은 신身이 아닌 영靈이다."」

　천 개의 영혼을 분석해 만든 독. 그 결과물이 지금 이설화의
전신에서 흘러나오는 천령독이었다. 그리고 '동의보감'은 사
실 그 천령독에 도달하기 위한 허준의 실패록이었다(정확히는
멸살법에서 그렇다고 이야기하고 있다).
　천령독을 쏟아내는 이설화를 향해 나는 가차 없는 일격을
날렸다.
　뻐어억, 하는 소리와 함께 날아가는 이설화.
　독희 이설화는 독만 무력화할 수 있다면 제압이 까다로운
편은 아니었다. 십악으로서 그녀의 명성을 공고히 한 것은 바
로 천령독이니까. 만약 '동의보감'을 얻지 못했다면, 나 역시
그녀가 쌓아갈 명성의 제물이 되었겠지만…… 이번에는 이설
화가 운이 나빴다.

　[성좌, '구암신의'가 미안한 듯 당신의 눈치를 살핍니다.]

[성좌, '구암신의'가 당신에게 선처를 기대합니다.]
[300코인을 후원받았습니다.]

'패러사이트' 감염은 구암신의의 의도와는 무관한 일일 것이다. 즉 이설화의 공격 또한 본인 의지가 아니라는 뜻이었다.
그건 그렇고 겨우 300코인에 선처를 기대하다니…….

[성좌, '서애일필'이 당신의 선처를 기대합니다.]
[성좌, '대머리 의병장'이 당신의 선처를 기대합니다.]
[300코인을 후원받았습니다.]

나는 성좌들 반응을 무시하고 이설화를 향해 다가갔다. 이설화가 겁에 질려 바닥을 기었다. 멀리서 이쪽을 보는 유중혁의 시선이 느껴졌다. 여기서 이설화가 죽으면 유중혁은 크게 상처를 받겠지.
나는 쓰러진 이설화를 바라보며 입을 열었다.
"너."
정확히는 그녀 안에 기생한 앤티누스를 향해 말했다.
"좋은 말로 할 때 밖으로 나와."
"킷?"
"지금이라도 안 늦었어. 다시 길잡이 본분으로 돌아가. 사람들한테 스킬도 가르쳐주고 서로 사이좋게 지내면 되잖아."
"……."

"열심히 살다 보면 너도 언젠가 성좌가 될지 어떻게 알아?"

패러사이트의 여왕, '앤티누스'는 보기와 다르게 강력한 영웅이었다. 비록 지금은 개연성의 제약을 받고 있어서 본신의 힘을 모두 발휘하지 못하지만, 길잡이를 지속하며 역사를 쌓는다면 훗날 성좌가 되는 것도 불가능하지 않은 존재.

"너희를…… 증오한다……."

문제는 그 존재가 인간을 적으로 생각한다는 것이었다. 그 것도 불구대천의 원수로. 나는 간헐적인 진동을 반복하는 재 앙 운석을 흘끗 바라보았다.

"네 세계가 멸망한 건 유감스럽게 생각해. 그렇다고 이 세계 까지 멸망시킬 필요는 없잖아? 똑같은 비극을 여기서도 재현 할 셈이냐?"

"……너희는, 모두, 죽는다."

킷킷 웃는 앤티누스를 보며 나는 한숨을 쉬었다. 스스로 나 가지 않는다면 별수 없다. 강제로 나가게 하는 수밖에.

이 방법은 쓰고 싶지 않았다. 이설화의 고통도 클뿐더러 몸 밖으로 빠져나온 앤티누스를 직접 상대해야 하는 부담도 있 으니까.

나는 하늘을 흘끗 올려다보았다. 한반도의 성좌들에게는 한 번 빚을 졌으니, 이번에는 내가 양보할 차례겠지.

['동의보감 - 미완성본'의 특수 옵션을 발동합니다.]

['동의보감 - 침구편'이 당신에게 신비한 한의학의 정수를 전합니다.]

내가 가진 '동의보감'은 미완성본이기 때문에 강력한 독을 만들거나 죽어가는 사람을 살린다거나 하는 기적을 행할 수는 없다. 하지만 간단한 치료는 할 수 있다.

가령 사람 몸에 기생한 벌레를 꺼낸다거나.

원활한 치료를 위해서는 그녀의 몸이 구속되어야 하기에, 나는 어쩔 수 없이 이설화의 팔을 꺾어 뒤에서 제압했다. 뒤에서 연인이라도 안는 듯한 자세지만, 양심에 손을 얹고 말하건대 일말의 흑심도 없었다. 미치지 않고서야 유중혁의 전 여친을 노릴 리가 없다.

[전용 스킬, '점혈 Lv.2'을 발동합니다!]

나는 그대로 이설화의 혈도 곳곳을 누르기 시작했다. 얼마 지나지 않아 그녀의 피부 곳곳이 붉게 물들었고, 나는 반응이 생긴 혈도 위에 마력으로 만든 침을 하나씩 찔렀다.

"키이잇! 아파! 아파아아아아!"

울부짖으며 비명을 지르는 이설화의 목소리.

나는 계속해서 혈도를 짚어갔다.

"키이잇! 키잇! 꺄아아아아……!"

이설화의 비명도 조금씩 변해갔다. 벌레의 울음에서 인간의 목소리로. 겨우 침 몇 방 놨다고 몸속 기생충이 빠져나오다니. 한의학 만세다.

[신비한 한의학의 정수가 효과를 발휘합니다!]
[성좌, '구암신의'가 당신을 흐뭇한 듯 내려다봅니다.]

나는 기진맥진해 숨을 헐떡이는 이설화를 두고 비켜섰다. 새카만 독이 분비되던 그녀의 전신에서 노란색 점액이 조금씩 흘러나오고 있었다. 저 점액이 바로 충왕종 '패러사이트'의 본체였다.

"끅…… 끄윽……."

이 정도면 성좌들도 만족했겠지.

[성좌, '구암신의'가 당신의 선행에 고마워합니다.]
[500코인을 후원받았습니다.]

이설화가 천천히 눈을 떴다. 눈동자에 생기는 돌아왔지만, 여전히 초점은 없었다. 조금 전까지 패러사이트에 감염되어 있었던 까닭이다. 오감이 반쯤 이지러져서 지금 내 얼굴조차 제대로 볼 수 없을 것이다.

"당신은…… 누구죠?"

나는 이 질문에 대답하면 일어날 이벤트를 잘 알고 있었다. 유중혁이 이설화를 무사히 포섭한 몇몇 회차에서도 비슷한 일이 있었으니까. 지금 중요한 건 내가 누구냐가 아니다.

"유중혁이 보내서 왔습니다."

─김독자. 쓸데없는 짓 하지 마라.

분노한 유중혁의 목소리가 귓가를 찔렀다.

이설화 표정에 변화가 생겼다.

"……유중혁? 그게 누구죠?"

"곧 알게 됩니다."

독희 이설화는 반드시 여기서 유중혁의 일행이 되어야 했다.

선지자들이 나타나고, 또 절대왕좌가 부서진 후 이 세계의 흐름은 내가 아는 궤적에서 조금씩 틀어지는 중이었다. 원작의 실수를 계승해도 곤란하지만, 내가 모르는 미래가 계속 출현하는 것도 곤란했다.

그러니 중요한 사건의 포인트마다 직접 균형을 잡아줄 필요가 있었다.

어떤 것은 그대로 흘러가고, 또 어떤 것은 다르게 흘러가도록.

우여곡절은 있었지만, 어쨌든 유중혁의 이번 회차는 내가 생각하는 이상적인 근사치에 조금씩 접근하는 중이었다. 그리고 독희…… 아니, 의선醫仙 이설화는 그 근사치의 훌륭한 소수점 중 하나가 될 수 있을 것이다.

"김독자, 이쪽은 끝났어!"

돌아보니 피를 뒤집어쓴 한수영과 유상아가 다가오고 있었다.

놀라웠다. 둘이서 그 많은 인원을 소탕했다고?

아무리 독희가 빠진 상황이라 해도, 독희 그룹의 메인 전력을 단둘이 쓸어버리다니…… 본래 짠 작전이 무의미해질 지경이었다.

저런 앙상블이면 이지혜의 [유령 함대]와 공필두의 [무장지대] 콤비에도 견줄 만할지도 모른다.

"잠깐, 가까이 오지 마세요."

하지만 나는 그들을 제지했다. 감염 면역이 없으니 다가오면 곤란하다. 아직 이곳의 전투는 끝나지 않았으니까.

—키이이잇…… 인간……!

이설화 몸에서 빠져나온 점액이 허공의 한 점을 중심으로 모여들고 있었다.

패러사이트의 여왕, 앤티누스.

그녀는 기생 중일 때도 무섭지만, 기생 상태가 아닐 때는 더 무섭다. 점액질이 조그마한 날벌레처럼 움직이며 형상을 빚어 갔다.

오랜 세월 빨아들인 영양분으로 이루어진 신체. 아름다운 곡선을 갖춘 몸통과 탄탄한 근육을 자랑하는 다리. 잠자리 같은 날개와 전갈의 그것을 닮은 꼬리. 얼굴을 제외하고는 대부분 곤충의 갑피지만, 전체적으로 보면 곤충보다는 이족 보행 생물에 가까운 형태였다.

진짜 전투는 지금부터다.

"떨어져요! 감염되기 전에!"

날카로운 꼬리가 내 배를 향해 날아왔다.

[아이템 '동의보감 - 미완성본'의 효과가 발동 중입니다.]
[당신의 신체가 패러사이트 감염에서 면역됩니다.]

민첩이 50레벨을 넘는 내가 피하지 못할 정도였다. 아슬아슬하게 꼬리 끝을 잡아챘기에 관통은 면했다. 그대로 맞았으면 분명 배에 구멍이 났을 것이다.

킷.

그녀는 곧바로 꼬리를 쥔 나를 바닥에 패대기쳤다. 육신이 날아가 바닥에 푹 박혔고 강한 통증이 전신을 잠식했다.

강하다. 기생의 형태를 벗어났는데 더 강해졌다.

이것이 본신의 힘만으로 5급 충왕종에 비견되는 힘.

앤티누스가 전력으로 힘을 개방하면, 내가 전에 겪은 열화판 화룡종에 준하는 전투력을 발휘할 것이다.

멸망했다고는 하나, 그래도 한 세계의 영웅이던 존재. 이 녀석은 노란색 운석에서 나온 리카온 못지않은 강자인 것이다.

그러나 승산이 없지는 않았다.

길잡이가 다섯 번째 시나리오가 끝나기도 전에 이런 난동을 피우는 것은 명백히 시나리오 규칙 위반이었다. 심지어 사람 몇을 죽이는 정도가 아니라 재앙을 조기 부화시키려 했다. 자신의 '개연성'을 포기했다는 의미였다.

치지지직—

벌써 개연성 후폭풍의 징조가 앤티누스의 육신에 강림하고 있었다. 조금만 지나면 내가 공격하지 않아도 저 육체는 붕괴를 가속할 것이다. 그러니 시간만 벌어도 내가 이기는 싸움이었다.

문제는 시간을 버는 동안 얼마나 굴러댈까 하는 점인데…….

그때, 품속에 들어 있던 '이뮨타르 종족의 호부'가 가늘게 떨렸다.

우우우웅.

아, 그렇군. 이게 있었지. 나는 쿡쿡 쑤셔오는 뼈마디를 맞추며 앤티누스를 향해 말했다.

"미안하지만 네 상대는 내가 아냐."

쿠구구구구!

말이 떨어지기 무섭게 은빛 섬광이 소닉붐을 일으키며 하늘을 가로질러 왔다. 화려한 갈기가 허공에서 흩날렸고, 신형은 굉음을 일으키며 내 앞에 착지했다.

3미터가 넘는 체고.

이뮨타르의 왕자, 리카온이 형형한 패기를 흩뿌리며 일어섰다.

"부름을 받고 왔습니다, 호주."

이뮨타르 종족의 왕자 리카온은 내게 꾸벅 경의를 표하더니, 등을 돌려 앤티누스를 바라보았다. 인외종이 아군이 되니 이렇게 든든할 수가 없다.

"앤티누스."

"리카온……?"

"이게 대체 무슨 짓이냐?"

패러사이트의 여왕이 웃었다.

"임무를 잊은 것인가? 왜 이 세계의 인간들과 싸우고 있지?"

"킷킷, 임무? 우리에게 그런 게 있었나?"

놀리는 듯한 말투에 리카온의 표정이 굳었다.

"우리는 길잡이. 찾아오는 재앙에 맞서 다른 세계의 주민들에게 올바른 길을 알려주는 존재다."

"벌써 도깨비 놈들에게 홀렸나? 정신 차려라, 리카온."

"정신 차려야 할 것은 너다, 앤티누스."

리카온의 목소리가 조금씩 격앙되고 있었다.

"클로노스 전사들의 희생을 잊었는가? 다섯 지배종이 멸절당하던 순간을 그대는 벌써 잊었단 말이냐? 우리는 여기서 재앙을 막아야 한다. 이곳의 생명체와 협력해서 행성 침습된 행성을 지키고, 이 세계에서 클로노스 문명을 재건하는 것! 그것이 우리의 신성한 사명이다!"

클로노스 문명의 재건.

앤티누스는 더는 킷킷 웃지 않았다.

"그건 불가능해. 이 행성은 멸망할 테니까. 그것이 '시나리오'의 운명이다."

"아니, 이번엔 다르다."

리카온의 눈이 나를 흘끗 보았다.

"나의 호주는 재앙이 시작되기도 전에 소재앙을 처치한 분이시다. 그 증거로 우리 종족의 호부도 갖고 계시지. 멸망을 막아낼 수 있을지도 모른다."

"그깟 소재앙 따위, 열화판이었다면 우리도 얼마든지 막아낼 수 있었다."

"지구는 이제 고작 다섯 번째 시나리오다! 다섯 번째가 시작되기도 전에 소재앙을 처치한 행성은 없었다. 잘 생각해라, 앤티누스. 이 행성에는 아직 희망이 있다!"

앤티누스의 겹눈이 천천히 깜빡였다. 가래가 끓는 듯한 곤충의 울음소리. 그 울음에 진득한 원한이 배어 있었다.

"위선 떨지 마라. 재앙을 막기 위해 이곳에 왔다고? 네가 정말 이들을 도울 생각이었다면, 왜 처음에 재앙의 행선지가 '지구'로 정해질 때 반대하지 않았지?"

"그건……."

둘의 이야기를 엿듣던 한수영이 조용히 내 쪽으로 다가왔다.

"저 녀석들, 지금 무슨 소리 하는 거야?"

한수영도 이 시나리오의 세부적인 과거사는 모르는 듯했다. 3회차나 4회차의 길잡이들은 지금처럼 심도 있는 대화를 나누지 않았으니까. 하지만 지금 뭔가를 설명해주기에는 상황이 애매했다.

앤티누스가 계속해서 말했다.

"리카온. 너도 나와 같다. 우리는 복수를 위해 이 행성에 온 거다! 우리에게 재앙을 안겨준 놈들에게 똑같은 재앙으로 보답하기 위해서!"

"그런 짓을 하면 너도 죽게 된다. 스타 스트림의 개연성은 길잡이의 독단을 용서하지 않을 것이다."

"네가 아는 앤티누스는 이미 패러사이트들과 함께 고향에서 죽었다."

"……말이 안 통하는군."

송곳니를 드러낸 리카온이 살기를 뿜어냈다.

"그럼 대화는 여기까지다."

"킷킷킷! 리카온! 이뮨타르의 가엾은 늑대여! 클로노스의 역사를 잊었는가? 늑대는 단 한 번도 벌레에게 승리한 적이 없음을!"

늑대 왕자와 기생충 여왕의 싸움이 시작되었다.

리카온이 포효하자 주변 공기의 흐름이 달라졌다. 어떤 바람은 빠르게, 다시 어떤 바람은 느리게. 그리고 어떤 바람은, 강하게.

"나는 네가 알던 '이뮨타르'가 아니다!"

주변의 바람이 일제히 산란하며 앤티누스의 기세를 압박하기 시작했다. 한 단계 진화한 리카온의 [바람의 길]이 드디어 모습을 보이려는 것이다.

"키잇…… 재미있구나! 네놈의 '길'이 얼마나 성장했는지 확인해보겠다!"

먼저 움직인 것은 앤티누스였다.

콰콰콰콰!

[바람의 길]이 만든 대기 장벽과 앤티누스의 꼬리가 부딪쳤다. 허공에서 스파크가 튀었고, 가죽이 찢어지는 듯한 소리가 들렸다. 나도 한수영도 그 순간만큼은 넋을 잃고 하늘을 올려다보았다.

이것이 5급 인외종들의 싸움.

물리적인 우열이나 종의 상성을 뛰어넘는 이계인들의 대결이었다. 대기의 빈틈을 뚫고 순식간에 도약한 앤티누스의 신형이 순식간에 리카온 코앞에 도달했다.

쐐애액!

외변형을 이룬 앤티누스의 꼬리가 거대한 쐐기가 되어 쇄도했다. 자칫 단 한 번의 공격에 승부가 날 짝이었다.

그 순간, 앤티누스의 움직임이 갑자기 느려졌다. 마치 꼬리를 밀어내는 척력이라도 존재하는 것처럼.

"키잇?"

반면 리카온의 움직임은 미묘하게 빨라졌다. 순간적인 가속이 공격을 무위로 돌렸다. 앤티누스의 꼬리가 허무하게 허공을 갈랐다.

[5급 충왕종 '패러사이트 앤티누스'가 '가속하는 날개 Lv.8'를 발동했습니다.]

앤티누스의 날개가 활짝 펼쳐지더니, 파르르 진동하던 신형이 사라졌다.

S급 이동 스킬, [가속하는 날개].

일 초에 수백 수천 번을 날갯짓한 앤티누스의 신형이 순간이동이라도 하듯 리카온의 사방을 덮었다. 피할 새도 없이, 낫처럼 변한 앤티누스의 두 팔이 리카온의 배후를 노리고 날아들었다.

[5급 충왕종 '패러사이트 앤티누스'가 '당랑파철螳螂破轍 Lv.8'을 발동했습니다.]

가속된 낫이 대기의 벽을 난도질하자 끔찍한 파열음이 터져나왔다. 너무나 빠른 일격이었기에 이번만큼은 리카온조차 피할 수 없을 것 같았다.

그런데도 리카온은 피했다.

결정적인 순간, 또다시 앤티누스의 공격은 느려지고 리카온의 움직임은 빨라졌다. 찰나의 차이로 스쳐 가는 공격들. 앤티누스가 겹눈을 부라렸다.

유상아가 놀라서 물었다.

"저게 대체 무슨 기술이죠? [순간 가속]인가요?"

"아뇨, 저건 [바람의 길]입니다."

이뮤타르 종족의 비기, [바람의 길]. 얼핏 두 사람의 상대 속도가 변한 것처럼 보이지만, 사실 리카온의 능력이었다. 주변 대기가 리카온의 의지에 따라 흘러가고 있었다.

"킷, 빌어먹을 바람이……!"

앤티누스도 눈치챈 듯했다. 움직이는 모든 길에 바람이 있었다. 앤티누스는 바람에 걸렸고, 리카온은 바람을 이용했다.

앤티누스의 [당랑파철]을 피해내고, [가속하는 날개]의 움직임을 통제하는 스킬. 바람이 만든 길은 보법이 되기도 했고, 경신법이 되기도 했으며, 때로 회피기나 공격기가 되기도 했다.

그래서 내게 저 스킬이 필요한 것이었다.

[바람의 길]만 익힌다면 당분간 여러 스킬을 대체할 수 있었다. 리카온이 포효했다.

"벌레의 여왕! 바람 앞에 무릎을 꿇어라!"

바람의 늑대가 움직였다. 바람의 결을 타고 날아든 날카로운 발톱이 날개를 찢었고, 질풍처럼 쏟아진 킥이 복부를 걷어찼다. 바람의 가속이 더해진 연타가 단단한 앤티누스의 갑피를 부숴갔다.

"갸아아아악······!"

날개 반쪽이 사라진 앤티누스가 추락했다.

내가 준 깨달음이 없었다면, 리카온은 앤티누스를 이길 수 없었을 것이다. 남 좋은 일이라고 생각했는데, 결과적으로는 도움이 된 셈이다.

치지지직—!

앤티누스의 육신에 개연성 폭풍의 징조가 한층 더 강해졌다.

"키이잇! 이대로 끝나지는 않는다."

앤티누스가 반쪽짜리 날개를 펼쳐 낙하를 시도했다.

— 김독자! 녀석을 죽여라! 빨리!

유중혁의 목소리가 들려오기도 전에 나는 이미 앤티누스를 향해 달리고 있었다.

['신념의 칼날'이 활성화됩니다.]

자칫 개연성 폭풍에 말려들 가능성이 있지만, 지금 그런 것은 중요하지 않았다.

"내 세계, 내 종족, 내 아이들……."

앤티누스는 정확히 재앙 운석이 있는 방향으로 향하고 있었다.

"내 세계를 멸망시킨 대가를, 나는 반드시 받아낼 것이다!"

그녀의 모든 마력이 재앙 운석을 향해 쏘아졌다. 대경한 리카온이 마력을 받아내기 위해 달렸고, 나는 불꽃 속성이 감긴 '신념의 칼날'을 휘둘러 떨어지는 앤티누스의 목을 날렸다.

비웃음이 걸린 곤충의 주둥이.

……막았나?

고개를 돌렸을 때, 리카온이 창백한 얼굴로 나를 바라보고 있었다.

"크르릉…… 호주, 죄송합……."

그리고 소리가 사라졌다.

재앙 운석에서 빛이 폭발했고, 엄청난 열기가 나를 덮쳤다. 터져나온 운석 파편 하나가 머리를 세게 때렸다. 뇌진탕이 온 것처럼 세상이 흔들렸다. 폭발에 휩싸여 날아가는 리카온이 보였다.

길잡이는 본디 재앙의 힘을 견딜 수 없다. 한번 패배한 역사를 고쳐 쓸 수 없는 것처럼.

[당신은 시나리오 클리어에 실패했습니다.]

[′질문의 재앙′이 당신의 세계에 강림합니다.]

　세계의 균형이 무너지고 있었다. 일순 시야가 새카맣게 물들었고, 폭음과 함께 부서진 건물 더미가 나를 덮쳤다. 간신히 정신을 차렸을 때는 유중혁의 목소리만 왕왕 울리고 있었다.

　―김독자! 정신 차려라! 어서!

　―……정신 차리고 있어.

　―움직여라! 지금이라면 재앙을 막을 수도 있다!

　솔직히 무리라고 생각했다. [바람의 길]도 없는 상황에서 ′질문의 재앙′이 부화해버렸다. 저걸 막겠다고 자살 특공을 감행하느니 차라리 다른 루트를 고려해보는 게 더 바람직한 판단일 것이다.

　그런데 내 마음을 읽기라도 한 듯이 유중혁이 입을 열었다.

　―그렇게 약해빠진 놈이었나?

　―뭐?

　―내게 한 말은 모두 거짓이었냐는 말이다.

　나는 반사적으로 몸을 일으켰다.

　이 자식이 지금…….

　―세계를 포기하지 말라고 훈계하던 놈이, 고작 그 정도 재앙에 굴복한 것이냐?

　헛웃음이 나왔다. 다른 사람도 아닌 내가 유중혁에게 이런 말을 듣다니. 수치심에 자살해도 모자랄 일이다.

　―당연히 아니지 인마. 잠깐 생각 좀 한 거야.

빌어먹게도 유중혁 말이 맞다. 완독자인 내가 벌써 '불가능'을 논하다니 아직 한참 시기상조다. 나는 파괴된 구조물 더미를 헤치고 밖으로 달려나갔다.

쿠구구구구.

8미터에 달하는 재앙 운석이 두 쪽이 나 있었다. 분명 무언가가 부화했을 것이다. 재빨리 주변을 둘러보았지만, 재앙의 모습은 보이지 않았다.

"야, 이거 대체……."

근처에 있던 한수영이 안절부절못하는 표정으로 다가왔다.

유상아는 보이지 않았다. 작은 목소리가 들려왔다.

"여긴……."

십여 걸음 정도 떨어진 곳에 한 소년이 있었다. 고등학생쯤 되었을까 싶은 외모. 실오라기 하나 걸치지 않은 몸. 소년은 중얼거렸다.

"여기는…… 설마?"

연신 주변을 둘러보던 소년이 믿기지 않는다는 표정을 지었다.

그 중얼거림을 들으며 생각했다. 지금 당장 저 녀석을 죽여야 한다. 그런데 몸이 움직이지 않았다.

[예상보다 이른 부화로 '질문의 재앙'의 힘이 약화됩니다.]

[조기 부화 페널티로 3분간 '질문의 재앙'을 공격할 수 없습니다.]

이런 빌어먹을. 페널티를 저놈이 아니라 우리가 먹는다고? 도깨비 자식들, 대체 일 처리를 어떻게 하는 거야?

소년은 주변에 너부러져 있는 한 여자를 향해 성큼성큼 다가갔다. 독회의 그룹원이던 여자. 꾀죄죄한 여자를 향해, 소년이 해맑은 목소리로 외쳤다.

"사람이다! 이봐요, 괜찮아요?"

"어, 으으…… 누구……."

"저기, 뭐 하나만 물어봐도 될까요?"

안 된다. 그 질문에 대답하면 안 된다.

외치고 싶지만 소리가 나오지 않았다.

"여기 어디예요? 그리고 지금이 서기 몇 년이죠?"

"가, 갑자기 그건 왜……."

"되묻지 말고 대답부터 해요. 지금이 서기 몇 년이죠?"

소년에게서 흘러나오는 기이한 힘에 여자는 홀린 듯 대답하기 시작했다.

"여, 여긴 서울이고…… 올해는……."

여자의 대답이 떨어지는 순간, 시스템 메시지가 들려왔다.

[첫 번째 질문이 해결됐습니다.]

[귀환자 '명일상'의 첫 번째 봉인이 해제됩니다.]

"하, 하하…… 하하하!"

"왜 그러시는……?"

당황한 여자를 향해 소년이 미친 듯이 웃으며 말했다.

"내가 얼마나 고생했는지 알아요? 모르죠?"

"네, 네?"

"백 년 안 살아봤죠? 인간이라고는 나 하나밖에 없는 그런 곳에서. 혹시 여기 말고 다른 차원이 존재한다는 건 알아요?"

"다른…… 차원이요?"

"역겨운 벌레 새끼들이랑 웨어울프랑 조인족…… 내가 문제 하나 낼 테니까 맞혀볼래요?"

당황한 여자가 입을 뻐끔거렸다. 소년이 물었다.

"벌레, 늑대, 새. 셋 중에 어떤 종족이 제일 잘하게요?"

"뭐…… 뭘 잘해요?"

여자가 묻자, 소년은 즐거워 죽겠다는 듯 웃어젖혔다. 소름 끼치는 웃음이었다.

"그럼 셋 중에 무슨 고기가 제일 맛있게요?"

'질문의 재앙'이 쏟아내는 말을 들으며, 나는 생각했다. 어쩌면 앤티누스가 지구를 멸망시키려 한 건 당연한 귀결이었을지도 모른다. 왜냐하면 그들의 세계를 멸망시킨 것이 바로 이 지구의 '인간'이니까.

여자는 끝내 소년의 문제에 답을 내지 못했다.

"제, 제발, 살려주세요."

퍼거걱, 하는 소리와 함께 여자의 목이 날아갔다. 킬킬 웃음을 터뜨린 소년이 주변을 둘러보며 말했다.

"자, 이제부턴 당연히 그런 전개겠지? 그 뭐냐, S급 화신? 그

런 새끼들 좀 조져주고. 갑질하는 연합도 조져주고. 아니 잠깐
만, 그 전에……."

[조기 부화 페널티가 종료됩니다.]
[당신의 움직임을 통제하던 힘이 사라집니다.]

제기랄. 늦었다. 내가 소리치려는 순간, 슉— 하고 사라진
소년이 어느새 저만치 떨어진 위치로 옮겨가 있었다. 불행하
게도, 또 다른 희생자가 있는 장소였다.
"하하! 누나 예쁘다! 응?"
속으로 욕설을 내뱉었다.
―유상아 씨, 피해요!
단도를 꺼내든 유상아가 녀석을 경계하며 물었다.
"……당신은 누구죠?"
그 질문에 소년이 씩 웃었다.
"궁금해?"
가볍게 뻗어진 소년의 손이, 보이지도 않는 속도로 유상아
의 턱을 잡아챘다.
"알려줄까?"
클로노스를 멸망시킨 다섯 개의 재앙 중 하나, '질문의 재앙'.
그는 이세계로 전이되었다 돌아온 지구 출신 '귀환자'였다.

*

4

귀환자.

멸살법에서 그들을 언급한 최초의 문장은 이것이다.

「어떤 사람은 시간을 되돌리고, 어떤 사람은 다른 차원으로 가며, 어떤 사람은 다시 태어난다. 결국 멸망에 적응하는 방법도 사람마다 가지각색인 셈이다.」

'멸망한 세계에서 살아남는 방법' 중 두 번째. 살아남기 위해, 다른 차원을 부수고 돌아온 존재들.

"대답해봐. 내 정체가 궁금해?"

귀환자 명일상. 지구 출신 '귀환자' 중 하나이자, 이계 '클로노스'에 용사 클래스로 소환되었던 소년.

"흠…… 보통 이런 상황이면 얼굴 붉히면서 눈을 내리까는 게 보통의 전개 아냐? 누난 얼굴값 좀 하는 편인가 봐?"

역시 '질문의 재앙'은 저 버러지 같은 놈이었다. 유상아가 입을 열었다.

"무슨……."

―유상아 씨, 질문에 대답해선 안 됩니다!

내 말에 유상아의 고개가 내 쪽으로 움직였다. 하지만 명일상이 그녀의 턱을 잡더니 강제로 자신을 향해 돌렸다.

"어딜 봐? 날 봐야지. 혹시 저거 남자친구야?"

"손 치워."

유상아가 명일상의 손을 뿌리쳤다. 그녀의 손끝에서 움직인 단도가 위협적으로 허공을 그었다. 명일상이 히죽 웃었다.

[두 번째 질문이 해결됐습니다.]

[귀환자 '명일상'의 두 번째 봉인이 해제됩니다.]

"남자친구 맞네. 누군 백 년 동안 다른 차원에서 그 지랄을 떨고 있었는데."

소년의 차가운 눈빛이 나를 향했다. [전지적 독자 시점]을 발동하지 않았지만, 굳이 들여다보지 않아도 너무나 의미가 명료한 눈빛이었다.

"누군 평화로운 세계에서 희희낙락하고 있었다 이거지?"

녀석의 오른팔이 나를 겨냥했다. 녀석의 손에 보랏빛 입자가 응축된 것과 내가 얼굴을 감싸며 엎드린 것은 거의 동시였다.

[등장인물 '명일상'이 '소적염포小赤炎砲'를 발동합니다!]

적염포. 클로노스의 동쪽 대륙을 멸하고, 숲속의 충왕종을 모조리 태워 죽인 죽음의 불꽃.

대기가 통째로 타오르며 나를 덮쳤고, 나는 숨을 꾹 참은 채 불꽃에 휩싸였다. 피부가 익는 듯한 통증이 번져왔다. 속으로 온갖 욕설을 내뱉었다. 망할! 아프다. 정말로 아프다. 아픈데…….

……생각보다 버틸 만한데?

잠시 후 나는 불꽃이 꺼진 피부를 바라보았다. 구석구석이 검게 그을렸고, 약간 통증이 있기는 했지만 견딜 만했다.

이게 충왕종을 공포로 몰아넣은 '적염포'라고?

고개를 들어보니 유상아가 단도를 휘두르며 격전을 벌이고 있었다. 예상외로 선전 중이었다. 압도적인 숙련도를 갖춘 공격에 '질문의 재앙'은 당황한 눈치였다.

"뭐야. 왜 이렇게 강해? 혹시 누나도 귀환자야? 아니지, 내가 약해진 건가?"

이해가 가지 않았다. 두 개의 봉인이 풀린 '질문의 재앙'은 저것보다 훨씬 강해야 했으니까.

[전용 스킬, '등장인물 일람'을 발동합니다!]

〈인물 정보〉

이름: 명일상

나이: 17세(127세)

배후성: 양산형 제작자

전용 특성: SSS급 용사(영웅), 질문의 재앙(전설)

전용 스킬: [SSS급 성장 가속 Lv.10(현재 Lv.1)] [SSS급 검술 Lv.10(현재 Lv.1)] [적염포 Lv.9(현재 Lv.1)] [SSS급 보법 Lv.10(현재 Lv.1)]······.

성흔: [답은 정해져 있고 넌 대답만 하면 돼 Lv.7(현재 Lv.2)]

종합 능력치: [체력 Lv.99(현재 Lv.55)] [근력 Lv.99(현재 Lv.55)] [민첩 Lv.99(현재 Lv.60)] [마력 Lv.99(현재 Lv.55)]

종합 평가: 클로노스를 멸망시킨 '질문의 재앙'입니다. 현재 시나리오 페널티로 모든 능력치가 봉인되어 있습니다. 하나의 봉인이 풀릴 때마다 능력치가 상승하며, 모든 봉인이 풀리면 재앙의 진짜 힘이 깨어납니다. 살아남고 싶다면 그의 질문에 대답하지 마십시오. 그래도 죽는 건 마찬가지겠지만 말입니다.

순간 화면을 가득 메우는 SSS의 향연에 주눅이 들었지만,

자세히 읽다 보니 왜 지금 녀석이 약한지 이해가 갔다.

도깨비 녀석들은 공정했다.

지금 저 녀석은 원작의 재앙보다 약한 상태다.

"한수영! 유상아 씨!"

비형 녀석이 힘을 썼는지 어떤지는 모르겠지만, 기회가 생긴 것만은 틀림없었다.

"전력을 다해 공격해요! 지금 죽여야 합니다!"

저게 지금 녀석이 가진 전부라면, 어쩌면 [바람의 길]이 없어도 이길 수 있을지 모른다. 나는 곧장 남은 코인을 능력치에 쏟아부었다.

[체력 Lv.50 → 체력 Lv.60]

[민첩 Lv.50 → 민첩 Lv.60]

[마력 Lv.25 → 마력 Lv.60]

[총 39,500코인을 소모했습니다.]

[모든 능력치가 시나리오 제한 기준에 도달했습니다.]

나는 '부러지지 않는 신념'을 활성화하며 달렸다.

"명심하세요! 놈의 질문에 절대로 대답해선 안 됩니다!"

내 '신념의 칼날'을 본 명일상이 흥미롭다는 듯 말했다.

"뭐야! 검강이잖아?"

하필 민첩만 높은 녀석이라 공격은 간발의 차이로 빗나가고 말았다.

"아저씨 혹시 무림인이야? 어떻게 벌써 검강을 써? 미친 거 아냐?"

나는 녀석의 말을 무시하고 성흔을 발동했다.

[성흔, '칼의 노래 Lv.1'를 발동했습니다!]
[충무공이 남긴 소절이 당신의 검에 깃듭니다.]

충무공의 무작위 소절이 눈앞에서 흘러가더니, 이내 메시지가 들려왔다.

「28일. 맑다. 공헌에 나가 공무를 보았다.」

그리고 아무 일도 일어나지 않았다. 빌어먹을. 하필 이럴 때 충무공이 안 도와주는군. 《난중일기》라고 해서 항상 적과 싸우는 내용만 있는 것은 아니다. 사실 대부분은 저런 내용이니까.

하늘은 맑고.
충무공은 공무를 본다.

만약 내가 살아가는 오늘도 '멸망일기' 따위의 기록으로 남게 된다면 대략 이런 느낌일 것이다.

하늘은 어둡고.

김독자는 맞고 있다.

퍼어억!

명일상이 날린 킥에 나는 바닥을 굴렀다. 심각하던 명일상의 안색이 조금씩 펴지고 있었다. 녀석이 내 '신념의 칼날'을 유심히 보더니 안도의 한숨을 내쉬었다.

"휴, 그럼 그렇지. 진짜 검강일 리가 없지. 아저씨, 진짜 왜 그래? 나 괜히 쫄았잖아?"

"말 겁나 많은 놈이네."

서늘한 여자의 목소리. 내가 시간을 버는 사이, 수십 기에 달하는 한수영의 아바타가 놈을 향해 달려들었다.

"죽어!"

움직임을 봉쇄당한 녀석의 전신에 한수영의 연타가 쏟아졌다.

하지만 근력이 높지 않은 그녀의 공격은 명일상의 본체에 별다른 타격을 주지 못했다. 오히려 과도하게 많은 아바타 때문에 유상아가 대미지를 넣지 못하는 상황까지 벌어졌다.

한수영의 작은 손에 두들겨 맞던 명일상이 웃었다.

"너도 꽤 예쁘네? 몇 살이야? 중학생?"

"닥쳐, 죽어!"

이어지는 연타에 명일상의 표정이 해괴해졌다.

"……다들 왜 그래? 내가 뭐 잘못했어? 나처럼 잘생긴 귀환자가 나타나면 보통 쌍수 들고 환영부터 해야 하는 거 아냐? 이제부터 내가 괴수들 다 해치워줄 건데?"

"뭔 개소리야 미친놈이!"

"어…… 말이 좀 심하다? 잠깐만, 혹시 이 전개 설마…….'"

명일상의 표정이 변했다.

"당신들 '헌터 협회'구나! 그렇지? 귀환자가 나타나면 제일 먼저 시비 거는 게 그놈들이니까."

"뭐라는 거야 이 중2병 새끼가…… 그딴 거 있지도 않거든?"

[세 번째 질문이 해결됐습니다.]

[네 번째 질문이 해결됐습니다.]

[다섯 번째 질문이 해결됐습니다.]

[귀환자 '명일상'의 다섯 번째 봉인이 해제됩니다.]

명일상이 웃으며 고개를 끄덕였다.

"대답하는 거 보니 헌터 협회 맞네."

……돌겠군.

명일상의 몸에서 뻗어 나온 강력한 기파에 주변 아바타들이 동시에 소멸했다. 명일상이 웃음을 터뜨렸다.

"자, 먼치킨의 시간이다!"

훌쩍 물러난 한수영이 황당하다는 듯 내 쪽을 일별했다.

"뭐야 저 자식?"

나는 숨을 몰아쉬며 짜증을 냈다.

"아까 대답하지 말란 말 못 들었어? 저 자식한테 먹이 주지 말라고."

"대답 안 했어! 그냥 욕한 거라고."

"그냥 말 자체를 하지 마. 저놈은 그것도 대답으로 받아들인 다고."

'질문의 재앙'에게 질문은 답을 얻기 위한 것이 아니다.

어떤 대답이든 녀석의 능력을 강화하는 데 사용될 뿐이다.

명일상이 이죽거렸다.

"자, 그럼 누구부터 죽여줄까……?"

그러나 녀석의 말은 이어지지 못했다. 냉혹한 살기를 뿜어 대는 유상아가 녀석의 배후에 나타났기 때문이다.

[헤르메스의 산책법].

[테세우스의 결의].

[아라크네의 거미줄].

시스템 메시지는 뜨지 않았지만, 나는 알아볼 수 있었다. 훗 날 열리는 시나리오 〈기간토마키아〉에서, 저 기술들에 대한 묘사가 분명히 있었다.

저 기술들은 올림포스 성좌의 성흔이다.

놀란 명일상이 '소적염포'를 연달아 발포하며 유상아를 견 제했다. 하지만 유상아는 죄다 맞아가며 명일상에게 돌진했다.

"이건 뭐……?"

있을 수 없는 일이었다. 특별한 시나리오 이벤트를 겪지 않는 한, 하나의 화신이 여러 성좌의 성흔을 동시에 소유할 방법은 없다.

나 역시 겨우 두 개의 성흔만을 얻은 상황.

그런데 멸살법 독자도 아닌 유상아가 대체 어떻게 저 많은 성흔을 가질 수 있었을까?

"살살 하자고! 아프잖아?"

유상아 이마에 송골송골 땀이 맺혀 흘렀다. 쉴 새 없이 늘어났다 줄어드는 마력의 실. 허공을 자유자재로 넘나드는 발걸음. 틈새가 보일 때마다 망설임 없이 파고드는 단도. 그녀의 전신에서 생명력이 타올랐다.

이틀 사이에 벌어진 일이라기에는 지나치게 파격적인 변화…….

그 순간, 뭔가 알 것도 같았다.

하나의 화신에 여러 성좌의 성흔. 멸살법에 그런 경우가 없는 것은 아니다. 미국의 예언자 안나 크로프트도 그런 경우니까. 만약 그렇다면 유상아는…….

"독자 씨! 지금!"

유상아의 신호에 나는 '신념의 칼날'을 발동해 그녀의 폭발적인 공격을 지원했다. 거기에 한수영도 끼어들었다. 조금씩 우리가 손발이 맞기 시작하자 명일상의 손발도 어지러워졌다.

뒤로 밀리던 녀석의 움직임이 한순간 더디어졌고, 틈새를 노린 내 '신념의 칼날'이 녀석의 어깨와 배를 베었다.

"이런 씨……!"

뿜어져나오는 핏줄기. 명일상이 뒤로 몸을 빼 달아나더니, 뭔가 중얼거렸다.

[등장인물 '명일상'이 '블링크 Lv.1'를 사용했습니다.]

명일상의 신형이 흐릿해졌다. 마음이 급해진다. 녀석이 도망가게 두어서는 안 된다. 나는 칼날을 돌려 녀석의 허리를 내리그었다. 하지만 칼날이 닿은 순간 녀석의 몸은 그대로 사라져버렸다.

남은 것은 흩뿌려진 핏줄기뿐.

[성좌, '은밀한 모략가'가 안타까워 탄식을 흘립니다.]
[성좌, '긴고아의 죄수'가 예정된 고구마에 미쳐 날뜁니다.]
[성좌, '심연의 흑염룡'이 똑바로 좀 하라며 당신을 손가락질합니다.]
[일부 성좌가 흥분도가 위험 수준에 도달했습니다.]

한수영이 소리쳤다.
"제길, 놓쳤어!"
"괜찮아. 타격은 줬으니까 금방 잡을 수 있어."

[일부 성좌가 진정합니다.]

"그리고 유상아 씨. 정말 잘했…… 유상아 씨?"

유상아가 대답이 없었다. 뭔가 이상하다 싶어서 다가갔더니 선 채로 기절해 있었다. 한수영이 물었다.

"갠 또 왜 그래?"

뒤늦게 깨닫는다. [테세우스의 결의]는 화신의 전력을 쥐어짜 평소 이상의 전투력을 끌어낸다. 그런 성흔을 사용했으니 유상아가 잠시나마 저런 괴물을 상대할 수 있었던 것이다. 나는 잠시 그녀를 바라보다가 몸을 추슬러 한수영에게 넘겼다.

"또 나한테 맡겨? 내가 탁아소냐?"

"시간 없으니까 빨리 재앙이나 찾아내. 아바타 더 뿌렸어?"

"어디로 갔는지는 대충 알 것 같아."

"안내해."

거의 다 잡은 녀석을 여기서 놓칠 수는 없지.

달려가면서 한수영이 입을 열었다.

"내가 기억이 잘 안 나서 그러는데…… 저놈, 질문에 대답할 때마다 강해지는 거 맞지?"

"맞아. 처음에는 약한데 대답을 들을 때마다 강해져. 귀환자는 너무 강하기 때문에 대부분 이 세계로 넘어올 때 페널티가 있어. 아까 봉인 풀리는 거 봤지?"

"보긴 했는데, 봉인이 몇 개나 걸려 있는 거야?"

"아마 수십 개쯤. 그거 다 풀리면 답 없어."

현재까지 풀린 봉인은 다섯 개.

그나마 아직까지 도깨비 녀석들의 추가 시나리오가 내려오지 않고 있어 다행이었다.

추가 시나리오가 내려왔다면 너도나도 저 자식을 잡으러 왔을 것이고, 질문에 대답한 수많은 멍청이들 때문에 재앙의 봉인은 순식간에 풀렸겠지.

……라고 생각하며 안도하던 그때.

[흐음. 여러분, 대단하신데요? 아무리 페널티가 걸려 있어도 '재앙'인데. 고작 셋이서 저 정도로 압박하다니…….]

나와 한수영이 동시에 허공을 올려다보았다.

[그런데 말이죠, 욕심이 너무 지나친 거 아닐까요? 자고로 옛말에 콩 한 쪽이라도 나눠 먹으라고 했는데 말입니다.]

"시발."

한수영이 욕설을 내뱉음과 동시에 기다렸다는 듯 메시지가 들려왔다.

[새로운 서브 시나리오가 도착했습니다.]

[서브 시나리오 – 'SSS급 사냥'이 시작됩니다!]

18
Episode

독자의 싸움

Omniscient Reader's Viewpoint

1

쩌렁쩌렁 울려 퍼지는 도깨비의 목소리.

하급 도깨비 무리가 남의 집 불구경이라도 하듯 허공에서 이쪽을 내려다보고 있었다. 개중에는 비형도 보였다. 녀석은 나와 눈이 마주치자 휘파람을 불며 딴청을 피웠다.

무리 중앙에 있던 도깨비가 천천히 입을 열었다.

[서울시 화신 여러분! 조금 불행한 소식 하나를 전해야 할 것 같습니다. 안타깝게도 방금 어떤 분들의 삽질로 인해 '재앙' 중 하나가 강동구에서 깨어나고 말았습니다.]

도깨비의 웃는 눈이 나와 마주쳤다. 저 자식이?

[하아, 여러분 한숨 소리가 여기까지 들리는 것 같군요. 벌써 강동구에서 이탈하려는 분도 보이네요. 하지만 여러분. 말은 끝까지 들으셔야죠. 지금 그렇게 도망가면 분명 나중에 후

회하실 겁니다. 왜냐하면 이 '재앙'은 여러분에게 분명 기회거든요.]

도깨비는 유려한 목소리로 말을 이었다.

[지금까지 코인 모으느라 힘들지 않으셨습니까? 제가 다 압니다. 하루아침에 삶의 터전이 무너지더니 이상한 놈들이 코인을 거둬가질 않나, 어제까지 친구였던 놈이 갑자기 칼질을 해대질 않나. 그나마 회사라도 안 나가서 다행이다 싶었더니 아니 이게 웬걸, 이젠 하늘에 떠 있는 별들이 말합니다. "야, 엉덩이 좀 흔들어봐. 100코인 줄게."]

[소수의 성좌가 낄낄대며 웃습니다.]

하지만 도깨비는 웃지 않았다.

[여러분이 느끼고 계실 그 엿 같음, 저도 이해합니다. '어차피 세상도 다 망했겠다, 내 마음대로라도 살아보자' 싶어 용기를 냈는데, 벌써 이 세계는 될 놈과 안 될 놈으로 나뉘어 있음을 깨달았을 때 느꼈을 절망감. 열심히 엉덩이를 흔들어서 간신히 구한 성좌가, 원래부터 잘난 놈에게 들러붙은 성좌보다 못하다는 사실을 깨달았을 때 느꼈을 패배감. 불공평한 세상에 대한 여러분의 분노. 저 역시 잘 압니다.]

[몇몇 성좌가 도깨비의 연설에 반발합니다.]

말하는 걸 보니 보통내기가 아닌 녀석이었다. 담력이 약한 하급 도깨비는 저런 짓을 못 한다. 조금이라도 성좌들의 반발을 사면 자기 채널이 망한다는 것을 아니까.

하지만 그건 소수 채널일 때 얘기고, 큰 채널을 가진 도깨비는 배포부터 다르다.

그들은 이야기의 법칙을 안다.

구독좌에게 아부하고, 소수의 취향에만 연연해서는 커다란 이야기를 굴릴 수 없다.

진정한 이야기꾼은 '관객'이 아닌 '인물'을 상대해야 한다.

[그런 여러분을 위해 제가 준비했습니다. 운이 없고, 재수가 없고, 노력을 안 해서 아직도 '안 될 놈'인 당신들이, 하루아침에 '될 놈'이 될 기회를 말입니다!]

나는 연설을 이어가는 도깨비를 자세히 관찰했다. 정수리에 돋아난 뾰족한 외뿔. 새하얀 케이프 자락 사이로, 외뿔에 수미상관처럼 대응하는 외다리.

잠깐만, 설마 저 자식…… '독각'인가?

허공에 거대한 스크린이 떠올랐다. 스크린 속에는 피를 흘리며 달아나는 소년이 있었다.

[자, 지금 보고 계신 이 소년은 그야말로 걸어 다니는 SSS급 아이템입니다! 머리부터 발끝까지 버릴 게 하나도 없다고나 할까요? 이름은 '명일상'. 운 좋게 스타 스트림의 선택을 받아 이계에 다녀온 자입니다. 다들 한 번쯤 상상해보셨죠? 갑자기 다른 차원으로 소환되어 강력한 힘을 얻고, 귀여운 엘프 여자

친구와 뜨거운 밤을 보내고, 세계를 구한 후 용사로 추앙받는 상상! 그렇습니다. 이 빌어먹을 녀석이 바로, 오늘 여러분이 잡을 '재앙'입니다.]

어쩐지 이상하다 했다.

중급 도깨비의 빈자리를 하급 도깨비들이 대신하고 있어 의아했는데, 저런 메이저 채널 도깨비가 있을 줄이야.

[벌써 여러분의 원성이 들리는군요. SSS급으로 몸을 둘둘 감은 녀석을 대체 어떻게 잡느냐고요? 하하, 걱정 마시기 바랍니다. 녀석에게는 지금 페널티가 걸려 있어서 힘이 봉인된 상태입니다. 강하긴 하지만, 여러분이 다 같이 두들겨 패면 열리는 보물 창고란 얘깁니다.]

"소름 돋는 놈이네, 저거."

한수영이 혀를 찼다. 작가인 만큼 벌써 도깨비의 의도를 파악한 모양이었다. '재앙'을 '재앙'이라고 부르면 아무도 오지 않는다.

하지만 그 재앙이 허울뿐인 '보물 창고'라고 한다면?

[아직 여러분 인생은 망하지 않았습니다. 오히려 운이 아주 좋다고 할 수 있죠. 제가 지금부터 제공하는 '서브 시나리오'는 인생을 역전시킬 훌륭한 발판이 될 겁니다. 자, 기회는 오늘 하루뿐입니다! 지금 당장 움직이세요! 남들보다 빠르게 움직인 자만이 'SSS급 아이템'의 주인이 될 수 있습니다!]

이제 곧 저 목소리를 듣고, 서울 전역에 흩어져 있던 화신들이 강동구로 모여들 것이다.

[서브 시나리오가 갱신됐습니다.]

〈서브 시나리오 - SSS급 사냥〉

분류: 서브

난이도: B~???

클리어 조건: SSS급 용사 '명일상'을 제거하시오.

제한 시간: ―

보상: 50,000코인, SSS급 아이템(랜덤)

실패 시: 서울 돔 멸망

최악의 시나리오가 결국 시작되고 말았다.

허공에서 붉게 빛나는 '실패 시'의 결과 때문인지, 이제껏 한 번도 없던 막대한 보상 내역이 초라해 보였다.

"빨리 찾아야 돼. 다 죽기 전에."

"……저 자식 저런 짓 해도 개연성에 문제없는 거야?"

"개연성은 다수 성좌가 재미있을 것 같다고 판단하는 순간 어느 정도 상쇄가 돼."

그것이 도깨비들이 자극적인 시나리오를 선호하는 이유다. 많은 성좌들이 원하는 이야기는, 성좌들이 스스로 개연성을 떠안는다. 물론 실패한다면 폭풍은 온전히 도깨비 몫이 되겠지만, 지금 같은 경우는 다르지.

　[상당수의 성좌가 눈을 반짝입니다.]

　만약 독각의 의도대로 흘러간다면, 서울은 다섯 번째 시나리오가 시작되기도 전에 끝장날 것이다. 한수영은 곧바로 모든 마력을 동원해 아바타를 소환했다. 그렇게 오 분쯤 지났을까.
　"찾았어. 여기서 북서쪽으로 2킬로미터 지점!"
　나는 한수영의 본체와 함께 길을 따라 달렸다. 곧 두런두런 목소리가 들려왔다.
　"저기다! 놈이 저기 있다!"
　"이계에 갔다 온 놈이야!"
　이미 몰려든 사람들이 있었다. 그리고 명일상은 밀려온 군중에게 포위되어 싱글싱글 웃고 있었다.
　"어, 맞습니다. 그게 바로 접니다."
　"재수 없는 새끼! 거기서 재미 좀 봤겠지?"
　"재미라면 여럿 있었죠."
　"부러운 놈이군…… 야! 죽여버려!"
　열등감에 찌든 인간이 이렇게 많다니 새삼 놀라웠다.
　허공을 휘젓는 칼날 몇 개를 피해낸 명일상이 물었다.
　"그렇게 부러우면 여러분도 거기 보내줄까요?"
　"뭐야, 우리도 갈 수 있는 거냐?"
　"그럼요. 당연히 갈 수 있죠. 근데 진짜 가고 싶은 거 맞죠?"

"갈 수만 있다면 당연히 가고 싶지! 이딴 엿 같은 세계보다
야……."

고개를 끄덕인 명일상이 군중을 향해 오른팔을 내밀었다.

[귀환자 '명일상'의 여덟 번째 봉인이 해제됩니다.]
[귀환자 '명일상'의 아홉 번째 봉인이 해제됩니다.]
(…)

"그럼 잘 가요. 거기가 여기보다 나을진 모르겠지만."
"뭐?"

[귀환자 '명일상'의 열두 번째 봉인이 해제됩니다.]
[귀환자 '명일상'의 열세 번째 봉인이 해제됩니다.]
[귀환자 '명일상'의 열네 번째 봉인이 해제됩니다.]
(…)

까마득히 떠오르는 메시지를 보니 옅은 절망감이 찾아왔다.
이미 늦었다.

"왜냐하면 거기, 내가 멸망시켜버렸거든요."

[귀환자 '명일상'이 '중적염포 Lv.3'를 발동합니다!]

나는 한수영을 낚아채 건물 뒤쪽으로 몸을 날렸다. 보랏빛

섬광이 건물 숲을 뒤집었다. 대여섯 채에 이르는 고층 빌딩이 반파되었고, 거리 하나가 통째로 사라졌다. 녀석을 향해 달려가던 사람들은 뼛가루조차 남기지 않고 분해되었다.

단일 개체로 '재앙'이 될 수 있는 존재.
저것이 '귀환자'의 진짜 힘이었다.

곁에 있던 한수영의 몸이 맥없이 주저앉았다.
"미친…… 저걸 어떻게 이겨?"
스킬의 영향이 아닌, 그 자체로 몸이 떨려오는 공포. 나는 저항하듯 말했다.
"이길 수 있어."
"개소리하지 말고 돌아가자. 저거 절대 못 잡아."
"아냐. 잡을 수 있다니까. 지금 잡으면 보상도 더 좋을 거야."

[인물 '한수영'이 '거짓 간파 Lv.2'를 발동합니다.]
[한수영은 해당 발언이 진실임을 확인했습니다.]

한수영의 눈이 커졌다.
"진짜야? 아까는 절대 못 잡을 것처럼 굴더니?"
"사람이 한 가지 생각만 하고 어떻게 사나?"
내 말은 절반만 진실이었다. 실제로 원래 계획은 강해진 '질문의 재앙'을 물리치고 두 번째 설화를 쌓는 것이었으니까.

다만 문제는 내 계획이 [바람의 길]을 배웠다는 것을 전제로 한다는 점이었다.

"또 이계에 가고 싶은 사람 없어? 손들어봐! 내가 보내줄게!"

사람들이 비명을 지르며 달아났다. 명일상의 기척이 가까워지고 있었다. 반투명한 창과 함께 유중혁의 목소리가 들려왔다.

─정면으로 싸우면 승산이 없다.

─알아. 그래도 해봐야지.

─왜 상황을 이렇게까지 만든 거지?

─뭐?

─몇 번이나 기회가 있었다. 이설화를 죽였더라면, 혹은 리카온과 합세해 앤티누스를 죽였더라면, 네놈은 재앙을 막을 수 있었어.

변명을 하려면 못 할 것은 없었다. 이설화를 죽이지 않은 것은 유중혁 때문이었고, 리카온과 합세하지 않은 것은 끼어들 틈을 찾지 못했기 때문이었다.

─난 너 같은 회귀자가 아니야. 실패하면 끝이니까 신중할 수밖에 없다고. 끝까지 생각하고 또 생각하지 않으면…….

─신중? 건방 떨지 마라. 네놈이 성좌라도 된다고 생각하나? 미래를 좀 안다고 모든 걸 통제할 수 있는 게 아니다.

누군가 명치를 세게 때린 것 같은 느낌이었다.

우습게도, 유중혁 말이 일부 맞다는 생각이 들었기 때문이다.

[전용 스킬, '제4의 벽'이 가동 중입니다.]

　원작을 안다는 오만. 이야기가 뒤틀려도, 어떻게든 수를 낼 수 있다는 생각. 어쩌면 그것이 상황을 여기까지 이끌었다.

　—그럼 잘난 네가 좀 싸우지 그러냐? 나 같은 녀석 믿고 있지 말고.

　—꼭 [바람의 길]이 있어야만 이길 수 있는 것은 아닐지도 모른다.

　—뭔 소리야. 있어야 이길 수 있거든?

　유중혁은 잠시 말이 없었다. 한심하다는 듯한 침묵에 대꾸하려는 순간, 유중혁의 목소리가 이어졌다.

　—내 특성은 '프로게이머'다. 네 특성은 뭐지?

　—뭐?

　—네가 잘할 수 있는 건 뭐냐고 물었다.

　……내가 잘할 수 있는 것?

　머릿속, 저 깊은 무의식 어딘가의 귀퉁이가 간지러운 기분이었다. 중요한 뭔가를 놓치고 있는 듯한 느낌. 하지만 생각할 여유는 없었다.

　"찾았다! 아직 안 간 사람."

　모퉁이에서 호러 영화처럼 명일상의 얼굴이 튀어나왔다. 한수영이 신음을 흘렸고, 나는 한 발짝 물러섰다.

　"어? 아까 그 헌터 협회 사람들이네?"

　명일상이 웃으며 다가왔다.

"잘됐다. 마침 만나고 싶었는데. 당신들 때문에 내 멋진 데 뷔 계획이 다 망한 거 알아?"

"……."

"나 착하게 살려고 했다고. 갑질하는 S급 화신들 좀 죽여주고, 나쁜 그룹들 격파해주고, 예쁜 누나들은 사랑해주고. 근데 이게 뭐야. 완전히 악당 됐잖아. 어쩔 거야 이거?"

나는 대답하는 대신 칼을 그러쥐었다.

[성흔, '칼의 노래 Lv.1'를 발동했습니다!]
[충무공이 남긴 소절이 당신의 검에 깃듭니다.]

「오늘 신이 진실로 죽음을 각오하오니, 하늘에 바라건대 반드시 적을 섬멸하게 하여주소서.」

《백사집》에 기록된 충무공의 문장. 다행히 충무공이 이번에 는 내 편을 들어주었다.

[성흔, '칼의 노래'가 효과를 발휘합니다!]
[죽음을 앞둔 결의에 당신의 전투력이 향상됩니다.]

나는 내가 가진 마력을 한꺼번에 쥐어짰다.

['신념의 칼날'이 활성화됩니다.]

터질 듯이 부풀어 오른 '신념의 칼날'. 나는 놈을 향해 달려 갔다.

까아앙!

명일상의 손이 가볍게 '신념의 칼날'을 쳐냈다. 손아귀가 꺾일 듯한 통증. 단지 한 번 합을 겨루었을 뿐인데, 똑똑히 알 수 있었다. 명일상의 종합 능력치는 이미 시나리오의 제한 기준을 한참이나 넘어섰다.

"뭐야, 싸우려고? 진짜로? 방금 내가 싸우는 거 못 봤어?"

그 웃음을 보며 나는 이를 악문 채 멸살법의 페이지를 떠올렸다.

내가 잘할 수 있는 것. 그것은 '읽는 것'이다.

[전용 스킬, '전지적 독자 시점' 1단계를 발동합니다!]

그러자 녀석의 움직임이 들려오기 시작했다.

「오른쪽 어깨.」

푸슈슷!

「왼쪽 허벅지.」

읽어도 막거나 피할 수 없는 일격들이 날아들었다. 보랏빛 기운이 감도는 녀석의 주먹이 무자비하게 쏟아졌다.

「배, 배, 배, 배, 배, 배.」

입에서 피가 터져나왔고, 시야가 순간적으로 흔들렸다. 하지만 포기하지 않았다. 생각하고, 또 생각했다.

[등장인물 '명일상'이 당신의 근성에 감탄합니다.]
[등장인물 '명일상'에 대한 이해도가 증가했습니다.]

멸살법에 담긴 정보만으로는 녀석을 이길 수 없었다. '어둠 파수꾼'을 사냥할 때와는 달랐다. 모든 것을 다 계산하고 싸울 수는 없다.

「강약중간약강약중간약.」

쏟아지는 타격과 함께 너무 많은 정보가 한꺼번에 밀려오자, 조금씩 현기증이 심해졌다. 성흔의 힘을 빌려도 이 정도라니. 이대로라면 승부는 순식간에 갈릴 것이다.

나는 입에서 피를 닦으며 뒤로 훌쩍 물러났다.

간평의를 써야 하나?

마지막 수단이 결국 성좌의 힘을 빌리는 것이라니 못내 쓸쓸했다. 강력한 위인급이나 북두성군의 가호를 받는다면 이길 수는 있을 것이다. 다만 지난번 사건 이후 개연성의 부담도 있었고, 무엇보다 성좌에게 빚을 지는 게 마음에 들지 않았다.

제길, 나도 재능이 있다면 얼마나 좋을까. 남의 재능이라도 훔칠 수 있다면 차라리 그러고 싶은 심정이었다.

……어? 잠깐만. 훔쳐?

둔한 충격이 머릿속을 휘감았다. 지금까지 내 주요 무기는 '정보'였다. 그런데 너무 많은 정보가 있다 보니, 정작 필요한 정보에 관해 깜빡 잊고 있었다.

한심하다. 제일 먼저 그것부터 해봤어야 하는 거 아냐?

[전용 스킬, '책갈피'를 발동합니다.]

['인물 책갈피'가 활성화됩니다.]

[사용 가능한 책갈피 슬롯: 4개]

[활성화 가능한 책갈피의 목록을 불러옵니다.]

〈책갈피에 등재된 인물 목록〉

1. 망상악귀 김남운(이해도 35)

2. 강철검제 이현성(이해도 75)

3. 선동가 천인호(이해도 20)

4. 빈 슬롯

슬롯 하나가 추가된 걸 제외하면 딱히 변한 점은 없어 보였다.

나는 빈 슬롯을 선택했다.

〈현재 책갈피에 등록 가능한 인물 목록〉

1. 독희 이설화(이해도 10)

2. 미희왕 민지원(이해도 25)

3. 폭군왕 정용후(이해도 10)

4. 은둔형 폐인 한동훈(이해도 30)

5. 예언자 안나 크로프트(이해도 1)

6. 무장성주 공필두(이해도 30)

(…)

예상대로, 목록에 유중혁 이름은 보이지 않았다. 녀석은 주인공이니 특별한 조건을 갖춰야 열리는 것일지도 모른다.

이외에도 한수영, 유상아, 이길영 같은 '등장인물'이 아닌 존재도 목록에 뜨지 않았다. 상관없었다. 어차피 지금 내게 필요한 건 그들이 아니니까.

얼마간 스크롤을 움직인 끝에 원하던 인물을 찾아냈다. 역시 있군. 이 녀석도 '등장인물'이라는 걸 왜 잊고 있었을까.

나는 망설이지 않고 그 인물을 4번 책갈피에 넣었다.

[책갈피 스킬의 레벨에 비례해 활성화 시간이 결정됩니다.]
[활성화 시간: 30분]
[등장인물에 대한 이해도가 상당합니다. 해당 인물의 스킬 중 일부를 선택해서 가져올 수 있습니다.]

나는 스킬을 선택했다. 다음 순간, 내 몸속에 은빛 폭풍이 불어닥쳤다. 웅혼한 늑대의 용맹이 몸 안에 깃드는 것이 느껴졌다.

빌어먹을. 나는 바보였다.

왜 지금까지 이걸 배우려고 했지?

나는 회귀자도 귀환자도 아닌데.

[등장인물 '이뮨타르의 왕자 리카온'이 4번 책갈피에 등록됐습니다.]
[4번 책갈피가 활성화됐습니다.]

나는 독자다.

['바람의 길 Lv.8'이 활성화됐습니다.]

그리고 이것이, 내가 싸우는 방식이다.

2

슈우우우우우!

전신을 휘감는 청량한 바람을 느끼며 새삼 멸살법에 나온 문장들을 되새겼다. 곁에서 아바타를 소환하던 한수영은 내가 무슨 스킬을 사용하려는지 눈치챘다.

"뭐야, 너 그거 못 배웠다며!"

"뒤로 물러나 있어."

[바람의 길].

「왼손에는 질풍을, 오른손에는 폭풍을. 직선과 곡선이 부딪치는 장소에서 바람의 길은 열릴 것이다.」

도통 무슨 말인지 알 수 없던 그 문장이, 내 발끝을 감도는 바람을 느끼는 순간 현실이 되었다.

불쑥 다가온 명일상의 주먹이 코끝을 스쳤다. 분명 맞았어야 할 공격이 무위로 돌아갔다. 압도적인 능력치 격차를 메우는 스킬의 힘. 이것이 이뮤타르의 비기였다.

명일상의 눈이 이채롭게 빛났다.

"……응? 빨라졌네?"

나는 대답하지 않고 깨달음에 집중했다. 지금부터는 시간 싸움이었다.

책갈피의 남은 시간은 삼십 분.

"아하, 알겠다. 그거 늑대 새끼들 스킬이지?"

나를 보는 명일상의 표정에 비웃음이 어리고 있었다.

"고작 잡스러운 스킬 쓰면서 뭐 큰 깨달음이라도 얻은 듯이구네?"

"……."

"그거 알아? 내가 이 손으로 그놈들 왕을 죽였어."

그랬겠지, 물론.

나는 낯선 행성에서 죽어간 클로노스의 생명체를 떠올렸다.

이뮤타르의 왕자 리카온, 패러사이트의 여왕 앤티누스…….

고향이 사라져도 꾸역꾸역 살아남아 또 다른 행성에서 펼쳐지는 시나리오의 소재로 쓰이는 존재들. 만약 이대로 지구가 멸망하면, 지구인 또한 그들과 같은 운명이 될 것이다.

명일상의 오른손에서 중적염포가 발포되었다.

「하나의 바람과 다른 하나의 바람이 만나니 태극을 이루고, 다시 하나의 바람과 다른 하나의 바람이 만나 음양을 이룬다.」

나는 내가 가진 모든 상상력을 동원해서 그 구절이 가진 구체적인 이미지를 떠올렸다. 눈앞에서 뜨겁고 차가운 기운이 모여 소용돌이치더니 이내 바람의 방향이 뒤틀리기 시작했다.

파츠츠츠츳!

미미하게 방향이 꺾인 적염포의 에테르가 서로 부딪치며, 기운이 사방으로 퍼져나갔다. 모든 에테르 공격은 매질을 통해 전파되는 것. 전파의 근본을 흩뜨리면 공격은 무위로 돌아갈 수밖에 없다.

명일상은 조금 놀란 표정이었다.

"……제법이네. 그 정도 재주는 부릴 줄 안다 이거지?"

입술을 질끈 깨문 명일상이 다시 달아나기 시작했다.

[등장인물 '명일상'이 '블링크 Lv.4'를 사용합니다!]

또 블링크인가. 하지만 이제 쫓는 건 어렵지 않았다. 눈을 감고 바람에 집중하는 것만으로 근처에 있는 모든 기척을 읽을 수 있으니까.

나는 유중혁의 [주작신보]가 부럽지 않은 빠르기로 달려 명일상을 찾아냈다. 그러고는 다짜고짜 사람을 붙잡고 질문을 이어가는 녀석의 등짝을 그대로 걷어차버렸다.

퍼어억!

발차기에 얻어맞은 명일상이 건물 철골을 뚫고 날아갔다. 뼈마디가 부서질 만한 타격이었는데도 녀석은 멀쩡히 일어섰다.

[귀환자 '명일상'의 스물네 번째 봉인이 해제됩니다.]

간발의 차이로, 다음 봉인이 풀려 있었다.

"······간지러운데?"

마치 놀이라도 하는 듯한 태도. 녀석은 어차피 자신이 이길 거라 믿겠지. 봉인이 풀릴수록 녀석의 상처들은 아물었고, 시간이 지날수록 내 마력 소모는 점점 늘었다.

"하하핫, 어디 또 막아보라고!"

[바람의 길]을 버프 스킬로만 활용해서는 절대 놈을 죽일 수 없었다. 이것만으로 '질문의 재앙'을 물리칠 수 있다면 애초에 클로노스는 멸망하지 않았으리라.

역시 '그걸' 해야 한다.

문제는 누가 시간을 끌어줘야 한다는 건데.

······응?

뭔가가 반대쪽 하늘 위에서 대각선으로 떨어지는 것이 보였다. 하강하는 매처럼 나타난 검은 신형은 창공을 꿰뚫고 명일상을 향해 일직선으로 내리꽂혔다.

콰아아아아앙!

끔찍한 폭음과 함께 작은 크레이터가 발생했다. 땅속으로 짜부라진 명일상 위에, 익숙한 사내의 신형이 보였다. 나는 입을 반쯤 벌린 채 사내를 바라보며 중얼거렸다.

"……유중혁?"

이 자식, 회복하는 데 이틀 걸린다고 하지 않았나?

성큼성큼 다가오는 유중혁을 보며 나는 반사적으로 두어 걸음 물러났다. 설마 이 와중에 날 때리러 온 건 아니겠지? 그러나 유중혁은 두어 걸음 앞에서 멈춘 뒤 그대로 돌아섰다.

"시작해라."

마치 무얼 하려는지 안다는 듯이 유중혁은 나를 등지고 섰다.

"놈은 내가 막는다."

근처에 엎어져 있던 한수영이 나를 대신해 중얼거렸다.

"하, 시발. 역시 주인공……."

하지만 기세등등한 목소리와 달리 유중혁은 위태로워 보였다.

아직 성치 않은 몸. 온몸 혈관이 거무죽죽하게 도드라져 있었다.

어느새 크레이터를 헤치고 나온 명일상이 히죽히죽 웃으며 핏물을 뱉었다.

"아, 조금 짜증 나네…… 이러니까 나 진짜 나쁜 놈 된 거 같잖아."

그 공격을 맞고도 여전히 별 타격이 없는 모습. 놈이 앞으로 나타날 귀환자 중에서도 약한 편에 속한다니 믿기지 않을 지경이다.

　명일상이 달려들었고, 유중혁이 맞서 달려갔다.

　그리고 나는 [바람의 길]을 발동했다.

　「네 개의 바람이 만나 방위를 형성하고, 그에 다시 네 개의 바람
이 더해져 팔괘의 묘를 이루니, 그로써 바람은 어디에나 존재하고 어
디에도 존재하지 않는다.」

　리카온이 깨달음을 얻은 그 구절을 이제 내가 사용할 차례
였다.

　팔괘의 형을 따른 신묘한 공기의 벽이 소용돌이치며 주변
을 둘러싸기 시작했다. 나와 유중혁, 그리고 명일상을 감싸버
린 작은 돔 형태의 공간. 빈틈없는 밀폐감이 숨을 조여왔다.

　지금부터는 시간 싸움이다. 일격을 맞은 유중혁이 뒤로 튕
겨나왔고, 명일상의 표정이 굳었다. 드디어 놈도 이게 놀이가
아니라는 사실을 깨달은 것이다.

　"뭘 꾸미는……!"

　다음 순간, 나는 돔 속 공기를 모두 배출했다.

　일순 귀가 먹먹해지며 소리가 사라졌다. 바람은 무섭게 휘
몰아쳤지만 돔 속은 폭풍의 눈처럼 고요했다. 명일상이 입을
열었다.

　"……!"

　"……?"

몇 번이고 입을 움직였지만 녀석의 목소리는 들리지 않았다. 매질이 없는 곳에서 소리는 울리지 않는다.

녀석은 완전한 진공 상태에 있었다.

푸슈슈슈.

기압 차이로 인해 순간적으로 폐 속 공기가 빠져나갔다. 나는 빠르게 그것을 다시 빨아들였다.

돔 밖에서 한수영이 뭐라고 소리치고 있었다.

[전용 스킬, '전지적 독자 시점' 2단계가 발동합니다!]

「뭐야 이게?」

명일상의 속마음이 들려오기 시작했다.

「왜 목소리가 안 나오지? 마법인가?」

당황한 명일상이 외쳐대고 있었다. 그럴 법도 했다. 모든 귀환자는 페널티가 있다. 특정 조건하에서 빠르게 본래 힘을 되찾을 수 있는 귀환자는 더욱 그렇다.

['질문의 재앙'의 페널티가 발동합니다.]
[귀환자 '명일상'의 힘이 약화됩니다.]
[귀환자 '명일상'의 스물네 번째 봉인이 재생됩니다.]

「으아아아, 안 돼!」

　그들은 쉽게 강해질 수 있는 만큼 '쉽게 약해질 수 있는' 조
건 또한 갖추고 있다.

　[귀환자 '명일상'의 스물세 번째 봉인이 재생됩니다.]

　'질문의 재앙'이 계속 '질문'을 하는 이유?
　간단하다. 누군가에게 질문하지 않는 시간이 길어지면 능력
치가 약해지기 때문이다.

「씨발! 이거 풀어! 빨리 풀지 못해?」

　녀석의 주먹이 몇 번이고 공기의 벽을 때렸지만 벽은 쉽게
부서지지 않았다. 매질이 없는 공간에서는 적염포의 불길도
타오르지 않는다.

　[귀환자 '명일상'의 스물두 번째 봉인이 재생됩니다.]

　[바람의 길]을 이용해 만들 수 있는 진공감옥眞空監獄. 이것
이 바로 내가 아는 '질문의 재앙'에 대한 최적의 공략법이었다.

「으아아아아아!」

명일상이 뒤늦게 나를 향해 달려들었다. 내가 죽으면 진공 감옥이 부서질 거라 생각한 모양인데, 그렇게는 안 된다. 이곳은 내가 만들었으니까. 나는 [바람의 길]을 이용해 공격을 피하면서 감옥 면적을 빠르게 줄였다.

쿠구구구구!

벽이 수축하는 순간, 나는 좁은 통로를 만들어 유중혁을 데리고 돔 밖으로 탈출했다. 돔 안에는 이제 명일상 혼자만 남겨졌다.

「……이 개자식들이!」

귀환자가 괜히 귀환자는 아니었다. 전력을 다한 녀석의 공격에 돔에도 조금씩 금이 갔다. 하지만 내가 손을 들자 바람이 엇갈리면서 벽의 약해진 부분을 메꿨다. 이윽고 돔의 크기가 더 급격하게 줄어들기 시작했다.

주르륵.

과도한 집중 탓에 코에서 피가 흘렀다. 내 최종 목표는 저 진공감옥을 녀석의 신체에 한정하는 것. 하지만 컨트롤이 쉽지 않았다. 제기랄, 유중혁은 쉽게 하던데 뭐가 이렇게 어려워?

"억지로 통제하려 하지 말고, 바람을 인도해야 한다."

유중혁의 목소리. 그 순간 깨달음이 스쳤다. '벽'을 만들어야 한다는 것은 내 착각인지도 모른다. 녀석의 신체 근처에서 매질을 제거하는 것이 핵심이다.

「으, 으어어, 으아아아아! 숨 막혀!」

목을 벅벅 긁던 명일상이 피눈물을 흘리며 몸부림쳤다.

"……제법이군. 아주 재능이 없는 편은 아니다."

유중혁의 목소리가 다시 들려왔다. 그리고 명일상의 마지막 발악이 시작되었다.

[등장인물 '명일상'이 '대적염포 Lv.3'를 사용합니다!]

명일상의 오른팔이 시커먼 불길에 휩싸였다.

콰아아아아아!

자신의 육체를 불태운 대적염포가 바람의 돔을 뚫고 튀어 나왔다.

나는 유중혁을 잡아채며 납죽 엎드렸다. 둔한 충격이 머리 위를 긁고 지나갔다. 남은 마력을 다 쥐어짤 셈인지 대적염포는 계속 이어졌다.

하지만 바람이 괜히 바람일까.

대적염포가 쏟아지면 바람의 벽이 순식간에 그 자리를 메꿨다. 놈이 아무리 발악을 해도 달라지는 것은 없다. 문제는 불똥처럼 튄 적염에 사람들이 죽어가고 있다는 것.

내 표정을 본 유중혁이 말했다.

"김독자, 허튼 생각 마라. 죽어도 상관없는 놈들이다."

"분명 그런 사람도 있겠지."

하지만 모든 사람이 그렇지는 않다.

나는 자리에서 일어나 전력을 다해 대적염포에 맞섰다.

적염의 불길이 회전하는 돔의 바람에 흩어지고 비틀어졌다. 뒤이어 끔찍한 고통이 찾아왔다. 온전히 차단하지 못한 적염의 불길이 내게 쏟아졌기 때문이다.

적염이 살갗을 태웠고, 뼈마디의 감각이 조금씩 사라져갔다.

할 수 있다. 지금의 놈은 강하지 않아.

그 순간 나는 내 한계를 넘어 다른 영역에 도달해 있었다.

감각이 희미해지자 내 몸이 곧 바람이 된 것 같았다.

[노력을 좋아하는 한 성좌가 당신의 고통을 즐깁니다.]

[당신의 영혼에 잠들어 있던 일말의 재능이 개화합니다.]

왼손으로는 진공감옥을 통제했고, 오른손으로는 바람을 움직여 대적염포의 기운을 흩어냈다. 완전한 무아지경 속에서, 나는 [바람의 길]의 새로운 경지를 맛보고 있었다. 손끝에서 노니는 바람이 내가 여태껏 알지 못하던 풍경을 사생하고 있었다.

[전용 스킬, '제4의 벽'의 두께가 일시적으로 얇아집니다.]

이런 기분이었구나. 이게 '등장인물'이 보는 세계구나.

아무리 텍스트를 열심히 읽고, 궁구해도 알 수 없었던 어떤 감각. 오직 손끝의 페이지로만 느꼈던, 하지만 나는 결코 닿을 수 없던 서사의 일부가 온전하게 이해되는 기분이었다.

읽은 것과 이해한 것은 다르다.

어쩌면 나는 아직 이 세계의 1퍼센트도 제대로 이해하지 못하고 있는지도 모른다.

이윽고 명일상의 적염포가 약해지는 것이 느껴졌다.

「개자식들! 죽어! 죽어어!」

급격하게 줄어드는 적염포의 기세. 다행히 내 마력은 아직도 충만한 상태였다. 뭔가 이상했다. 아무리 무아지경에 빠졌다 해도 내 마력이 이렇게 많을 리가 없는데?

등 뒤에서 유중혁이 짓씹듯 말했다.

"네놈은 내가 죽일 것이다."

……어쩐지 등이 뜨끈하다 싶더니 유중혁의 마력이었나.

잠시 후 명일상의 공격이 그쳤다.

[귀환자 '명일상'의 모든 봉인이 재생됐습니다.]
[전용 스킬, '바람의 길 Lv.8'이 해제됩니다.]

공포에 질린 명일상이 목을 감싼 채 이쪽을 보고 있었다.

"커, 커헙, 크허헙……!"

황급히 숨을 몰아쉬며 달아나려는 녀석을 향해 나는 '부러지지 않는 신념'을 던졌다.

"커허헉!"

명일상이 등에 칼이 꽂힌 채 그대로 고꾸라졌다. 이제는 블링크로 달아나지 못할 것이다. 나는 달려가 녀석의 뒷덜미를 잡아 일으켰다.

"……하, 말 못 하니까 진짜 답답하네. 이제 궁금증은 다 풀렸나?"

"커어억……."

"이제부터 질문하면 죽인다. 아무것도 묻지 마라."

귀환자. 멸살법의 세계에서 가장 오만하고 잔인한 존재.

명일상은 그런 귀환자 중에서도 악질 중의 악질이었다.

"끄아아아악!"

억울하다는 듯 나를 올려다보는 명일상의 눈빛에 공포가 어렸다. 얼굴이 피곤죽이 된 명일상이 간신히 혀를 비틀었다.

"이, 이럴 리가 어, 없는데……."

간신히 끔뻑이는 두 눈을 보며 나는 녀석의 전사前事를 떠올렸다.

「"내, 내가 용사라고? 내가 진짜 용사가 됐다고? 진짜?"」

열일곱 살 고등학생이던 명일상.

세계를 구할 용사로 선택되어 클로노스에 떨어진, 순진무구하던 소년. 녀석도 이렇게 되고 싶지는 않았을지 모른다. 한

대륙의 생명체를 멸절하고, 잔학무도한 살인자가 되고 싶지는 않았을지도 모른다.

하지만 녀석은 그렇게 되었다.

"재앙이 되는 길을 선택한 것은 너야."

이제 와 무엇도, 그 사실을 바꿀 수는 없다.

[등장인물 '명일상'에 관한 이해도가 상승했습니다.]

명일상의 얼굴이 일그러졌다.

"나는, 분명, 이, 세계의, 주인, 공······."

주인공이 되고 싶던 녀석의 말은 안타깝게도 끝까지 이어지지 못했다. 어느새 다가온 진짜 주인공이 녀석의 심장에 칼을 꽂아버린 것이다.

나는 유중혁의 칼날에 숨이 끊어진 녀석의 눈을 바라보았다. 한 세계를 멸망시킨 재앙의 최후라기에는 허무했다.

[당신은 시나리오 최초로 '귀환자'에게 대적하여 승리했습니다!]

[주요 공헌자: 김독자, 유중혁]

[업적 보상으로 40,000코인을 받았습니다.]

[새로운 설화를 획득했습니다.]

[설화, '이적異蹟에 맞서는 자'가 추가됩니다.]

[새로운 성흔의 가능성을 입수했습니다.]

3

이 세계에서 죽음은 그저 몇 줄의 메시지로 남는다.

[성좌, '긴고아의 죄수'가 그럭저럭 만족합니다.]
[성좌, '은밀한 모략가'가 살짝 불만스럽게 고개를 끄덕입니다.]
[성좌, '악마 같은 불의 심판자'가 당신의 이야기에 크게 기뻐합니다.]
[누군가가 당신의 시나리오를 <스타 스트림>에 추천했습니다.]
[25,000코인을 후원받았습니다.]

나는 자리에서 일어나 천천히 주변을 둘러보았다. 폐허가 된 강동구의 모습. 고작 재앙 하나가 잠깐 지나갔을 뿐인데 지상 시설 전반이 파괴되고 고층 건물이 죄다 무너져 있었다.

상처를 붙잡은 채 끅끅대는 사람도 있고, 눈물을 닦는 사람도 있다. 나를 향해 고개를 숙이는 이도 보였다. 하지만 대부분의 사람은 차가운 시신이 되어 바닥에 누워 있었다.

나는 내가 멸살법을 모두 읽었다고 생각했다. 설정 하나하나를 이해했고, 설명의 의미를 곱씹었으며, 마침내 작가의 의도를 알아냈다고 생각했다. 하지만 멸살법 어디에도 이들의 죽음을 묘사하는 문장은 없었다.

고개를 돌려 보니 유중혁도 나와 같은 광경을 보고 있었다. 아마 유중혁은 몇 번이나 혼자서 보아왔을 것이다.

"유중혁."

유중혁이 나를 돌아보았다. 나는 몇 번인가 입술을 달싹이다가 도로 입을 다물었다.

"……아무것도 아니다."

앞으로도 시나리오는 계속될 테고, 나는 몇 번이고 이런 순간을 보게 될 것이다. 텍스트로 표현되지 않는 광경과 마주하게 될 것이다.

눈앞에 반투명한 창이 떠오르더니 뜻밖의 메시지가 들려왔다.

[도깨비 '독각'이 당신을 자신의 채널에 초대합니다.]

누가 누굴 채널에 초대해? 순간 당황했지만 일단 모른 척하기로 했다. 그랬더니 메시지가 또 떠올랐다.

[도깨비 '독각'이 당신을 자신의 채널에 초대합니다.]

허공을 올려다보니 이쪽을 내려다보는 도깨비 무리가 보였다.

재수 없는 미소를 짓고 있는 외다리 도깨비. 뒤쪽에 쭈그러져 있는 비형 녀석이 참담한 눈빛으로 나와 독각의 눈치를 번갈아 살피고 있었다.

도깨비 사이에서도 '갑질'은 존재한다.

……어떤 상황인지 대충 알겠군그래.

나는 짧게 숨을 들이켠 후 일부러 시시껄렁한 목소리로 말했다.

"뭐 해? 보상 안 줄 거야?"

내 말에 독각의 듬성듬성한 눈썹이 꿈틀거렸다.

[아, 당연히 드려야죠. 죄송합니다. 변변찮은 실수를 했군요.]

독각은 무서운 도깨비다. 허당 같은 비형이나 자존심만 센 중급 도깨비와는 체질적으로 다른 녀석. 아무나 메이저 채널 이야기꾼이 되는 게 아니다.

[서브 시나리오 - 'SSS급 사냥'이 종료됐습니다!]

[보상 정산이 시작됩니다.]

[보상으로 50,000코인을 획득했습니다.]

갑자기 막대한 코인이 들어오자 그래도 기분은 좋아졌다.

시나리오 한 방으로 무려 5만 코인이라니.

서브 시나리오가 도깨비의 임의로 성립되는 점을 감안하면, 이 코인은 대부분 독각의 주머니에서 나왔을 것이다. 제법 배 아파할 줄 알았는데 독각은 오히려 빙긋 웃고 있었다.

[흥미로운 이야기를 보는 것은 도깨비의 큰 기쁨. 어찌 즐겁지 않을 수 있겠습니까?]

마치 내 마음을 읽은 것처럼 중얼거리는 녀석. 하긴 도쿄 돔을 비롯해 초대형 채널을 가지고 있으니 이 정도 출혈로는 끄떡없겠지.

지금쯤 도쿄에서 잘나갈 녀석이 누가 있더라?

아직 위인급이 활약할 시기니까 '오다 노부나가'나 '미야모토 무사시'일 가능성이 높겠군.

그래…… 소속 화신이 톡톡히 벌어줘서 배가 불렀다 이거지?

"그럼 추가 보상도 빨리 주지그래. 이게 다가 아닐 텐데?"

[아, 물론입니다. 당연히 드려야지요. 이 시나리오를 흥미롭게 만들어준 주역이신데.]

어쩐지 비꼬는 말투라 더 열받는다.

저 자식만 아니었더라도 '질문의 재앙' 시나리오는 훨씬 쉽게 끝났을 텐데. 뒤쪽에서 슬금슬금 눈치를 보던 비형이 내게 도깨비 통신을 걸어왔다.

—야…….

그러나 통신이 채 이어지기도 전에 독각이 비형의 말을 끊었다.

[비형, 보상을 준비하십시오.]

화들짝 놀란 비형이 소리를 냈다.

[예?]

[보상을 준비하십시오. 두 번 말해야 알겠습니까?]

얼씨구, 저놈 봐라?

머뭇거리던 비형이 다시 입을 열었다.

[하지만 지금 서브 시나리오 담당자는 독각 님이신데…….]

[비형.]

마치 누구에게 보여주려는 듯, 서슴없는 아우라가 비형의 전신을 짓눌렀다. 도깨비의 힘은 채널 크기에 좌우된다.

[요즘 채널이 좀 커졌다던데, 정말인가 보군요.]

독각의 덤덤한 목소리에 작은 비형의 몸이 점점 더 쪼그라들었다.

[아, 아닙니다. 오해십니다!]

[여섯 번째 시나리오는 한국과 일본이 함께하죠. 잊으셨습니까?]

[죄송합니다. 바로 준비하겠습니다!]

[지금 당장 시작하세요.]

[옙!]

미운 정도 정이라고, 그래도 내 채널을 관리하는 비형이 굽신거리는 꼴을 보고 있으니 기분이 별로 좋지는 않았다. 군이 비교하자면 지금 비형에게 독각은 고등학교 시절 나를 괴롭힌 송민우와 비슷한 존재일 것이다.

[추가 보상 정산이 시작됩니다.]

[기본 보상으로 '패러사이트 종족의 호부'를 획득했습니다.]

[추가 선택 보상이 존재합니다.]

[당신은 해당 시나리오의 최대 공헌자입니다.]

[당신은 추가 보상의 우선 선택권을 가집니다.]

나는 눈앞에 떠오른 반투명한 카탈로그를 보았다.

그래도 재앙을 잡았다고 꽤 쓸 만한 걸 주려는 모양이다.

[무한 차원의 아공간 코트]: SSS급

[흑염의 반장갑]: SSS급

[실피드의 도약 부츠]: SSS급

트리플 S급의 보상 아이템들.

나는 아이템 옵션을 쭉 훑어보았다.

안주머니에 특수 옵션으로 '아공간'을 가지고 있어서 많은 물건을 넣어 다닐 수 있는 '무한 차원의 아공간 코트'.

어둠과 불꽃 속성 스킬의 성능을 크게 증폭해주는 '흑염의 반장갑'.

마지막으로 하루에 세 번 특수 옵션 '도약'을 사용할 수 있는 '실피드의 도약 부츠'.

성유물급은 아니지만, 이 정도면 10번대 시나리오를 넘어설 때까지도 쓸 만한 물건이었다.

잘 모르는 사람이 이 말을 들으면 "아니, 그래도 SSS급인데 10번대 시나리오까지밖에 못 쓰냐"라고 되물을 수도 있겠지만, 멸살법의 세계가 원래 그딴 식인 것을 내가 어쩌겠는가.

스타 스트림은 아이템 등급의 인플레가 상당하기 때문에, 초반에 입수한 아이템과 중후반에 얻은 아이템은 같은 등급이라도 성능 차이가 꽤 큰 편이었다.

물론 지금 얻은 SSS급이라고 나중에 반드시 버려야 하는 것은 아니고, 특수한 재료로 '장비 초월'을 하면 된다.

성유물이 좋은 것은 바로 이 점 때문이었다.

다른 등급제 아이템과 달리 성유물은 초월이 필요 없다. 시나리오가 개방됨에 따라, 성유물은 개연성의 제약을 벗어나 자연히 본래 힘을 회복해나가기 때문이다.

[……보상 골라보세요.]

비형이 시무룩한 얼굴로 나에게 말했다. 자식이 괴롭힘 좀 당했다고 힘이 다 빠져서는. 순간 비형의 도깨비 통신이 들려왔다.

―'무한 차원의 아공간 코트'를 추천해. 저거, 숨겨진 옵션이 하나 더 있거든. 나중에 초월하기도 쉽고.

그래도 딴에는 내 매니저라고, 일은 하는군.

눈치 빠른 독각이 금세 비형을 노려봤다.

[비형?]

[……옙!]

[성좌님들께도 아이템 설명해드려야죠. 잊었습니까?]

[아, 알겠습니다!]

독각의 말에, 비형이 서울 돔 채널의 성좌들에게 설명을 시작했다.

나는 그 틈을 타서 유중혁에게 말을 걸었다.

"유중혁, 넌 뭐 고를 거냐?"

우선 선택권은 내게 있지만, 이번에는 그냥 유중혁에게 양보해주기로 했다. 도움받은 것도 좀 있고.

……이러면 유중혁이 좀 살살 때리지 않을까 기대하는 것은 아니다.

"유중혁?"

유중혁은 대답이 없었다.

그저 나를 노려보기만 할 뿐이었다.

"또 선 채 기절했냐?"

눈앞에서 몇 번인가 손을 흔들어봐도 놈의 눈빛에는 아무런 변화가 없었다.

[등장인물 '유중혁'이 '회복 동면 Lv.3'을 사용 중입니다.]

……하긴 그 몸으로 그렇게 날뛴 게 비정상이었지.

[회복 동면]까지 사용할 정도라니 몸 상태가 완전히 개차반인 모양이었다.

나는 일단 '한낮의 밀회'를 통해 간단한 메시지를 남겨두었다. 곁에서 나를 지켜보던 한수영이 불쑥 끼어들었다.

"······혹시 내가 대신 골라도 돼?"

"나중에 유중혁한테 맞고 싶으면 그러든가."

한수영은 순식간에 조용해졌다. 나는 비형을 향해 입을 열었다.

"나는 '무한 차원의 아공간 코트'를 고르겠다."

그런데 대답한 것은 비형이 아니었다. 고개를 끄덕인 독각이 손가락을 튕기자 카탈로그가 꺼졌다.

[좋은 아이템을 고르셨군요. 그러면 바로 지급 장소로 이동하죠.]

지급 장소?

[추가 보상은 절차상 이곳에서 지급이 안 됩니다.]

이것 봐라.

"어디로 간다는 거지?"

[제 '도깨비 감투'로 모시겠습니다.]

도깨비 감투. 전래동화에서는 '감투'가 의복의 일종이지만 여기서는 다르다. 감투는 모든 도깨비가 가진 일종의 '방'이다. 그들의 본체를 감추고 있는 방.

"그건 곤란한데. 그냥 여기서 줬으면 좋겠어."

감투는 녀석의 고유 공간. 갔다가 무슨 일을 당할지 알 수 없었다.

게다가 내가 알기로, 추가 보상을 받는 데 도깨비 감투로 이동하는 절차 따위는 존재하지 않는다.

옆에서 비형이 조마조마한 눈길로 나를 바라보고 있었다.

나를 보는 독각의 눈이 가늘어졌다.

[흐음…… 자꾸 툴툴거리시면 아이템 지급을 취소하는 수가 있습니다?]

"그러든가."

시나리오 보상에 한해서는 철두철미한 것이 스타 스트림이다. 아무리 도깨비 재량에 의존하는 '서브 시나리오'라도, 시나리오가 끝난 마당에 보상 아이템을 도로 가져갈 수는 없다.

독각의 얼굴에 미소가 짙어졌다.

[재미있군요.]

—그렇게 나오면 좋지 않을 텐데요.

도깨비 통신. 독각이 천천히 입을 열자 두 개의 목소리가 교차하며 들려왔다.

[김독자. 당신 이야기는 자주 들었습니다. 얼마나 유명한지, 반도 건너편 땅의 성좌들도 당신에 대해 알더군요.]

—단도직입적으로 말하겠습니다. 내 채널로 오십시오.

[도깨비 앞에서도 당당하다고 들었는데, 오늘 보니 그 소문이 거짓이 아니군요.]

—이번에 한반도 쪽으로도 채널 규모를 넓힐 생각입니다. 원하는 계약 조건이 있다면 얼마든지 맞춰주겠습니다.

흥미롭다. 이런 식으로 스카우트 제의를 할 줄이야.

독각의 제안은 축구로 치면 아시아 중상위 리그 팀에서 프리메라 리가 상위 팀으로의 이적 권유나 마찬가지였다. 그렇게만 생각하면 무척이나 매력적인 제안.

그런데 문제는 이적 이후다.

나는 독각이라는 녀석을 잘 알고 있다.

"뭘 잘못 본 모양인데 난 사실 겁이 많아. 이렇게 너랑 말하는 것도 벌벌 떨리거든. 그러니까 빨리 아이템 주고 꺼져주면 좋겠어."

내 말에, 자신만만하던 독각의 표정이 처음으로 굳어졌다.

[재미있군요. 거기다 겸손하기까지.]

―오만불손하기 짝이 없군요. 알아서 겸손해질 날이 올 겁니다.

"……무슨 뜻이지?"

―비형의 채널은 곧 사라질 테니까요.

독각의 입가에 미묘한 웃음이 걸렸다.

[그렇게 나오신다면 어쩔 수 없지요. 원래 이 이야기는 '보상'을 지급한 후 발표하려 했는데…….]

발표? 뭘 발표해?

내게서 눈을 뗀 독각이 하늘을 바라보았다. 빛을 내뿜는 성좌들을 보며 녀석이 천천히 입을 열었다. 서울 전체가 울릴 듯이 쩌렁쩌렁한 목소리였다.

[지금까지 시나리오를 흥미롭게 지켜봐주신 성좌님들께 조금 유감스러운 소식을 하나 전해야 할 것 같습니다.]

하급 도깨비 무리가 비형 주변에서 빠르게 물러나고 있었다. 어리둥절한 표정의 비형. 도깨비들이 저런 포지션을 취할 때는 반드시 안 좋은 일이 벌어진다.

[불행하게도 서울 돔에서 활동하는 채널 가운데 시나리오 불법 조작을 자행한 채널이 발견되었습니다.]

[상당수의 성좌가 '독각'의 발언에 주목합니다.]

[바로 도깨비 비형의 #BI-7623 채널입니다. 조사 결과, 서울 돔의 하급 도깨비들은 해당 채널의 과도한 시나리오 조작으로 '개연성'이 침해당했다는 결론을 내렸습니다.]
……잠깐만, 뭐라고?
[고로 본 도깨비는 서울 돔의 하급 도깨비를 대표하여, 관리국에 해당 채널의 '개연성 적합 판정'을 정식으로 요청하는 바입니다.]

4

한수영이 어이없다는 듯 물었다.

"뭐야? 대체 무슨 소란인데? 갑자기 멀쩡하던 개연성을 왜 걸고넘어져?"

"뭐긴, 괜히 시비 걸려는 거지."

"시비? 왜?"

왜긴 왜겠어. 내가 이적 제안을 거부했다고 이렇게까지 나온다 이거지?

하늘에 떠 있는 독각이 관리국 쪽에 보고를 올리는 모습이 보인다.

개연성 적합 판정…….

설마 그걸 이런 식으로 이용할 줄이야.

슬슬 다른 대형 채널의 도깨비가 시비를 걸어올 것이라 예상했지만 이런 식일 줄은 몰랐다.

찔리는 데가 있는 비형은 아까부터 얼굴이 새파래진 채 나와 독각을 번갈아 보며 울상을 짓고 있었다. 툭 건드리면 당장이라도 눈물이 쏟아질 것 같은 모양새였다.

―어, 어떡하지? 어쩌면 좋지?

'솔직히 말해봐. 너 나랑 계약한 거 들켰어?'

비형이 고개를 저었다.

'그럼 도깨비 보따리 미리 열어준 걸 들켰나?'

―그, 그것도 아냐.

'진짜지?'

―아, 아마도……

'그럼 쫄 것 없어. 게다가 그거 다 걸렸어도 '개연성 적합 판정' 요청할 만한 일 아냐. 애초에 규정 위반이 아니잖아?'

내 말은 사실이었다. 화신이 직접 '스트림 계약'을 맺거나 '도깨비 보따리'를 사용한 전례가 없을 뿐, 스타 스트림 규정에 직접 위배되는 일은 아니었다.

뒤늦게 안심한 듯 비형이 고개를 끄덕였다.

―으, 응. 알겠어.

어린아이처럼 쩔쩔매는 비형을 보고 있자니 대체 누가 도깨비인지 모를 노릇이었다.

나는 다시 독각을 비롯한 하급 도깨비들 쪽을 바라보았다.

[#BI-7623 채널의 시나리오 조작 경위가 보고됐습니다.]

[현재 관리국에서 해당 사안에 대한 논의를 진행 중입니다.]

내 생각이 맞는다면, 적합 판정은 결국 무산될 것이다. 만약 놈에게 개연성에 태클을 걸 만한 증거 자료가 있다면 이야기는 다르겠지만…….

적은 정보를 숨기고 있고, 나는 당장은 그게 뭔지 알아낼 방법이 없다.

그렇다면, 남은 방법은 하나뿐이다.

"이봐, 시간 그만 끌고 보상이나 빨리 주지? 성좌들 지루해하는 거 안 보여?"

[곤란합니다. 이 사안은 보상 지급보다 더 중요하니까요.]

—생각이 바뀌셨습니까? 아까 한 제안에 동의하신다면, 모두 없던 일로 해드릴 수 있습니다만.

나는 독각을 가만히 올려다보았다.

그래, 정면 승부를 해보자 이거지?

"무슨 사안인데? 들어나 보자. 대체 내가 소속된 채널의 어떤 부분이 불법 조작이라는 거야? 증거 있어?"

만약 놈에게 증거가 있다면 이걸로 확실히 알 수 있을 것이고, 허세라면 사태는 즉각 종결될 것이다.

그런데 기다렸다는 듯 독각이 미소를 지었다.

[정말 듣고 싶으십니까? 후회하실 텐데요.]

"말해봐."

[이 사안은 김독자 당신과도 관계있습니다.]

"······나랑?"

순간 생각이 많아졌다. 혹시 내가 파일을 가지고 미래 정보를 이용한다는 것 때문인가? 하지만 필터링 때문에 그 사실은 성좌나 도깨비에게 퍼지지 않았을 텐데? 그것 때문에 태클이 걸렸을 거면, 진즉에 나는 개연성 폭풍을 맞았어야······.

[화면이 보이십니까?]

나는 허공에 떠오른 거대한 스크린을 보았다. 얼마 전 내가 벌인 전투 장면이 상영되고 있었다.

첫 번째로 나온 것은 독희 이설화와의 결전이었다.

[이것이 증거입니다.]

"······대체 뭐가 증거라는 건데?"

그저 이설화를 죽이지 않는 내 모습이 나오고 있을 뿐이었다. 독각이 영상을 바꾸었다.

[이것도 증거입니다.]

두 번째는 리카온과 앤티누스의 격전을 지켜보는 내 모습이었다.

대체 무슨······.

[이어서 세 번째 증거는 이것입니다.]

세 번째 영상. 내가 '질문의 재앙' 명일상에게 일행과 함께 공격을 가하고 있었다. 계속해서 봉인이 풀리는 명일상의 모습. 갑자기 속이 답답해졌다.

[공통점을 모르시겠습니까?]

그 순간 깨달았다. 녀석은 지금 내게 말하는 것이 아니었다.

[영상을 보신 성좌님들은 혹시 아시겠습니까?]

순간 주변 모두가 조용해졌다.

[독희와의 싸움, 앤티누스와의 싸움, 질문의 재앙과의 싸움. 세 가지 싸움에는 한 가지 공통점이 있습니다.]

영상이 돌아가면서 떠올랐다.

[그는 사실 독희를 죽이고 '재앙'을 막을 수 있었고.]

녀석의 손가락이 독희를 가리켰고.

[앤티누스를 죽여 '재앙'을 막을 수 있었으며.]

앤티누스를 가리켰으며.

['질문의 재앙'의 봉인이 풀리기 전에 '재앙'을 막을 수 있었습니다.]

명일상을 가리켰다. 그리고 마지막으로 나를 가리켰다.

[그런데 그는 '일부러' 그렇게 하지 않았습니다.]

"잠깐만! 너 지금······!"

나는 독각이 무슨 짓을 하려는 것인지 눈치챘다. 천천히 소름이 돋았다.

그렇구나. 이것이 도깨비라는 놈들의 치밀함이구나.

[성좌 여러분. 화신 김독자는 채널의 이야기꾼인 '비형'과 결탁했습니다. 그는 일부러 자신의 힘을 숨기고, 시나리오의 전개를 조작했습니다. 그는 억지스러운 감성으로 시나리오를 농락하고, 악의적인 목적하에 답답함을 유도했습니다.]

그리고 떠오른 마지막 화면. 그곳에서 나는 [바람의 길]을 사용해 명일상을 해치우고 있었다.

[그저 마지막에 있을 카타르시스를 '연출'하기 위해서.]

이 자식은, 처음부터 '개연성 적합 판정'을 요청하는 게 목적이 아니었다.

독각. 이 녀석의 진짜 목적은—

[오직, 성좌님들에게서 코인을 뜯어내기 위해 말입니다.]

비형의 채널을 끝장내는 것이었다.

[몇몇 성좌가 침음합니다.]

사실 독각이 내민 증거는 '개연성 적합 판정'의 어떤 항목에도 위배되지 않는 사항이었다. 재미있는 시나리오를 만들기 위해 도깨비가 화신을 조종하는 일은 흔한 일이니까.

문제는 그것을 싫어하는 성좌가 있다는 것이었다.

내가 시나리오에 진지하지 않다고 판단한 순간, 성좌들은 흥미를 잃는다.

연극에서의 소격 효과와 같다. 관객과 인물 사이에 있는 '제4의 벽'이 무너지는 순간, 관객은 바로 흥이 식어버린다.

독각이 의도한 것도 바로 그 지점이었다.

[성좌, '대머리 의병장'이 멍하니 입을 벌립니다.]

[성좌, '긴고아의 죄수'가 킬킬거리며 웃습니다.]

[성좌, '은밀한 모략가'가 아무래도 좋다는 듯 어깨를 으쓱합니다.]

어떤 성좌는 놀랐고, 어떤 성좌는 아무 생각이 없었으며, 어떤 성좌는 시큰둥하게 굴었다. 문제는 그렇지 않은 성좌들이었다.

[흥이 깨진 일부 성좌가 채널에서 퇴장합니다.]
[채널의 공정성을 의심하는 성좌들이 채널에서 퇴장합니다.]
[일부 성좌가 채널에 코인 환불을 요청합니다.]

비형의 채널에서 성좌가 줄어들기 시작했다.

[채널 규모가 감소합니다.]

쉴 새 없이 몰아치는 간접 메시지. 창백해진 비형의 체구가 조금씩 작아지고 있었다. 녀석의 뿔도 점점 줄어들었다. 나는 한숨을 내쉬었다.

"채널 망했네."

남은 방법은 하나뿐이었다. 줄어드는 성좌 숫자를 보며 나는 독각을 향해 입을 열었다.

"충분히 알겠으니까, 얘기 끝났으면 보상 줘. 네 제안 받아들일 테니까."

독각의 입꼬리가 희미하게 올라갔다.

─그래도 현명함이 남아 있긴 하군요.

믿을 수 없다는 듯이 비형의 눈이 커졌다.

[너, 너……!]

"그렇게 보지 마. 어쩔 수 없잖아?"

나는 어깨를 으쓱하며 비열한 목소리로 말했다.

배신감에 비형의 뿔이 부들부들 떨렸다.

자식이, 겁먹기는.

'비형, 나 믿냐?'

―무슨…….

'그냥 딱 한 번만 믿어봐. 어차피 이대로면 다 망하게 생겼 잖아?'

통신을 끝낸 나는 독각을 향해 다시 말했다.

"그만 이동하지."

[좋습니다. 그럼 달콤한 보상의 시간을 가져보죠.]

독각이 손가락을 튕기는 순간, 주변 정경이 사라졌다. 다시 나타난 곳은 고급 호텔의 스위트룸을 연상시키는 방이었다. 어디까지나 분위기가 그랬다는 것이다. 애초에 나는 고급 호 텔의 스위트룸이 어떻게 생겼는지 모른다.

……여기가 녀석의 '감투'인가?

나는 조금 긴장하며 주변을 살폈다. 호화로운 융단 위로 도 깨비들이 사용하는 독특한 디자인의 테이블과 의자가 놓여 있었다. 벽감 한쪽에 비치된 다양한 종류의 술. 뒤늦게 도깨비 녀석들이 상당한 애주가라는 설정이 떠올랐다. 나는 천천히 창가로 다가갔다. 창밖 풍경은, 내가 아는 지구의 그 어떤 풍 광과도 비교할 수 없는 것이었다.

……맙소사.

끝이 보이지 않는 어둠. 장대한 우주의 암흑 사이로 반짝이는 별들이 흐르고 있었다. 쏟아지는 보석처럼 도도하게 흘러가는 대우주의 절경絕景. 공전과 자전을 반복하며 제각기 거대한 은하를 이루는 성좌들.

우습게도 나는 순수하게 감동하고 말았다.

저것이 바로 스타 스트림이구나.

모든 시나리오를 관장하는 위대한 별들의 흐름. 모든 이야기는 저기서 시작되는 것이다.

"대단한 정경이죠."

뒤를 돌아보니 독각이 서 있었다.

"저도 멍하니 바라볼 때가 있습니다. 언제 보아도 질리지 않으니까요."

"너 지금……"

"아, 놀랐습니까? 이게 제 '진짜' 목소리입니다."

항상 방송으로만 듣던 도깨비의 목소리를 육성으로 들은 것은 처음이었다. 즉 지금 눈앞에 있는 녀석은 독각의 진짜 '본체'라는 뜻이었다. 독각의 눈이 고요히 빛났다.

"허튼 생각을 하시는 건 아니겠죠?"

"무슨 생각? 아, 혹시 내가 당신을 죽일까 봐?"

푸흐훗, 하는 웃음소리가 터졌다.

"불가능하다는 건 아시는군요."

"내가 도깨비한테 대항할 만큼 미친놈은 아니야."

"마음에 듭니다. 그럼 계약을 시작하죠."

독각이 다시 한번 손가락을 튕기자 눈앞에 계약서와 함께
또 다른 도깨비가 나타났다. 비형이었다. 전신을 코드가 적힌
시스템 문자로 구속당한 채 입까지 틀어막힌 비형은, 원망스
러운 눈으로 나를 보고 있었다.

"비형은 공증인으로 데려왔습니다. 어차피 이전 계약을 파
기해야 저랑 계약할 수 있기도 하고. 파기 대가는 비형이 알아
서 감당할 겁니다."

나는 조금 놀랐다. 이 자식, 역시 나와 비형 사이의 계약을
알고 있었군.

독각은 처음부터 내가 '화신 찾기' 집단을 끌기에 적합한 인
재라는 것을 알고 접근했다는 뜻이다.

나는 태연함을 가장하며 말했다.

"좋을 대로 해. 난 상관없으니까."

"이야기가 빨라서 좋군요. 일단 계약서를 확인해보시겠습니
까? 저도 이런 종류의 직접 계약은 처음이라 말이죠."

나는 계약서를 읽어보았다.

말할 필요도 없이 완전히 불리한 조건이었다.

후원금 분배는 5 대 5. 거기다 내 자유를 구속하는 몇몇 항
목까지.

심지어 나는 이제 '갑'이 아니라 '을'이었다.

독각이 웃으며 물었다.

"어떻습니까? 이 정도면 업계 평균입니다만, 원하신다면 조

금 조정해드릴 수는 있습니다."

업계 평균 같은 소리 하네. 비형도 처음부터 이딴 계약서를 들이밀지는 않았다. 나는 고개를 끄덕이며 말했다.

"뭐, 나쁘지 않네. 그런데 계약을 하기 전에 한 가지 제안할 게 있어."

"제안? 뭐죠?"

"나만 채널을 쏙 옮기면 뭔가 아쉽잖아? 설마 나 하나로 만족할 건 아니지? 비형 녀석 채널에는 제법 강한 성좌가 좀 있다고."

"오호? 누가 있습니까?"

"긴고아의 죄수, 심연의 흑염룡, 거기에 악마 같은 불의 심판자랑……."

수식언이 이어질 때마다 독각의 눈빛이 놀라움으로 차올랐다.

"긴고아의 죄수? 그런 성좌를 데리고 있을 줄은…… 비형, 제법이군요."

입이 막힌 비형이 읍읍, 하는 소리를 냈다. 나는 말을 이었다. 여기가 가장 중요한 부분이었다.

"솔직히 이 성좌를 비형 채널에 두고 가기 아깝거든. 그래서 말인데, 성좌들이 나랑 같이 채널을 옮길 수 있도록 네가 다리를 좀 놔줬으면 좋겠어."

[성좌, '악마 같은 불의 심판자'가 당신의 진심을 가늠합니다.]

[성좌, '은밀한 모략가'가 어쩐지 귀찮아합니다.]

[성좌, '긴고아의 죄수'가 적극적으로 귀찮음을 피력합니다.]

[성좌, '긴고아의 죄수'가 정말로 채널을 옮길 거냐고 묻습니다.]

흥미롭다는 듯 독각이 미소를 지었다.

"다리라면?"

"네 채널을 나한테 연결해줘."

"그럼 중복 접속이 될 텐데요?"

"상관없어. 그래야 성좌들도 고생하지 않고 나를 통해 바로 채널을 옮길 수 있잖아?"

"흐음. 그렇긴 하겠죠. 이거 재미있군요."

"그리고 사실 나도 조금 궁금해."

"궁금하다?"

"내가 계약할 채널에 어떤 성좌가 있는지 미리 보고 싶단 뜻이야. 깡촌 같은 채널에만 있다 보니 커다란 채널은 어떨지 궁금하거든. 미리 보고 싶은데, 안 될까?"

나는 일부러 비형 쪽을 향해 경멸적인 시선을 보냈다. 실시간으로 상처받는 비형의 얼굴. 독각의 얼굴에 만족스러운 미소가 걸렸다.

"비형, 정말 좋은 화신과 계약하셨군요. 이제부턴 아니겠지만 말입니다."

독각의 손이 허공을 누비더니 이내 시스템이 조작되기 시작했다.

"좋습니다. 그럼 어디 대도시의 공기를 느껴보시죠."

다음 순간, 나는 몸에 새로운 코드가 꽂히는 듯한 느낌을 받았다. 어딘가와 이어지는 듯 분명한 연결감.

천천히 눈을 깜빡이자 나를 보는 무수한 시선들이 느껴지기 시작했다.

하나, 둘, 셋…… 온몸의 솜털이 곤두섰다. 비형 채널에 있을 때와는 확실히 달랐다. 시선만으로도 느껴지는 다수의 존재감. 대단하다. 이것이 도쿄 돔을 장악한 도깨비의 채널이라는 건가?

"어떻습니까? 당신이 활동할 새로운 리그가."

단순히 타국의 성좌만 있는 게 아닌 듯했다.

이 자식, 이계나 다른 대륙의 고정 구독좌까지 있나? 이런 곳에서 활동하면 한 번에 대체 얼마나 많은 코인을 쓸어 담을 수 있지? 솔직히 가늠도 잘 되지 않는다.

"대단하네. 진짜 큰데?"

"그럼 이제 다시 계약을……."

"그 전에 잠깐 인사를 하고 싶어. 괜찮지?"

"……그렇게 하시죠."

독각은 살짝 못마땅한 표정을 지었지만 결국 허락했다.

나는 눈을 감은 채 이야기를 시작했다.

"도쿄 돔의 성좌님들. 제 말 들리십니까?"

[도쿄 돔의 몇몇 성좌가 당신을 바라봅니다.]

"몇몇 분은 이야기를 들으셨을 거라 생각합니다. 저는 절대 왕좌를 부수고 '왕이 없는 세계의 왕'이 된 김독자입니다. 참고로 저는 배후성이 없고…… 음, 뭐. 그렇습니다. 앞으로 잘 부탁드립니다."

[도쿄 돔의 성좌들이 당신의 말에 귀를 기울입니다.]

간단한 소개를 했을 뿐인데, 몇몇 성좌가 벌써 내게 간접적인 어프로치를 시작했다.

좋다. 시작이 나쁘지 않은데?

"그런데 말입니다. 채널에 접속한 기념으로, 제가 작은 이벤트를 하나 열어볼까 합니다. 뭐냐 하면, 한일 합작 이벤트라고나 할까요…… 궁금하신 분들은 지금 당장 #BI-7623 채널로 접속해주시면 감사하겠습니다. 일찍 오시면 추첨해서 코인도 드릴 거니까 꼭ㅡ"

뚝, 하고 연결이 끊어졌다.

눈을 뜨자 독각이 나를 노려보고 있었다.

"지금 대체 뭘 하는 겁니까?"

"뭐 하긴. 이벤트 하는 거지."

"대체 무슨 생각을…… 죽고 싶은 겁니까? 내 채널의 성좌들이 그런 얄은수에 놀아날 것 같……."

기꺼이 놀아나줄 것이다.

왜냐하면 딱 궁금한 지점에서 네가 끊었으니까.

독각의 표정이 서서히 변하기 시작했다.

[잠깐만요, 성좌님들. 지금 어디 가시는 겁니까?]

흐름이 조금씩 바뀌고 있었다. 비형 채널에 조금씩 성좌 숫자가 늘기 시작했다.

[상당수의 성좌가 #BI-7623 채널에 입장했습니다.]

[채널 레벨이 올랐습니다.]

나는 웃으며 말했다.

"많이들 와주셨네요. 고마워요. 이벤트 때문에 오신 거죠?"

[성좌, '긴고아의 죄수'가 잡스러운 성좌들의 등장에 짜증을 냅니다.]

[성좌, '해상전신'이 적대 성좌들의 등장을 경계합니다.]

"잠깐만, 싸우지들 마시고. 싸우라고 부른 거 아닙니다."

[무라마사를 즐겨 쓰는 성좌가 어서 코인 추첨을 진행하라고 닦달합니다.]

[몇몇 성좌가 그래서 코인 이벤트는 언제 하느냐고 묻습니다.]

"닦달하지도 마세요. 좀 이따가 할 거니까. 그런데 생각해보세요. 겨우 한두 푼 받는 게 그렇게 중요합니까? 애초에 화신이 없으면 당신들도 코인 쓸 곳이 없잖아요? 천천히 가자고요, 천천히."

[몇몇 성좌가 불만스러운 눈으로 당신을 바라봅니다.]

"혹시 아까 못 들은 분들이 있을지도 모르니, 다시 한번 말해드리겠습니다. 나는 배후성이 없는 김독자라는 놈입니다. 왕들의 전쟁에서 승리했고, 재앙은 시작되기도 전에 두 개를 막았습니다. 아마 전세계를 뒤져봐도 나보다 강한 화신은 많지 않을 겁니다. 배후성이 없는 화신 중에서는 아예 없을 거고. 그런데…… 슬슬 이 짓도 힘들더라고요."

내 의도를 눈치챘는지 독각의 안색이 새파랗게 질리기 시작했다.

"잠깐! 당신……!"

나는 독각을 향해 씩 웃어주었다. 놈은 말했다. 내가 '카타르시스를 연출했다'라고.

그래, 어디 진짜 연출이 뭔지 보여주마.

"서울 돔은 지금 다섯 번째 시나리오를 앞두고 있습니다. 그게 무슨 의미인지, 똑똑한 당신들이라면 잘 아시겠죠. 그래요, 맞습니다. 곧 당신들이 좋아하는 그 이벤트가 있을 겁니다."

시나리오 시작까지는 일주일도 채 남지 않았다.

그리고 '재앙 시나리오'의 시작 전에는 특별한 이벤트가 열린다.

스타 스트림에 존재하는 모든 성좌들의 연회.

이제 곧 두 번째 〈배후 선택〉이 시작된다.

　"그래서 기념으로, 저도 깜짝 이벤트를 한번 진행해볼까 합니다. 만약 〈배후 선택〉 당일까지 이 채널의 구독좌 숫자가 1만을 넘긴다면……."

　[성좌, '긴고아의 죄수'가 침을 꿀꺽 삼킵니다.]

　"저는 이 채널의 성좌 중 한 분을 파트너로 삼으려고 합니다."

　[성좌, '은밀한 모략가'가 흥미롭다는 듯 당신을 바라봅니다.]

　"성별도, 종족도, 출신 세계도 상관없습니다. 강하든 약하든, 유명하든 아니든. 어느 쪽이라도 괜찮습니다. 제가 보는 것은 열정뿐입니다. 저와 함께 이 빌어먹을 이야기의 끝을 보겠다는 열정."

　[성좌, '대머리 의병장'이 자신의 머리를 닦습니다.]

　"누구든 좋습니다. 이곳에서 당신들을 기다리겠습니다. 1만입니다. 기억하셨죠? 꼭 다른 성좌님들한테도 제대로 전해주세요."
　"자, 잠깐! 잠깐만! 기다려!"
　뒤늦게 독각이 더듬거렸지만 이미 일은 터진 뒤였다.

악을 쓰는 독각의 목소리. 쉴 새 없이 터져나오는 채널 메시지. 곳곳에서 들려오는 간접 메시지에 나는 현기증이 날 지경이었다.

그렇게 얼마나 시간이 지났을까.

멍하니 있던 독각의 표정에 차가운 분노가 피어올랐다.

뭔가를 결심한 듯 놈이 나를 향해 손을 들어 올렸다.

"화신 김독자. 당신은 여기서 죽어줘야겠습니다."

그래, 그렇게 나올 줄 알았다.

나는 애써 침착함을 가장하며 웃었다.

"지금 많은 성좌들이 이걸 보고 있다고. 후폭풍이 두렵지 않은가 봐?"

"도쿄 돔의 주인을 얕보지 마시죠."

분노한 독각의 표정에는 약간의 인내심도 찾아볼 수 없었다.

"벌레 하나 죽인다고 몰려올 개연성을, 제가 감당하지 못할 것 같습니까?"

독각의 손가락이 무심하게 부딪쳤다.

정말로 벌레 하나를 터뜨려 죽이듯 무심한 손짓이었다.

파지지지직!

강력한 스파크가 내 주변에서 튀어 올랐다. 독각의 특기인 '풍선 터뜨리기'였다. 이제 저 전류는 내 몸을 풍선처럼 부풀린 뒤 터뜨릴 것이다. 부어오른 내장은 파편이 되어 비산하고, '나'였던 모든 조각은 먼지가 되어 우주 잔해로 흩어질 것이다.

원래라면 그래야 했다.

"……이게 왜 이러지?"

독각은 두 번이나 더 손가락을 튕겼다. 그러나 내 몸에는 아무런 변화도 없었다. 얼마 지나지 않아 스파크조차 사라져버렸다.

"대체 이게…….."

당황한 독각이 자신의 손가락을 바라보았다.

그러나 녀석은 알지 못했다. 문제는 손가락이 아니라는 사실을.

오소소 소름이 돋는 느낌과 함께, 뒤쪽에서 드리워진 거대한 그림자가 주변을 어둡게 물들였다.

"야."

그리고 들려온 목소리.

나는 본능적으로 알 수 있었다. 저 목소리의 주인이, 지금 나를 지켜주었다는 것을. 생각해보면 당연한 일이었다. 시스템을 사용하는 도깨비를 막을 수 있는 것은 오직 같은 시스템을 사용하는 존재뿐이다.

"재미 좋았냐?"

처음으로 들어본 비형의 목소리였다. 경악한 독각이 말을 더듬었다.

"어, 어떻게 [구속의 문자]를……?"

"아, 그거? 그냥 힘주니까 툭 끊어지던데?"

독각의 얼굴이 붉어졌다.

"고작 하급 도깨비가…… 비형! 이게 지금 무슨 무례입니까?"

"하급? 너도 구독좌 수만 많지 하급이잖아."

"나는 일부러 진급을 안 하고 있을 뿐입니다. 감히 대형 돔의 주인인 나에게 대드는 겁니까?"

"아, 그래. 거기 좋은 성좌들 많더라?"

내 뒤에서 나온 비형이 성큼성큼 독각의 앞으로 다가갔다.

"지금은 모두 내 채널에 있지만 말이지."

왜일까. 분명 겉모습은 그대로였는데 비형은 독각보다 몇 배는 더 커 보였다.

거인 같은 비형의 그림자가 그것을 증명하고 있었다.

다시 말하지만, 도깨비는 구독좌가 많아질수록 권능이 강해진다.

공포에 질린 독각이 비틀거리며 물러섰다.

"어, 어떻게……?"

"아까 잘도 지껄이더라. 뭐? 내가 시나리오를 불법적으로 조작해?"

비형의 그림자에서 불쑥 솟아난 검은 팔이 독각의 멱살을 잡고 허공으로 들어 올렸다.

"대놓고 남의 화신 훔쳐가는 새끼가…… 상도덕은 혹부리 영감한테 배웠냐?"

"으, 으으. 이런 짓 하면 당신도 결코 무사하지 못할……!"

"알 게 뭐야!"

그림자의 오른쪽 팔이 비정상적으로 커다랗게 부풀었다.

투콰아아앙!

그림자의 주먹을 맞은 독각이 천장 보호막을 뚫고 먼 우주 저편으로 날아갔다.

도깨비니까 저런다고 죽지는 않겠지만 한동안 꽤 타격을 받은 상태일 것이다. 조금은 분이 풀린 듯 비형이 씩씩거리는 숨소리를 내며 땀을 닦았다.

"너무 흥분했네. 저놈 '안드로메다 시나리오'까지 날아갔겠는데."

"그런 시나리오도 있냐?"

"있어. 잃어버린 개념 찾는 시나리오. 그보다 너……."

가볍게 한숨을 내쉰 비형이 나를 돌아보았다. 채널이 성장했을 뿐인데 조금 낯설어 보였다. 전보다 몇 배는 강해진 비형에게서 서늘한 힘이 느껴졌다. 나도 모르게 마른침을 삼켰다.

방금 있었던 일은 비형과 상의 없이 독단적으로 진행했다. 어쩌면 녀석이 내게 앙심을 품었을 수도—

"너 내가 지금 뭐 보는지 알아?"

웃는지 우는지 알 수 없는 비형의 표정. 하지만 눈동자를 보는 순간, 나는 그 표정의 의미를 알 듯했다.

"몰라. 근데 알 것도 같네."

도깨비는 진짜 기쁠 때 저런 표정을 짓는 모양이었다.

나는 고개를 들어 허공을 올려다보며 말했다.

"내가 보는 것과 크게 다르진 않을 것 같은데."

[채널 레벨이 올랐습니다.]

[채널 레벨이 올랐습니다.]

[채널 레벨이 올랐습니다.]

(…)

[케이팝을 좋아하는 한 성좌가 당신의 배후성이 되기를 원합니다.]

[일본도를 잘 쓰는 한 성좌가 당신의 배후성이 되기를 원합니다.]

[성별 바꾸기를 좋아하는 한 성좌가 당신의 진의를 궁금해합니다.]

[하위문화를 즐기는 한 성좌가 당신에게 관심을 가집니다.]

끝도 없이 떠오르는 메시지가 나와 비형의 귓가를 가득 메우고 있었다.

이제 무대는, 세계로 확장될 것이다.

19
Episode

특이점

(1)

Omniscient Reader's Viewpoint

1

도깨비 감투에 들어온 것은 처음이었기에, 나는 비형이 성좌들을 관리하는 틈을 타 테이블에 흩어져 있는 서류 몇 개를 들춰보았다.

[특이점 동향 보고서]

······특이점? 호기심에 서너 장 넘기는 순간, 서류는 가루처럼 소멸했다. 아마 진짜 서류가 아니라 시스템으로 구성된 데이터베이스인 듯했다. 비형이 이쪽을 돌아보았다.

"너 뭐 해?"

"아냐, 아무것도."

테이블 위에서 흩날리는 가루를 보며, 비형이 의심의 눈으로 나를 보았다. 그러더니 한숨을 쉬며 입을 열었다.

"야, 우리 괜찮을까?"

"왜? 이제 와서 후회되냐?"

주변 눈치를 살폈는지, 눈알을 뒤룩뒤룩 굴리던 비형이 한숨을 쉬며 도깨비 통신으로 말했다.

—그게…… 그렇잖아. 이런 식으로 들어온 성좌는 금방 빠져나간단 말이야.

빠져나간 성좌는 다시 도쿄 돔 채널로 돌아갈 것이다. 그러고 나면 독각의 보복이 시작되겠지. 하지만 그것은 그때의 일이다.

—게다가 너 아까 거짓말까지 하던데 도대체 어쩌려고 그래? 진짜 구독좌 1만 넘으면 어쩌게? 벌써 5,000 넘긴 상황이라고.

내가 말없이 어깨를 으쓱하자 비형의 닦달이 이어졌다.

—너 나랑 계약서 쓸 때 배후성 안 고르는 게 조건이었잖아? 아무리 임기응변이라도 어쩌자고 그런 말을 한 거야?

'어떻게든 되겠지. 뭣하면 네가 계약 파기해주면 되잖아.'

—그건 안 돼.

'자식이…… 난 너 때문에 목숨까지 걸었는데 넌 안 된다 이거냐?'

비형의 표정이 어두워졌다.

—그건…….

하긴, 기대하는 내가 바보지.

'나도 다 생각이 있으니까 걱정 마.'

—진짜?

'그래, 그러니까 아이템이나 줘. 독각 없으니까 이제 수여 권한도 너한테 넘어갔을 거 아냐?'

—아, 맞다.

비형이 뒤늦게 시스템을 조작했다.

잠시 후 허공에서 흰색 코트가 나풀거리며 내려왔다. 깔끔하게 빠진 디자인을 보니, 전투는 물론 멋까지 세심히 신경 쓴 게 느껴졌다. 나는 코트를 받아 안주머니부터 확인했다.

['무한 차원의 아공간 코트'의 특수 옵션, '아공간'이 활성화됩니다.]

이 코트의 장점은 [인벤토리] 스킬이 없어도 각종 아이템을 보관할 수 있다는 것이다. 안 그래도 '간평의' '용존' '동의보감' '마력 화로' 등 가지고 다니기 귀찮은 아이템이 많기 때문에 지금 나에게는 딱 좋은 아이템이었다.

"……그런데 카탈로그랑 다르게 흰색이네?"

"다른 색은 품절이거든."

품절이라니. 그럼 이런 아이템이 몇 개나 있다는 말인가?

"몰랐냐? 이거 양산품인 거."

퍼뜩 뭔가 떠올라서 아이템의 옵션을 확인해보았다.

다시 봐도 의아하다. 아공간이 쓸 만하긴 하지만 이게 SSS등급이라고?

고대룡 이그니투스의 심장 같은 것도 SS등급인데…….

"솔직히 제작자 입김이 좀 들어갔지. 힘이 센 성좌라서."

납득은 간다. '양산형 제작자'는 귀환자 사이에서 유명한 성좌니까. 등급이 조금 거품이기는 해도 이 정도면 초반에 얻을 수 있는 아이템 중에선 최상급이 틀림없었다. 어쨌거나 얻을 건 모두 얻은 셈이다.

"그만 돌아가자."

비형이 손가락을 퉁기자 주변 정경이 바뀌기 시작했다. 눈을 한 번 깜빡였더니 어느새 독각의 감투에서 벗어나 지상으로 돌아와 있었다. 허공에서 갑자기 나타난 나를 본 한수영이 기겁하며 물러났다.

"야! 대체 어디 갔다 온 거야?"

"잠깐 뭐 좀 하느라."

"무슨 일인진 몰라도 새 옷 입은 거 보니 잘 해결됐나 보네."

그녀는 부러운 듯한 눈으로 내 코트를 바라본 다음 아직도 선 채로 기절해 있는 유중혁 쪽을 돌아보았다. 그러고는 유중혁이 입은 검은색 코트와 내 흰색 코트를 번갈아 보더니 입을 열었다.

"뭔데, 커플룩이냐?"

"그냥 우연이야. 흔한 디자인이잖아."

[성좌, '악마 같은 불의 심판자'가 알 수 없는 이유로 기뻐합니다.]
[성별 바꾸기를 좋아하는 한 성좌가 눈을 빛냅니다.]

……그러고 보니 아까 독특한 성좌가 많이 들어왔지. 성별 바꾸기를 좋아하는 성좌는 또 뭐야? 멸살법에 저런 녀석도 나왔던가?

[성좌, '악마 같은 불의 심판자'가 성별 바꾸기를 좋아하는 한 성좌를 견제합니다.]

말이 나온 김에 유중혁의 상태를 살폈다. 다행히 회복은 순조로운 듯했다. 호흡은 안정되었고 갈라진 상처들은 아물고 있었다.

"빨리 뜨자. 이 자식 깨어나기 전에."

두 주먹을 불끈 쥔 채 기절한 유중혁. 녀석이 일어나면 제일 먼저 무슨 일이 벌어질지 상상하기는 그리 어렵지 않았다.

⌘ ⌘ ⌘

나는 한수영과 함께 강동구를 떠났다. 한수영의 아바타에게 맡겼던 유상아는 내가 대신 업었다. 그녀는 여전히 탈진해 기절한 상태였다.

앤티누스와 싸운 격전지로 다시 가보았지만, 리카온은 찾지 못했다. 시신이 없는 것을 보면 분명 살아 있는데, 왜 내게 바로 오지 않는지 알 수 없었다. 재앙의 파편을 맞았으니 분명 심한 상처를 입었을 텐데…… 자꾸 뒤를 돌아보던 한수영이 물었다.

"근데 정말 저대로 두고 가도 돼?"

"괜찮아."

"하지만 그 '독희'잖아. 믿을 수 있는 거야?"

기절한 유중혁은 독희 이설화에게 맡겼다.

"독희는 원래 나쁜 사람 아냐. 패러사이트 때문에 그렇게 된 거지."

길잡이에게 감염되지 않은 여러 회차에서 이설화는 '독희'

가 아니라 '의선'으로 불렸다. 그리고 아마 이번 회차에서도 그녀는 의선 이설화라 불리게 될 것이다.

　―유중혁을 데리고 개봉동 쪽으로 가보세요. 거기 5603부 대라고 군부대가 하나 있을 텐데, 불쌍한 군인 한 명이 기다리 고 있을 겁니다.

　이설화에게 이현성의 위치를 알려주었다. 유중혁의 충고를 받아들여서였다.

　모든 동료를 내 힘으로 성장시키려 했던 것은 오만이었는 지도 모른다. 완독자든 뭐든 간에 몸이 하나인 내가 사용할 수 있는 시간과 정보는 한정적이다. 그러니 지금 이현성에게 알맞은 트레이너는 내가 아니라 유중혁일 수도 있다.

　"배고픈데. 저거 먹을까?"

　나는 고층 빌딩을 휘감고 자라나는 식물종 하나를 가리켰다.

　[7급 식물종, '야나스프레타'가 당신을 바라봅니다.]

　거대한 해바라기의 눈이 이쪽을 바라보자, 한수영이 기겁하 며 말했다.

　"저걸 먹자고?"

　"먹을 거 없으니까 저거라도 먹어야지. 멸살법에 따르면 저 거 꽤 맛있어. 아직 성체가 아니라 사냥하기도 쉽고."

"으……."

한수영은 질색하는 얼굴이었지만, 이내 아바타를 소환하기 시작했다. 우리는 식물종의 줄기를 자르고, 달려드는 촉수를 모두 베어냈다. 얼마 안 가 뿌리와 연결이 끊어진 야나스프레타가 눈을 감았다. 새삼 나도 제법 강해졌다는 게 느껴졌다. 아무리 새끼라지만 7급 식물종을 손쉽게 처리할 정도는 된 것이다.

"너도 먹을 거지?"

"……봐서."

"그럼 요리한다."

나는 멸살법에서 본 대로 야나스프레타를 조리하기 시작했다. 단단한 줄기의 껍질을 도려서 벗겨낸 다음, 주변 식료품점에서 구해 온 허브 솔트를 조금 뿌렸다. 껍질 안쪽에는 제철의 게를 연상시키는 연분홍빛 속살이 꽉 차올라 있었다. 한수영이 눈을 반짝였다.

"이거 뭐야? 식물 맞아?"

"맞아."

"샐러드로 먹어도 되나?"

"당연히 안 되지. 구울 거야."

나는 주변 나무를 대충 꺾은 뒤 잘라낸 야나스프레타 줄기를 바비큐처럼 꽂아 마력 화로에 올렸다. 화로를 중불로 맞췄는데도 7급종이라 그런지 조리는 꽤 오래 걸렸다. 줄기가 적당히 익었을 때 뒤집기를 몇 번 반복한 후, 추가로 허브 솔트를 뿌렸다. 얼마간 시간이 지나자 고기를 구운 듯 고소한 냄새가 주변에 맴돌기 시작했다.

"냄새 죽이네?"

"잠깐만, 그냥 먹으면 안 돼."

나는 화로로 손을 뻗으려는 그녀를 만류하며, 옆에서 데우고 있던 찻잔을 건네주었다.

"이거 마시고 먹어."

"뭔데?"

"줄기 진액 끓인 거야. 야나스프레타 줄기는 꼭 이걸 마시고 먹어야 해."

한수영은 살짝 의심스럽다는 표정으로 찻잔을 받아 들었다. 그러나 그녀의 표정은 곧 감동으로 변했다. 진액을 모두 마신 한수영은 정신없이 줄기를 뜯기 시작했다.

"천천히 먹어 좀."

"장난 아니네 이거. 너 요리사 해도 되겠다."

"멸망한 세계에서는 그럴지도 모르겠네."

볼에 한가득 음식을 채운 채 우물거리는 꼴이 꼭 다섯 살짜리 어린애 같아서 나는 쓰게 웃고 말았다.

[요리를 좋아하는 몇몇 성좌가 당신의 요리를 궁금해합니다.]

[빠른 진행과 폭력을 좋아하는 몇몇 성좌가 불평합니다.]

[성좌, '긴고아의 죄수'가 으스대며 지켜보기나 하라고 말합니다.]

다섯 번째 시나리오 시작까지 남은 시간은 일주일.

'불타는 지옥의 재앙' 화룡종과 '질문의 재앙' 명일상을 처치했으니 벌써 재앙은 두 개나 제압되었고, 전개는 순조로웠다. 유중혁이 곧 깨어나 이현성을 데리고 서쪽을 공략할 것이고, 북쪽은 '방랑자들의 왕'이 처리해줄 것이다.

이제 주의해야 할 것은 '중앙의 재앙'뿐.

나는 야나스프레타 꼬치 하나를 집어 들며 아직도 기절해 있는 유상아 쪽을 돌아보았다.

"유상아 씨."

유상아의 입가가 움찔거렸다.

"정신 든 거 알아요. 와서 이거 같이 먹어요."

유상아는 일어나지 않았다. 어디선가 꼬르륵, 하는 소리가 들려왔다.

"주무시나 보네. 그럼 진짜 우리끼리 다 먹을게요. 와, 이 부위는 꼭 살치살같이……."

"……자, 잠깐만요!"

다 기어들어 가는 목소리로 말하며 유상아가 자리에서 일어났다. 이 냄새를 맡고 그냥 누워 있을 리 없다. 낮에 그렇게 체력을 많이 소비했으니 배가 고픈 게 당연하지. 나는 여전히 허겁지겁 볼을 부풀리고 있는 한수영 쪽을 일별했다.

"야. 넌 많이 먹었으면 일어나."

"왜?"

"몰라서 묻냐?"

아마 한수영도 유상아가 진즉에 깨어난 것쯤은 알고 있었으리라.

"쳇. 사람 불편하게 하네."

유상아가 일어나지 않은 것이 자기 때문이라는 사실도 알고 있었을 테고. 그렇게 생각하니 이 녀석도 참 못됐다.

"한 바퀴 돌고 올게. 다 먹지 말고 몇 개 남겨놔. 알겠지?"

한수영이 투덜거리더니 꼬치를 한가득 문 채 어둠 속으로 사라졌다.

모습이 완전히 사라진 뒤에야 유상아가 천천히 다가왔다.

타닥, 타닥.

화로 위에 올려진 꼬치가 먹음직스러운 소리를 냈다. 유상아에게 꼬치 하나를 건네주었다. 유상아가 망설이다가 받아 들었다. 머뭇거리며 한 입을 베어 물고, 또 한 입을 베어 물고. 그렇게 천천히 꼬치 하나를 다 먹은 유상아가 간신히 입을 뗐다.

"……맛있어요."

누가 지금 모습을 보며 낮에 단도를 휘두르던 그 여자를 떠올릴 수 있을까.

"천천히 먹어요."

그럼에도 유상아 허리에 꽂힌 두 자루 단도는 낮에 본 모습이 꿈이 아님을 증명하고 있었다.

멸망이 시작된 지 한 달.

많은 일이 있었다는 것이 새삼 느껴졌다.

유상아는 말없이 꼬치를 먹어치웠고, 나도 그런 그녀를 보며 간간이 꼬치를 먹었다. 이 세상의 것이 아닌 양 놀라운 맛이었다. 타오르는 마력 화로의 불길을 보던 유상아가 중얼거렸다.

"이제…… 되돌아갈 수 없는 거겠죠?"

주어도 목적어도 없는 말이지만 나는 고개를 끄덕였다.

"그럴 겁니다."

희미하게 떨리는 유상아의 손이 애처로웠다. 인간을 죽인 손. 살기 위해, 다른 사람의 자유를 앗아간 손이었다. 누군가의 피를 묻혔던 그 손으로 유상아는 자신의 눈을 가렸다. 어깨가 간헐적으로 들썩였다. 어떤 흐느낌도 새어 나오지 않은 것은 마지막 자존심이었을 것이다.

"유상아 씨 잘못이 아닙니다."

그 말이 위로가 되었는지는 알 수 없었다. 유상아의 마음은 볼 수 없으니까. 유상아는 소리 내어 울기 시작했다. 하염없이 흐른 눈물이 길바닥에 떨어졌고, 먹다 남은 음식도 바닥에 툭 떨어졌다.

그렇게 얼마나 더 울었을까. 울음소리가 조금씩 잦아들기 시작했다.

7급 식물종 '야나스프레타'의 줄기는, 진액을 마시지 않고 복용하면 강력한 수면 효과를 발휘한다. 나는 색색거리며 곯아떨어진 유상아를 잠시 바라보다가 혼잣말처럼 입을 열었다.

"정말로 당신 잘못이 아니에요."

그건 유상아를 향한 말이었지만.

"그러니……."

동시에 유상아를 향한 말이 아니기도 했다.

"슬슬 정체를 밝혔으면 좋겠는데."

폐허가 된 도시에서 드문드문 야생괴수의 울음소리가 들려왔다. 내 혼잣말을 혼잣말로 만드는 침묵. 나는 유상아를 보며 말을 이었다.

"시치미를 떼시겠다 이거지?"

"……."

"무슨 목적으로 나를 지켜보는지는 모르겠지만, 그동안 나를 봐왔다면 이제 알 텐데?"

'부러지지 않는 신념'이 어둠 속에서 새하얀 칼날을 드러냈다.

"나는 내 목적에 다다르기 위해서라면 망설이지 않아."

고요히 빛나는 칼날이 유상아의 하얀 목덜미에 닿았다.

"그러니 빨리 입을 여는 편이 좋을 거야. 너희의 소중한 화신이 죽는 꼴을 보고 싶지 않다면 말이지."

이제부터는 치킨 게임이다. 잠시 기다리던 나는 조금씩 힘을 주기 시작했다. 칼날이 그녀의 목을 미세하게 파고들었고, 순식간에 피가 맺혀 흘러내리기 시작했다.

유상아가 갑자기 눈을 번쩍 떴다.

[전용 스킬, '제4의 벽'이 당신의 정신 충격을 감쇄합니다.]

광풍과 함께 나는 유상아의 몸에서 튕겨졌다.

심장을 저릿하게 만드는 대단한 존재감. 유상아의 몸에서 휘황한 광휘가 뿜어져 나왔다. 나를 보는 유상아의 탈색된 동공이 보였다. 그리고 그 동공 안에는 저 먼 성운의 그림자가 있었다. 천둥이 치는 듯한 목소리가 내 머릿속을 터뜨릴 듯이 울렸다.

[하찮은 인간이.]

나는 입가에 묻은 피를 닦아내며 씩 웃었다.

드디어 나타나셨군.

빌어먹을 올림포스의 성좌들이.

2

멸살법의 세계에서 성좌는 크게 두 종류로 나뉜다. 어디에
도 소속되지 않은 자유 성좌. 그리고 특정한 성운에 소속된 소
속 성좌.

[감히 하찮은 인간이 위대한 별들을 능멸하는가?]

신화의 거점을 지구에 둔 성운 중에는 유명한 것이 몇 있다.

북유럽 신화의 〈아스가르드〉나 묵시록의 〈에덴〉. 그리고 못
지않게 유명한 성운이 바로 눈앞의 이 녀석이 소속된 〈올림포
스〉다.

"폼 잡지 마. 진짜 '신'도 아니면서."

내 말에 유상아의 표정이 변했다. 갑자기 성좌가 직접 강림
을 시도하기에 조금 놀라긴 했지만, 역시나였다.

"시나리오 초반부의 개연성은 올림포스 신을 결코 허락하

지 않아. 안 그래?"

[어찌……!]

개연성의 균형을 맞출 존재도 없으니, 올림포스 12신좌급이 강림했다면 서울 일대는 벌써 개박살이 났을 것이다. 그 파급으로 거대한 후폭풍이 밀려왔겠지. 올림포스 신 중 상당수가 생각을 하반신으로 하는 놈들이기는 해도 아주 돌대가리만 있지는 않은 것이다.

나는 유상아의 전신을 감싸고 넘실거리는 마력 실을 보며 말했다.

"지금의 개연성으로 나올 수 있는 건 당신이 한계인 모양이네. '버려진 미로의 연인'."

한국에 위인급 성좌가 있듯, 올림포스에도 위인급 성좌가 있다. 사실 올림포스의 대다수는 저런 위인급 성좌이다.

버려진 미로의 연인.

테세우스의 연인인 '아리아드네'의 수식언이다.

"개연성 코스트가 제일 낮은 당신을 대표로 보내다니, 올림포스도 어지간히 쪼잔하시군."

[닥쳐라! 감히……!]

넘실대던 마력 실이 지상을 부수며 폭음을 만들었다. 단지 기세를 방출한 것만으로 일대의 땅이 갈라졌다.

과연. 아리아드네라고 무시할 게 아니다.

아무리 설화의 힘을 업은 성좌가 약하다 해도 비성좌보다는 강할 수밖에 없으니까.

하지만 나는 안다. 그녀는 절대로 나를 공격할 수 없다.

파츠츠츠츠!

허공에 튀어 오르는 스파크. 개연성의 족쇄가 움직인 것이다.

상태를 보아하니 완전 강림은 아닌 듯했지만, 화신의 의지를 빼앗아 일부만 강림했다 해도 개연성은 엄청나게 소모된다.

게다가 아리아드네는 거대 성운 소속의 성좌.

그녀의 움직임은 반드시 다른 강력한 존재에게 노출될 수밖에 없다.

쿠우우우우우—

서울 돔 하늘에서 그레이트 홀이 울부짖었다. 미증유의 공포감에 귀가 먹먹해지고 전신에 오한이 돌았다. 아리아드네가 강림한 유상아의 안색이 창백하게 변해갔다.

"시간이 별로 없는 것 같은데. 바로 본론으로 들어가지?"

이것이 성좌의 현실이다.

'스타 스트림'의 최강을 논하는 존재이지만, 개연성이라는 무거운 족쇄를 결코 벗어던질 수 없다.

"이계의 신격들이 당신을 눈치챈 것 같으니까 말이야."

[……어떻게 인간이 그런 것을 알고 있지?]

"지금 그게 중요해? 나랑 실랑이하려고 온 건 아니지? 당신 대신 개연성을 감내해주는 성좌들도 그런 걸 원하지는 않을 텐데?"

그레이트 홀을 중심으로 천둥이 쳤다. 역시 위인급 성좌가 직접 강림하기에는 아직 이른 시점이다. 나는 말을 서둘렀다.

"질문을 세 가지 할 거야. 만약 당신이 내 질문에 대답해준다면, 나 역시 당신 질문에 대답하겠어."

[삼문답三問答 교환을 하자는 것인가?]

"그래."

삼문답 교환. 본래 개연성 소모를 최소화하기 위한 성좌들의 거래 방식이었다.

아리아드네가 못마땅하다는 듯 나를 노려보았다.

[인간이 성좌의 거래 방식을…….]

"할 거야 말 거야?"

[……기다려라.]

유상아의 눈꺼풀이 닫혔다. 아리아드네는 자신의 통신망을 통해 올림포스 소속 다른 성좌들과 교신하고 있을 것이다.

[흥이 깨지는 걸 싫어하는 한 성좌가 당신의 제안에 흥미를 가집니다.]

아무래도 올림포스의 구경꾼들도 나타난 모양이고.

교신을 마친 아리아드네가 눈을 떴다.

[문답을 허락한다.]

그리고 메시지가 들려왔다.

[신성한 삼문답이 시작됩니다.]

— 양측은 세 가지 질문과 대답을 교환할 수 있습니다.

— 모든 질문에는 진실만을 대답해야 합니다.

— 양측은 각각 한 번씩 대답을 거부할 수 있습니다.

— 질문과 대답이 온전히 교환되기 전까지 문답은 끝나지 않습니다.

"내가 먼저 하겠어."

[좋다.]

— 첫 번째 질문권을 사용합니다.

"하나, 왜 너희가 유상아 씨 몸에 깃들어 있는 거냐?"

[…….]

"너희 터전은 대륙 반대쪽에 있을 텐데, 그쪽 시나리오 신경 쓰기도 바쁘지 않아? 왜 이곳에……."

[이번 세계의 '특이점'을 감시하기 위해서다.]

— 첫 번째 대답을 얻었습니다.

"특이점?"

[그것은 두 번째 질문인가?]

빌어먹을, 제법 똑똑한데. 질문권은 질문자가 대답을 듣고 어렴풋하게나마 납득한 순간 사라진다.

"아니. 이제 그쪽이 물어봐."

— 성좌, '버려진 미로의 연인'이 첫 번째 질문권을 사용합니다.

[그대의 정체는 무엇인가?]

"나? 너희가 감시하는 특이점 중 하나."

— 성좌, '버려진 미로의 연인'이 첫 번째 대답을 얻었습니다.

당황한 아리아드네가 중얼거렸다.

[……그 사실을 어떻게 알고 있지?]

"역시 내가 특이점이었나 보네."

그냥 떠봤는데, 설마 맞을 줄이야.

아리아드네의 눈이 가늘어졌다.

[그대는…….]

"화내지 마. 너희도 자주 하는 짓이잖아?"

[흥이 깨지는 걸 싫어하는 한 성좌가 당신의 재치에 즐거워합니다.]

아리아드네의 기세가 살벌해졌다.

하지만 본래 삼문답 교환은 이런 식으로 해야 한다. 정말로
상대방 질문에 곧이곧대로 대답해주면 손해만 볼 뿐이니까.

자신의 질문권은 유용하게 사용하고, 상대의 질문권은 헛되
이 날려버리는 것. 그 치열한 수 싸움이 삼문답 교환의 본질이
다. 나는 말을 이었다.

— 두 번째 질문권을 사용합니다.

"그럼 두 번째 질문. '특이점'이라는 게 대체 뭐지?"

[그대와 같은 존재들을 뜻한다.]

어쭈, 머리 좀 쓰는데. 하지만 이번에는 그 정도로 납득할수 없다.

"제대로 대답해. 계속 빙빙 돌리다 끝내고 싶은 건 아니지?"

[……원칙적으로 이야기하면, '신탁'에 등장하는 존재다.]

"좀 더 자세히 말하지 그래? 전혀 감이 안 온다고."

잠시 고민하던 아리아드네가 말을 이었다.

[본래 그대를 감시할 생각은 아니었다. 그대는 우연히 발견했지.]

……우연?

[우리가 감시하려던 것은 다른 존재다. 거대한 운명을 등에업고 개연성을 파괴하는 존재. 특이점이란 그런 자다.]

그 말을 듣는 순간, 나는 특이점이 무엇인지 바로 이해했다.

─ 두 번째 대답을 얻었습니다.

올림포스 녀석들, 이번 회차에서 벌써 유중혁을 찾아낸 모양이다. 올림포스급 성운이라면 다량으로 생산되는 필터링을역추적하는 것도 가능했다. 무엇보다 놈들에게는 뛰어난 정보추적자 '헤르메스'가 있으니까.

12신좌급 존재라면, 유중혁에 의해 세계선이 어긋나는 상황을 이미 눈치챘을 테고…….

하지만 이상한 점이 하나 있었다. 본래 회귀자에 대한 비밀은 위인급인 아리아드네가 접근할 만한 정보가 아니었다.

[답변이 되었다면 이번에는 내 차례다.]

— 성좌, '버려진 미로의 연인'이 두 번째 질문권을 사용합니다.

[그대는 다음 〈배후 선택〉 때 누구를 선택할 것이냐?]

이건 예상 밖의 질문이었다.

[흥이 깨지는 걸 싫어하는 한 성좌가 당신의 말에 귀를 기울입니다.]
[한반도를 좋아하는 몇몇 성좌가 긴장합니다.]
[성좌, '긴고아의 죄수'가 자신의 수식언을 연호합니다.]

곤란한데. 어쩔 수 없지.

"대답하지 않겠어. 벌써 누구를 뽑을지 말하면 재미없잖아?"

— 당신은 거절권을 사용했습니다.
— 당신은 이제 질문에 대한 거절권을 행사할 수 없습니다.

예상했다는 듯, 곧바로 아리아드네의 말이 이어졌다.

— 성좌, '버려진 미로의 연인'이 세 번째 질문권을 사용합니다.

[그렇다면 마지막 질문이다. 그대는 어떻게 우리가 감시하고 있다는 사실을 알아챘느냐?]

제길, 처음부터 이게 목적이었군.

아리아드네도 열심히 생각한 결과일 것이다.

단순히 내 '정체'를 묻기만 해서는 또 대답을 피할 수 있으니, 가능한 한 구체적인 질문을 만들어냈겠지.

나는 잠시 고민하다가 입을 열었다.

"책을 열심히 읽었어."

[뭐?]

"책을 열심히 읽다 보니 알게 됐다고."

대답을 얻었다는 말이 안 뜨는 걸 보니 역시 이 정도로는 납득이 안 되는 모양이다. 하지만 여기서 멸살법 이야기를 꺼낼 순 없었다. 꺼내봐야 필터링 처리될 테니 저쪽에서도 납득을 못 할 것이고. 그렇다고 친절하게 설명해주기도 싫다.

"원래 우리 한국인은 당신네 신화를 잘 알아."

[무슨 뜻이지?]

"우리나라에서 당신들 꽤 유명인사거든. 너무 대중적이라 애들 만화로 제작될 정도야. 당신도 우리나라에서 엄청 유명한 거 모르지? 내가 아니라 누구라도 그쪽이 올림포스 계통이란 건 알 수 있을걸?"

흔들리는 눈빛을 통해 아리아드네의 당황이 고스란히 전해졌다.

[그럴 리가 없다. 겨우 동방의 작은 나라가…….]

"크레타 섬의 미궁."

[……!]

"반인반수의 괴물."

그녀의 눈동자가 점점 커졌다.

"당신을 잊은 연인. 낙소스 섬 유폐. 주신酒神과의 정사……
계속할까?"

[그, 그만! 잘 알았으니 그만하라!]

— 성좌, '버려진 미로의 연인'이 세 번째 대답을 얻었습니다.

완전히 상처받은 얼굴의 아리아드네가 입을 뻐끔거렸다.

[어떻게 하찮은 소국의 인간이 나의 설화를…….]

나는 속으로 한숨을 내쉬었다. 어떻게든 어영부영 넘기는
데 성공했다.

괜히 아리아드네가 개연성 코스트가 낮은 게 아니지. 얼빠
진 그녀가 올림포스 대표로 나와서 얼마나 다행인지 모른다.

그레이트 홀의 움직임이 점점 더 불안해지고 있었다. 나는
바로 입을 열었다.

"그럼 이제 마지막 질문. 이번에 너희가 받았다는 '신탁' 내
용은 뭐지?"

한참이나 고민하던 아리아드네는, 보이지 않는 저울을 가늠
하듯 눈을 가늘게 뜨더니 입을 열었다.

[그것은…… 말할 수 없다.]

— 성좌, '버려진 미로의 연인'이 거절권을 사용했습니다.

— 모든 질문과 대답이 온전히 교환됐습니다.

— 신성한 삼문답이 종료됩니다.

예상은 했지만 아쉬웠다.

사실 마지막 질문이 제일 중요한데.

[흥이 깨지는 것을 싫어하는 한 성좌가 아쉬움에 입맛을 다십니다.]

하늘에서 떨어지는 낙뢰들을 보며, 아리아드네가 인상을 찌푸렸다.

[나의 남편이 그대의 이야기를 궁금해하여 잠시 여흥에 어울려줬다만, 장난은 여기까지다.]

이제 정말 시간이 없음을 깨달은 듯 말이 빨라지기 시작했다.

[내가 이곳에 강림한 이유는 하나뿐이다. 우리 올림포스는 그대에게 엄중히 경고한다. 우리가 행하는 일을 방해하지 마라. 우리는 세계의 멸망을 막기 위해 움직이고 있다. 이 여자는 훌륭한 멸망의 방파제로 자라날 것이다.]

"왜 유상아 씨지?"

[이유를 찾는 것은 무의미하다. 운명의 실을 잣는 세 자매조차 그 이유는 알지 못하니.]

젠장. 올림포스 녀석들은 걸핏하면 운명 핑계를 댄다더니, 원작이 틀린 게 하나도 없다.

[시나리오에 구속된 화신이여. 운명의 방향이 틀어지고 있다. 모든 별들의 흐름이 한곳으로 모이고, 성좌들의 운명을 결정하는 이야기가 시작될 것이다.]

"무슨 소리지? 〈기간토마키아〉를 말하는 거냐?"

[……그런 정보까지 알다니. 정말 놀랍구나. 하지만 정보를 안다고 해서 모든 것을 이해한다는 오만은 부리지 않는 게 좋을 것이다.]

유상아의 몸 주변에서 튀는 스파크가 한계치에 이르렀다. 개연성 후폭풍의 징조였다.

[찰나의 꼭두각시인 그대는 결코 이해할 수 없을 것이다. 하지만 기억하라. 종막終幕이 도래했을 때, 그대가 만약 올바른 편에 서 있지 않다면—]

그때 하늘의 벼락이 유상아에게 내리꽂혔다. 새하얗게 타오른 그녀의 몸속에서 아리아드네의 힘이 빠져나가는 것이 느껴졌다.

아아아아아…….

시공간이 통째로 찢어지는 듯한 소리가 울려 퍼지더니, 이내 유상아의 몸이 실 끊어진 인형처럼 쓰러졌다. 나는 황급히 달려가 유상아의 몸을 끌어안았다. 그 순간, 하늘 위에서 누군가의 시선이 느껴졌다.

지금 고개를 들어서는 안 된다.

누구도 그렇게 말해주지 않았지만 나는 본능적으로 알 수 있었다.

만약 위를 보면…….

[전용 스킬, '제4의 벽'이 당신의 정신 충격을 상쇄합니다.]

그러나 나는 홀린 듯 올려다보고 있었다. 저 먼 하늘의 그레이트 홀에서 뭔가가 일렁였다. 아리아드네의 힘을 소멸시킨 존재가 그곳에 있었다. 혓바닥 같기도 하고 촉수 같기도 한.

하지만 결국 무엇과도 닮지 않은 무엇.

어떤 형용도 비유도 불가능한, 언어를 넘어선 공포가 나를 보고 있었다.

이계의 신격.

시간이 느려진 것 같았고, 이마와 등허리에서 쉴 새 없이 땀이 흘러내렸다. 숨이 멎을 듯한 고통과 자아를 지워버릴 듯한 시간의 흐름. 간신히 숨을 몰아쉬며 눈을 깜빡였을 때, 그레이트 홀은 평소처럼 돌아와 있었다. 나는 이를 악문 채 몸을 떨었다.

저것이 내가 싸워야 할 놈들이다.

멀리서 달려오는 한수영이 보였다. 흥분한 괴수종의 포효가 어두운 달밤을 적셨고, 내리치는 벼락에 몸을 숙인 인간의 비명이 간헐적으로 들려왔다.

종막과 관련된 시나리오에는 여러 이름이 있었다.

라그나뢰크. 기간토마키아. 하르마게돈…….

아리아드네가 말하는 종막이 무엇인지는 모르겠다. 하지만 내가 아는 바와 다른 뭔가가 시작되려 한다는 사실만은 확실했다.

내가 원하는 바였다.

원작과 똑같이 흘러가서는 결코 내가 원하는 끝에 도달할 수 없으니까.

나는 유상아를 조심히 눕히며 생각했다.

툭 건드리면 부서질 것 같은 육체. 자기 배후성에게 지지 않으려는 듯, 꽉 쥔 유상아의 주먹이 하얗게 질려 있었다.

인간은 나약하다.

하지만 저 거대한 개연성만을 두려워하는 별들이 간과하는 점이 하나 있다. 지구의 모든 신화는, 그들이 무시하는 나약한 인간에게서 출발했다는 것.

나는 유상아의 주먹에 가볍게 내 주먹을 맞대었다.

[당신의 영혼 깊은 곳에서 '설화'의 힘이 꿈틀거립니다.]

[당신의 첫 번째 '성흔'이 발아를 준비합니다.]

그 어떤 신화에도 무너지지 않을 '이야기'를 쌓을 것이다.

¤ ¤ ¤

그 시각, 은빛의 늑대가 어둠 속을 달리고 있었다.

'키잇…… 빌어먹을 늑대.'

패러사이트의 여왕, 앤티누스는 자신의 몸을 바라보며 이맛살을 찌푸렸다. 기껏 새로 얻은 몸이 하필 이뮤타르의 늑대라니.

물론, 살아남은 것만으로도 천운이었다. 개연성에 육신의 대부분이 찢어지는 순간, 근처에 의식을 잃은 리카온이 없었다면 그대로 죽었을 것이다. 실낱같은 생존 본능이 앤티누스를 살렸다. 기생종이기에 가능한 일이었다.

후두둑.

재앙 파편에 맞은 리카온의 몸에서 검은 피가 쏟아졌다. 길잡이는 재앙에 대항할 수 없는 몸. 이제 앤티누스에게는 시간이 얼마 남지 않았다.

'……새로운 숙주에 기생한다.'

앤티누스는 '질문의 재앙'을 죽이던 인간들을 생각하며 파르르 떨었다. 그의 행성을 멸절시킨 재앙을 막아내던 인간들. 그녀는 그 믿을 수 없는 광경 앞에서 절망했고, 다시금 결심했다. 반드시 복수할 것이다. 고향 클로노스를 망가뜨린 지구인을 반드시 멸종시킬 것이다……

그녀의 더듬이가 반응한 것은 그때였다.

'이 기운은?'

어디선가 느껴지는 친숙한 기운. 과거 클로노스의 대충왕종에게서나 느낄 수 있던 힘. 앤티누스는 걸음을 서둘렀다. 이만한 가능성을 지닌 존재에게 기생할 수 있다면, 복수도 불가능한 것만은 아니다.

그리고 마침내 도달한 장소에서 뜻밖의 존재와 마주쳤다.

믿을 수가 없었다. 어떻게, 어떻게 지구에 이런 존재가?

"키, 키이잇—!"

본능적으로 소리를 내지른 순간, 소년의 눈이 달빛을 받아 소름 끼치게 번뜩였다.

"처음 보는 벌레네."

소년 이길영이 앤티누스를 향해 희게 웃었다.

3

눈을 떴을 때는 벌써 아침이었다.

벌떡 일어난 나를 보며 한수영이 입술을 비죽였다. 마지막 불침번이 저 녀석이었던 모양이다.

"악몽이라도 꿨어?"

"조금."

밤새 타오른 장작이 하얗게 변해 있었다. 나는 불씨를 적당히 헤집으며, 지끈거리는 이마를 짚었다.

무의식중에 발동한 [전지적 독자 시점]으로 본 정경…….

길영이 녀석, 괜찮으려나 모르겠네.

"유상아 씨는?"

"정찰 갔어."

한수영은 스마트폰을 만지며 귀찮다는 듯 대답했다.

"뭐 보냐?"

"소설."

"네 거?"

"그럼 누구 걸 보냐?"

하긴 이런 상황에서 다른 소설을 읽어도 이상한 일이다.

"작가는 자기가 쓴 거 보면 재밌냐?"

"난 재밌어."

"뭐 내용을 다 아는데?"

별생각 없이 던져본 말인데, 관자놀이를 만지던 한수영이 의외의 대답을 했다.

"같은 내용을 읽어도 이야기가 다르게 느껴질 때가 있어."

"뭐?"

"작가라고 자기 소설을 완벽하게 지배하고 있지는 않아. 문득 돌아보면 여기저기 구멍이 많이 나 있지. 독서란 그 불규칙적인 구멍을 나름대로 이어나가는 작업인 거야."

"뭔 소린지 모르겠는데."

"시간이 지나면 내가 쓴 것도 남이 쓴 것처럼 볼 수 있다는 뜻이야. 인간은 누구나 궁극적으로는 자기 자신에게 타자他者라고."

생각지도 못한 말이어서 조금 감탄했다. 한수영이 이런 어려운 말도 할 수 있을 줄이야.

"하긴 넌 더 그렇겠다. 진짜로 남의 소설 갖다 쓴 거잖아."

한수영이 빽 소리를 질러서 잠시 귀를 막았다. 스마트폰을

끈 한수영이 나를 노려보며 물었다.

"그건 그렇고, 앞으로 어떻게 할 거야?"

"뭘 어떻게 해? 시나리오 시작까지 기다리는 거지."

"누가 그런 대책 없는 이야기 듣고 싶대? 제대로 된 계획이 있을 거 아냐."

하고 싶은 말이 있는 것 같아서 일부러 한수영이 말하게 내버려두었다. 실제로 그녀는 계속해서 떠들었다.

"서쪽은 유중혁이 맡고, 북쪽은 방랑자들의 왕인가 뭔가 하는 여자가 맡는다고 쳐. 중앙은 어쩔 건데?"

"다 같이 막는 거지 뭐."

"쉽게 가는 방법이 있을 텐데? 잊었어?"

나는 순간 멈칫했다가 한수영을 노려보았다.

"너 그것도 표절했냐?"

"……안 했거든? 그냥 내 소설 보다가 문득 떠올랐을 뿐이야."

한수영이 입술을 비죽 내민 채 얼버무렸다.

"아무튼 내 말 맞지? 내가 알기로 '중앙의 재앙'은 쉽게 막을 방법이 있어."

그 말은 맞았다. 실제로 그렇게 한다면 어렵지 않게 다섯 번째 시나리오를 클리어하고 모든 재앙을 막을 수 있다. 한수영이 채근하는 눈으로 나를 보았다.

"쉽게 갈 거지?"

"그건…… 일단 가면서 생각하자."

때마침 주변을 둘러보고 온 유상아가 멀리서 이쪽을 향해 손을 흔들고 있었다. 한수영이 툴툴거렸다.

"저 여자 오고 나서 어쩐지 기분 좋아 보인다?"

"믿을 수 있는 사람이니까."

"쳇. 신뢰 못 받는 사람은 서러워서 살겠나."

슬슬 길 떠날 채비를 끝냈다. 시나리오 시작까지 남은 시간은 닷새. 우리는 한강을 따라 서쪽으로 조금씩 이동했다.

목적은 크게 두 가지였다. 하나는 한강 일대에서 행방불명된 공필두를 찾는 것이고, 다른 하나는 근방의 괴수종을 잡아 코인을 모으는 것이다. 무엇보다 지금은 '코인 이벤트' 중이니까, 뽕을 뽑을 수 있을 때 최대한 뽑아야 한다.

"유상아 씨, 왼쪽으로! 한수영 넌 뒤를 맡아!"

우리는 보이는 족족 7급종을 남김없이 사냥했다.

유상아가 가세하자 7급종은 물론이거니와 어지간한 6급종까지 여유롭게 사냥할 수 있었다. 난 유상아를 보며 생각했다.

아마 올림포스 녀석들은 모를 것이다. 내가 다분히 의도적으로 자신들을 불러냈음을.

할당된 개연성을 사용한 올림포스 성좌들은 당분간 유상아에게 함부로 간섭할 수 없을 것이다. 전투가 끝난 후 유상아에게 말했다.

"유상아 씨. 가능하면 성흔은 한 번에 하나만 쓰세요."

"아…… 죄송해요. 지난번에 너무 민폐였죠?"

"아뇨, 그런 이유가 아닙니다."

성운의 지원을 받는 존재는 특별하다. 물론 지원을 받는다고 해서 해당 성운의 모든 성좌가 후원하는 것은 아니었다. 어쨌든 스타 스트림의 법칙은 화신 하나에 배후성 하나를 기본으로 하니까.

법칙을 거스른 대가는 결국 성좌와 화신에게 고스란히 돌아온다. 성좌야 자기들끼리 피해갈 방법이 있다 해도 화신 쪽은 사정이 다르다.

"여러 성흔을 중첩해서 사용하면 유상아 씨 몸에 부담을 줄 겁니다."

빌어먹을 올림포스 놈들은 말해주지 않았겠지만, 하나의 존재가 감당할 수 있는 이야기에는 한계가 있다.

모든 성흔은 성좌의 역사를 품고 있고, 밀도 높은 시간 속에 마구잡이로 섞여든 설화는 인간의 영육靈肉을 손상시킨다.

유상아가 지금처럼 여러 성좌의 성흔을 빌려 쓰면, 남은 수명이 순식간에 줄어들 것이다. 이런 식이라면 앞으로 길어 봐야…….

유상아가 희미하게 웃었다.

"걱정해주셔서 고마워요."

순간 나는 뭔가 깨닫고 입을 열었다.

"혹시 알면서도 그랬습니까?"

고요히 눈을 내리깐 유상아가 사이를 두고 말했다.

"독자 씨는 아직도 제가 유능한 회사원 유상아로 보이세요?"

유상아는 계속해서 말했다.

"저는 독자 씨랑 달라요. 바뀐 세상에선 아무것도 할 수 없는 사람이에요. 여긴 토익도 자격증도 봉사 점수도 다 쓸모없는 세상이니까."

"강해지면 그게 모두 해결될 거라 생각하셨습니까?"

"조금은요."

그녀의 말은 정답이었다. 실제로 강함은, 세상의 문제를 아주 조금 해결해줄 뿐이다.

"이 세계에 유용한 스펙을 쌓기로 했어요. 그것뿐이에요."

그렇게까지 말하는 유상아의 손등에 상처가 무수히 새겨져 있었다. 그게 꼭 커다란 구멍처럼 느껴졌다.

한수영은 말했다. 독서란 불규칙적인 구멍을 나름대로 이어나가는 작업이라고. 만약 그것이 독자가 해야 할 일이라면, 나는 아직 뭔가 제대로 읽기에는 턱없이 부족한 인간인지도 모른다.

문득 품속에서 진동이 느껴졌다. 스마트폰을 열어보니 노란 알림 메시지가 나타났다.

— 형, 괜찮아요?

은둔한 그림자의 왕, 한동훈이었다.

나는 잠시 멍해져서 메시지를 읽었다.

— 최근에 인터넷이 잘 안 터져서 연결이 늦었어요. 제 능력으로도 힘들어서….

꽤 오래전부터 보내왔는지 메시지가 제법 쌓여 있었다.

아마 뒤늦게 인터넷이 터지면서 그동안 쌓인 메시지를 한꺼번에 수신한 듯했다.

나는 분위기를 바꿀 겸 유상아에게 그 메시지를 보여주었다. 스르르 피어나는 유상아의 미소를 보며 생각했다. 그래도 내가 완전히 무능한 독자는 아닌 모양이라고.

✿ ✿ ✿

메신저를 통해 한동훈 한 명과 연결되었지만, 다른 사람들 소식도 전해 들을 수 있었다.

―저희는 용산구 쪽에 있어요. 길영이도 같이 있고요.

―길영이도 거기 있어?

―네.

주요 일행들 위치는 대충 파악이 끝났다.

이현성과 정희원의 위치도 [전지적 독자 시점]을 통해 확인했다. 다시 모이는 게 중요할 뿐이다.

정민섭이나 이성국 같은 녀석들이 어떻게 되었는지 조금 궁금했지만, 거기까지 신경 쓰기는 어려웠다. 그래도 사전 지식이 조금은 있으니 어련히 알아서 헤쳐가겠지.

이지혜는…… 뭐, 유중혁이 알아서 할 테고.

―당분간 용산 벗어나지 말고 있어. 곧 그리로 갈 테니까. 가능하면 다른 사람들이랑도 연락 시도해보고.

답장은 오지 않았다. 또 통신이 끊긴 모양이었다. 나는 일행들을 돌아보며 말했다.

"아무래도 슬슬 강을 건너야 할 것 같습니다."

현재 우리가 위치한 곳은 한강 이남. 용산구는 한강 이북이었다.

"저걸 건너자고?"

한수영이 어이없다는 듯 나를 보며 물었다.

이상한 일은 아니었다. 나는 그녀와 함께 한강을 바라보았다.

갸오오오오.

넘실거리는 물살 사이로 언뜻언뜻 비치는 그림자. 한때 동호대교 인근을 오가던 어룡들이, 다시 수위가 차오른 한강을 지배하고 있었다. 줄곧 강을 따라 왔지만 한 번도 건널 생각을 하지 않았던 것은 바로 저 녀석들 때문이었다.

"천호대교 봤잖아? 죄다 끊겼어."

어룡은 7급 괴수종. 잡으려면 못 잡을 것도 없지만 문제는 숫자였다. 한둘도 아니고 저만한 마릿수를 모조리 상대하려면 며칠이 걸려도 부족할 것이다. 그런 상황에서 헤엄까지 쳐서 강을 건넌다? 어림도 없는 일이었다.

"일단 강을 따라 이동해보자. 안 끊긴 곳이 있을 수도 있으니까."

우리는 몇 시간을 들여 강 하류로 이동했지만, 안타깝게도 멀쩡한 다리는 찾을 수 없었다.

그 대신 한 무리의 방랑자를 발견했다.

한수영이 인상을 쓰며 병장기를 쥐려는 순간, 유상아가 먼저 나서더니 배낭에서 고기를 꺼냈다. 한수영이 짜증을 냈다.

"지금 뭐 하는 거야?"

"굶주린 사람들이에요."

"그래서 뭐? 그거 나눠주겠다고? 제정신이야? 아포칼립스에 제일 위험한 게 사람이라는 것도 몰라?"

"전 마음만 먹으면 저 사람들 모두 죽일 수 있어요."

순간 유상아의 얼굴에 맴도는 살기에 한수영이 입을 다물었다.

"반대로, 마음만 먹으면 모두 살릴 수도 있고요."

유상아는 말없이 괴수종 고기를 떼어 나눠주었다. 몇몇 사람이 감읍하며 고개를 숙였다.

"야, 저거……."

"어차피 남는 거야. 줘도 상관없어."

나는 발광하려는 한수영을 내버려두고, 가방에 있던 야나스 프레타 줄기를 꺼냈다.

세계가 이 모양이 되었다고 해서 모두가 수렵이 가능한 것은 아니었다. 지금쯤 전세계에서는 온갖 괴수종에 관한 연구가 한창일 것이다.

내게서 줄기를 받은 남자가 연신 허리를 굽혔다.

"아! 고맙습니다, 정말……."

"아닙니다. 어려울 때일수록 나눠야죠."

물론 나는 유상아와는 본질적으로 다른 사람이다. 내 선행은 모두 계획된 경제 활동일 뿐이니까.

[소수의 사람이 당신에게 큰 호감을 가집니다.]

[등장인물 '신유인'에 대한 이해도가 상승했습니다.]
[등장인물 '마강철'에 대한 이해도가 상승했습니다.]
[새로운 인물이 책갈피에 추가됐습니다.]

한수영이 비꼬듯 말했다.
"가식 쩐다, 너."
"……나도 가끔 착한 일 해."

[성좌, '악마 같은 불의 심판자'가 당신의 선행에 감동합니다.]
[400코인을 후원받았습니다.]

한수영이 투덜거리며 유상아 쪽을 보았다.
"젠장, 저런 여자는 소설 속에나 나오는 줄 알았는데."
동감 가는 말이었다. 멸망이 오기 전에도 유상아는 현실의
인물이라기보다는 소설 여자 주인공 같았지. 이제 현실이 소
설이 되어버렸으니 별다를 것도 없겠지만.
그때, 방랑자 무리 속에 있던 한 아이가 내게 다가왔다. 길
영이 또래 정도로 보이는 여자아이.
"무슨 일이니?"
도톰한 볼살에 다소 서양적인 눈매. 영롱한 붉은 기가 감도
는 눈동자. 이국적인 귀여움이 물씬 풍기는 얼굴이었다. 곧장
내 앞까지 다가오더니 90도로 허리를 숙였다.
"고맙습니다아."

예의 바른 아이였다. 주변을 돌아봐도 부모로 보이는 이는
없었다. 내 시선을 눈치챘는지 아이가 말했다.

"이제 안 계세요."

"두 분 다?"

아이의 고개가 작게 움직였다.

나는 조금 당황했다. 보호자도 없는 어린애가 다섯 번째 시
나리오까지 혼자서 살아남다니. 어디서 뚝 떨어지기라도 하지
않는 한 멸살법에서는 거의 불가능에 가까운 얘기다.

……잠깐만, 떨어져?

[등장인물 일람]을 가동한 순간, 아이가 다시 말했다.

"그럼 안녕히 계세요."

설마 정말 인사만 하러 찾아온 거야? 나는 아이를 붙잡으려
다 반사적으로 곁에 있던 한수영을 보았다. 마침 다른 곳을 보
고 있었다.

"조심히 가렴."

얼마 지나지 않아 날이 저물었다. 나는 잠시 고민하다가 일
행들을 불러 모았다.

"오늘은 이 근처에서 쉬죠."

우리는 잠을 청할 만한 장소를 물색했다. 한강 근처는 불을
피워도 추워서 반쯤 무너진 폐건물을 이용하기로 했다. 단단
히 벼르고 있던 한수영이 유상아를 향해 경고했다.

"두고 봐. 아까 그 자식들 다시 찾아올 테니까. 우리 무기 탐
내던 거 못 봤어? 분명 은혜를 원수로 갚는다니까?"

한수영은 인간이란 다 악인이며, 전부 선의를 악의로 보답
하는 쓰레기라고 천명했다. 나는 유상아의 표정을 살피다가
조심스레 덧붙였다.

"아포칼립스라고 다 나쁜 사람만 있는 건 아냐."

"아니, 다 나빠. 거의 다 나쁘다고."

그리고 한 시간이 흘렀다.

"곧 올 거야. 이제 침 질질 흘리면서 올 거라니까."

두 시간이 흘렀다.

"음, 인내심 강한 놈들이네."

세 시간이 흘렀다.

"……이럴 리가 없는데?"

마침내 네 시간 뒤, 바깥에서 누군가의 기척이 들리기 시작
했다. 유상아의 표정이 조금 어두워졌고 한수영은 회심의 미
소를 지었다.

"거봐, 내가 뭐랬어?"

병장기를 꺼낸 한수영이 으르렁거리는 순간, 누군가가 폐건
물 안쪽으로 들어왔다.

"저…… 계신가요?"

벌떡 일어나려던 한수영이 멈칫했다.

어린 여자아이였다. 낮에 나를 향해 공손히 인사한 그 아이.
살짝 볼이 붉어진 아이가 뭔가 내밀었다.

"저, 이거……."

어디서 가져왔는지, 돌돌 만 이불보였다. 우리가 추울까 봐

근처에서 모포를 구한 모양이었다. 한수영은 깜짝 놀란 얼굴이었고, 유상아는 멍한 표정을 지었다. 아무리 아포칼립스라 해도 항상 선의가 악의로 돌아오는 것은 아니었다.

[성좌, '악마 같은 불의 심판자'가 자애로운 미소를 짓습니다.]
[2,000코인을 후원받았습니다.]

일행을 대표해 유상아가 나섰다.
"고마워, 잘 쓸게."
"네에……."
"그런데 혼자니? 이렇게 늦은 밤에 돌아다니면 위험해."
"지금은 어디든 마찬가지예요."
뭘 그런 걸 걱정하느냐는 듯한 말투에 유상아의 안색이 어두워졌다.
"우리랑 같이 있을래?"
"네?"
"우리랑 같이 있으면 괜찮을 거야."
유상아는 허락을 구하듯 내 쪽을 돌아보았다. 하지만 아이의 대답이 더 빨랐다.
"폐 끼치기 싫어요."
꾸벅 고개를 숙이고는 쪼르르 달아나려는 순간, 어디선가 날아온 암기가 아이 발 앞에 툭 꽂혔다. 깜짝 놀란 아이가 엉덩방아를 찧었고, 한수영의 살벌한 목소리가 이어졌다.

"잠깐만. 넌 못 돌아가."

"지금 무슨 짓이죠?"

유상아가 한기가 풀풀 흩날리는 목소리로 말하며 한수영을 보았다. 그러나 한수영은 나를 보고 있었다.

"김독자, 어떻게 해야 할지 알지? 너도 그래서 여기 묵자고 한 거잖아?"

나는 천천히 눈을 감았다.

젠장, 눈치 못 챘나 싶었는데…… 오산이었나. 하긴 보는 족족 [특성 간파]부터 사용하는 녀석이 모를 리가 없지. 한수영이 입술을 실룩였다.

"아하, 또 위선 떨 거야? 상대가 애라고?"

"……."

"이번에도 착한 역할만 하겠다 이거지? 그럼 악당인 이 몸이 해결해줘야겠네."

손을 꺾으며 다가서는 한수영을 유상아가 막았다.

"멈추세요."

"비켜. 네가 죽일 거야?"

"죽인다고요? 평범한 애를 대체 왜—"

"평범한 애?"

한수영이 피식 웃더니 아이를 향해 손을 치켜들었다.

"멈추라고 했죠."

유상아의 단도가 한수영의 목을 겨누었다. 동시에 한수영이 십여 기에 달하는 아바타를 소환했다. 한수영이 으르렁거렸다.

"김독자, 빨리 설명해. 내가 빡돌아서 다 죽여버리기 전에."

……결국 이렇게 되는군. 나는 한숨을 쉬며 입을 열었다.

"그 애는……."

무구한 눈동자로 나를 올려다보는 아이를 보며 이루 말할 수 없는 비감을 느꼈다.

"……닷새 뒤, 서울을 멸망시킬 겁니다."

유상아의 눈동자가 흔들렸다. 발견 못 했으면 그냥 넘어갔을지도 모르지만 이제는 어쩔 수가 없게 되었다.

이 빌어먹을 시나리오는 결코 우리가 원하는 해피 엔딩으로 향하지 않는다.

[성좌, '심연의 흑염룡'이 미소를 짓습니다.]

[다수의 성좌가 해당 시나리오의 전개에 흥미를 가집니다.]

성좌들 메시지가 이토록 증오스럽게 느껴진 것은 오랜만이었다.

"그 애가 '다섯 번째 시나리오'의 마지막 재앙입니다."

[PART 1 - 05에서 계속]

전지적 독자 시점 PART 1-04

1판 1쇄 발행 2022년 1월 20일 **1판 6쇄 발행** 2024년 6월 26일
지은이 싱숑
펴낸이 박강휘
편집 박정선, 박규민 **디자인** 홍세연, 윤석진

발행처 김영사
주소 경기도 파주시 문발로 197(문발동) 우편번호10881
등록 1979년 5월 17일(제406-2003-036호)
주문 및 문의 전화 031)955-3200 **팩스** 031)955-3111
편집부 전화 02)3668-3291 **팩스** 02)745-4827 **전자우편** literature@gimmyoung.com
비채 블로그 blog.naver.com/viche_books **인스타그램** @drviche, @viche_editors
트위터 @vichebook
ISBN 978-89-349-6734-7 04810 책값은 뒤표지에 있습니다.

비채는 김영사의 문학 브랜드입니다.